重野安繹伝

―幕末・明治、二つの時代を生きた一漢学者の生涯―

藤民央

鳥影社

重野安繹伝

幕末・明治、二つの時代を生きた一漢学者の生涯

目次

幕末編

明治編

幕末編

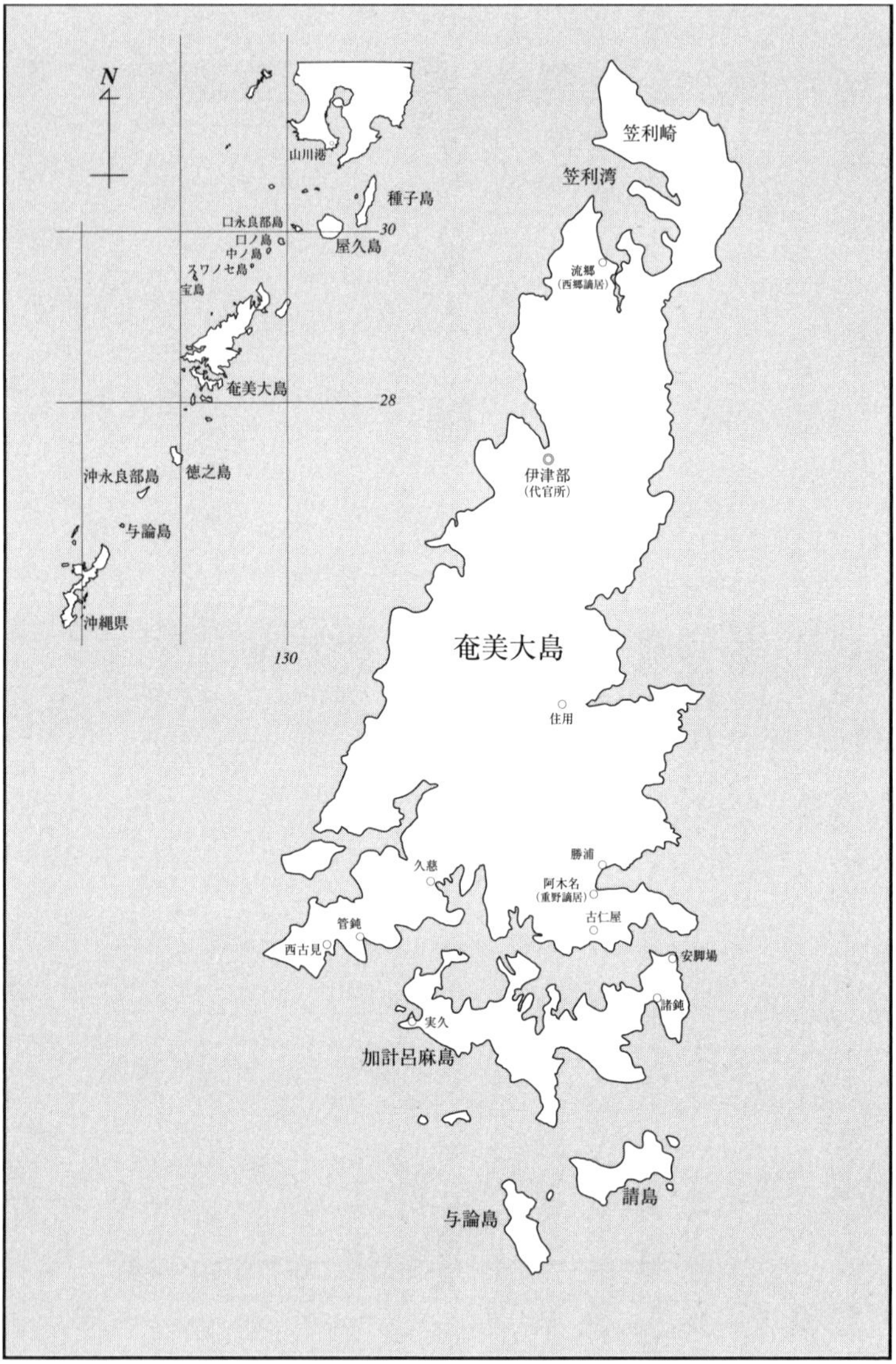
N
山川港
種子島
口永良部島
30
口ノ島
屋久島
中ノ島
スワノセ島
宝島
奄美大島
28
徳之島
沖永良部島
与論島
沖縄県
130
笠利崎
笠利湾
流郷
（西郷謫居）
伊津部
（代官所）
奄美大島
住用
勝浦
久慈
阿木名
（重野謫居）
古仁屋
管鈍
西古見
安脚場
諸鈍
実久
加計呂麻島
請島
与論島

第一章　江戸薩摩藩邸勤め、西郷との親交

一

嘉永七年（一八五四）三月六日、第二十八代薩摩藩主島津斉彬《なりあきら》は二度目のお国入りを終えて上屋敷に入った。江戸で生まれ育った斉彬にとって、久しぶりに我が家に帰った気分であったかもしれないが、邸内は再び重苦しい空気が漂うことになった。

参勤の列の鹿児島出発は一月二十一日であった。真冬の北へ向かう旅は南国育ちの供侍には耐えがたい寒さである。時には吹き付ける北風に雪が交じり、濡《ぬ》れた土の冷たさは草鞋《わらじ》と足袋《たび》を通して伝わってくる。そんな寒さの中を百五十日かけて四百数十里の道を歩いてきた供侍は、今日は長屋で石のように眠っている。

江戸滞在者が初めて江戸へ出てきた者を連れて屋敷内外を案内して廻ることが慣例となっている。これまで重野厚之丞《あつのじょう》がやってきた役目を、今年から若い中西重三が担当することになった。今日は、その稽古日である。中西は昌平坂学問所の学生で出自も同じ郷士である。

「屋敷の広さとか塀の高さなどは数字を言った方が良かろう」

「塀の高さは七尺で厚さは四尺でしたね。鹿児島城よりも随分立派に見えたものでした」

「厩舎《きゅうしゃ》にも案内した方が良いと思うが、馬は何頭いるか言えるか」

「確か五、六十頭だったと思います」

「そのとおりだ。では外に出よう。この上屋敷の北側に大小二つの門があるが違いは言えるか」

西側の表御門は藩主や位の高い客用で銅葺《ぶ》き屋根の黒塗り破風造り門で左右には番所が置いてある。表御門から玄関まで石畳が続く。その正面に御広間・表御書院・大御書院があり合計百二十畳が藩主の接客用の部屋である。書院の傍には能舞台と桟敷《さじき》が、その奥に藩主が政務を執る御用之間と御座所があって、御寝所・大奥へと続く。玄関を入って右に折れると御記録所や御納戸日記所、小規模な東御門の奥はご隠居様用の住居、式舞台・楽屋・御茶道部屋など娯楽のための部屋もある。屋敷内には時に千人に近い人が集まることもある。厩には五十頭余りの馬がいて専用の馬場がある。屋敷南側に城壁のように連なる二階建ての長屋、稽古場・物置・土蔵などが建っている。政務室にいる右筆は邸内の日々の出来事を記し、書役は公文書を作成し、その写しを取るのも仕事である。

呟《つぶや》くような重野の声に中西は頷《うなず》き、人と会えば目礼を交わす。静謐《せいひつ》に満ちた部屋を巡りながら、四年前に起きた御家騒動のしこりのようなものは未だ残っていると二人は感じていた。屋敷内の者は、互いに探り合うような視線を交わし、要件以外のことは口にしないように努めているように見える。そもそもの騒動の原因は、長子斉彬が四十歳になるのに父斉興《なりおき》が藩主の座を譲ろうとしなかったことにある。斉彬の世になれば派手好きであった島津重豪《しげひで》の時と同じように藩の財政が逼迫《ひっぱく》するのではという斉興の心配が事件を招いたという噂である。斉興には側室お由羅方との間に、鹿児島で生まれ育った庶子久光《ひさみつ》がいる。藩主の意は久光にあるとの憶測が流れると、斉興とお由羅の心を忖度《そんたく》して庶子を藩主に据えようとする一派が動き始めた。焦った斉彬派が庶子派の家老暗殺を企てたが、それが露見して斉彬派の五十名が厳罰に処せられた事件である。斉彬派の頭目であった高崎五郎右衛門《ごろうえもん》の名を冠して「高崎崩れ」、または、側室の名にちなんでお由羅騒動という。そして嘉永四年（一八五一）、幕府の圧力に屈して斉興が引退し斉彬の藩主が実現したのであった。

有力な部下を失った斉彬が下士を重用したために、門閥出身の上士は閑職に追いやられた。藩主の意向が摑めない斉興は、斉彬派の動向を探るために密かに人を動かしている。

斉彬は、江戸到着と同時に小規模な人事異動を行った。御庭方《おにわがた》に今回鹿児島から連れてきた西郷吉之助を、新設した校合方《こうごうがた》には昌平黌《こう》教授を辞めさせた重野厚之丞を置き、中西重三を重野の補助役としたのである。下士と郷士の重用に斉興派が驚いたのは当然といえる。

文書の風干しも校合方の仕事なので、本邸から離れた書物蔵の前に重野と中西の部屋はある。

「今回の土産は何かご存じですか」

中西重三が重野に話し掛けてきた。

「薩摩茶かもしれんな。茶なら軽い」

参勤交代の時、江戸住まいの者には国元の産物が土産として配られる。中奥には黒砂糖が振舞われた時もあったと聞いている。中西は黒糖を期待していたのかもしれない。

廊下に足音を聞いて二人は姿勢を正した。

「入るぞ」と声をかけて現れたのはお側役竪山武兵衛であった。

「琉球に異国船が現れたことは知っておるな」

二人は「はっ」と答えて続く言葉を待った。

「弘化以降今日までで、異国船が現れた年と船の国籍を抜き出してくれ。殿の手控えだが、念のために写しを取っておくこと。午《うま》の刻に中奥の東屋に持参せよ」

この御仁はいつも用件しか陳《の》べない。頭を上げた時、その姿はなかった。

櫃《ひつ》から弘化と嘉永の綴りを取り出して「抜き書き」を作ってゆく。

弘化元年　仏蘭西《フランス》国艦船アルクメーヌ号那覇来航 国交を求めるも叶わず宣教師を置いて去る
　二年　英測量船長崎に来航し薪水を求む
　三年　英・仏艦那覇へ来航　閏《うるう》五月仏艦去る　英国艦船三隻那覇へ来航
　四年　幕府薩摩藩に琉球警備の命を下す
嘉永元年　米国船蝦夷《えぞ》地に漂着
　二年　米国船長崎に来航　英国船浦賀と下田に来航し測量実施
　四年　米国船中浜万次郎を琉球に届ける　露西亜《ロシア》船下田に漂流民を送還す
　　　英国船琉球へ来航し翌五年に英国船員首里城に押し入る
　六年　ペリー軍艦四隻を率いて浦賀に来航　プチャーチン露軍艦四隻長崎来航
　　　ペリー米国軍艦四隻を率い那覇来航首里城に入る
安政元年　一月、ペリー軍艦七隻で再び神奈川沖に現る中奥の庭には広大な池があり、その中央の中之島に建つ東屋が指定された場所である。中奥は藩主の家族の居住域なので人目を避けたと分かる。異国船来訪は隠すべきことなのか。そんな疑問が湧いてきた。呼び出された目的が分からないので、なんとなく不安を感じて、美しいはずの庭も目に入らない。遠くで「がっつい、見事じゃ（とても立派だ）」と言う薩摩弁が聞こえ、それを叱責する側役の声が聞こえた。首を伸ばすと側役が大山綱良（正円）と色の黒い男を伴って近づいて来るところであった。大山は斉彬襲封の翌年に鹿児島から連れてこられ、今は茶職として殿のお傍近くに仕えている。連れの男は何処かで見たような気がする。日焼けした顔は藩主の駕《か》籠《ご》を護って歩《かち》で来た下士のものだ。太い眉と大きな眼を見ているうちに藩校造《ぞう》士《し》館《かん》時代を思い出した。

──あれは西郷吉之助ではないか。

「厚之丞」と、西郷が驚きの声を上げた。側役は咳払いをして黙らせた。

「知り合いか」

「藩校造士館で一緒に」

「ならば都合がよい。殿は御庭方にこの西郷を命ぜられた。そなたは西郷が江戸の道を覚えるまで面倒を見てくれ。茶職の大山と三人で殿の手足となって働いてもらう」

側役は大山を連れて急ぎ足で去った。

会ったばかりで共通の話題が無い。もっとも藩校時代は身分の違いから話したことはなかった。

何を話そうかと考えていると西郷の方から喋《しゃべ》り始めた。

「オイ（俺）は、御庭方を庭掃除の掛《かかり》と思っていて、お側役に笑われてな、百姓相手の郡方書役方が長かったせいかもしれん」

「殿の手足となって働くのが御庭方の仕事です。私はお側役を通さないと殿に会うことはできませんが、西郷サアは直接会って言葉を交わすことができます。殿が西郷サアを信用している証です」

「オイが出した上書を斉彬様はご自分で読んだちよ。オイは殿様に惚れたど。とこいで、厚之丞はいつから江戸におっとか」

「嘉永元年（一八四八）からです」

重野厚之丞が私費留学生として江戸へ出たのは二十二歳のときである。昌平黌は旗本や御家人の師弟のための幕府直轄の教育機関であるが、各藩の優秀な人材にも門戸を開いていた。造士館始まって以来の秀才と言われた重野に藩費が支払われなかったのは、身分が郷士であったからである。儒学者安井息軒《そっけん》の教えを受け、その才能が認められ秀才として名が広く知られるようになって藩費留学生に格上げされたのであった。西郷とは同じ年齢だが、西郷は一年早く造士館に入り十八歳で郡方書役方助になった。その後は郡方書役方として働いていたという。藩主としての初帰国の際に斉彬に見出されて小姓になり、二十八歳になった今年、参勤交代に従って江戸に上って来たのであった。造士館時代に言葉を交わしたことが無かったのは、郷士や献金で郷士になった者を武士階級の子弟は軽蔑していたからである。不安を抱えた未知の江戸で顔を合わせた途端、西郷の心のわだかまりが消えたのであろう。西郷は人が変わったように話しかける。

「今まで出した上書は全部家老に握り潰されていたが、殿サアはご自分で読んでくいやった。こげん殿様はおらんど（こんな殿様はいないよ）」

上書には凶作時の百姓の窮状と服役中の斉彬派の即時赦免を望む文を書いたと言ったので、流罪となった者たちの赦免の状況を聞いた。

「そいがなあ、一向に進んでおらんとなあ」

「殿は藩内融和を第一に考えておられるのでしょう」

「みんな帰りを待っておっとになあ」と留守家族の気持ちを代弁して言った。

西郷と大山は、用務が無いと校合方に喋りに来るようになった。

「一日中、座っておって退屈しないのか」と西郷。

「毎日何かしら発見があって結構面白いんです」

『中奥日記』を見せると二人は興味を示した。奥女中の動静や内奥での四季の行事食などが載っている。「別世界じゃなあ」が二人の感想であった。

「そいは、ないよ（それは何か）」と指さしたので、

「この屋敷の増改築の記録で、棟梁《とうりょう》の名から大工の人数や経費などが記されています」

と答えたが、二人は興味を示さなかった。

初夏を迎える頃になると、西郷は訪ねる屋敷が限られているせいもあるので道を覚え一人で出

かけることが増えた。時には二人同時に呼び出され大山から別々の大名宛の書状を届けるよう告げられることもある。何か重大な出来事が起きたものと思われる。

今日は珍しく西郷が顔を出して、下屋敷に一緒に行ってくれと言ってきた。個人的な用事だと言う。敷地二万坪の上屋敷の南門を出て坂を下ると蔵屋敷に突き当たる。ここは江戸藩邸で使う物資の集積所である。さらに袖ヶ浦の海に沿って東海道を南に下れば高輪の下屋敷の南門に出る。下屋敷は小高い丘の東斜面に東西に長く広がっていて、岡の頂には二十五代藩主重豪が造らせた洋式庭園があり、かつて黄金の茶室が在ったと聞いている。このようなことは既に話してあるので道案内を頼まれる理由が分からない。

「曾祖父重豪様の贅沢な暮らしを見てきた斉彬様も、同じように金遣いが荒いのではないかと心配する一派があってですね」

「その話は後で聞くので、今日は頼まれてくれんな」

「何かありましたか」

「この間から、どうも後をつけられているような気がしてな、おはん（君）と水戸屋敷に行った時に妙な二人連れと会うたが覚えておるか」

「あれは下屋敷の者でしたね」

「うん、今日は厚之丞に確かめてもらおうと思っとる」

下屋敷に向かう海沿いの東海道に出ると西郷は言った。

「ここから引き返して出会った者の顔を覚えておいてくれ」と。

言われたとおり引き返すと二人の男が足早に坂を下ってくるところであった。顔を覚えようと足を止め二人を待っていると、男たちはぎこちなく頭を下げて足早に横を通り過ぎた。ひとりは上屋敷の者であった。月に一度屋敷内で朱子学を語っているので顔に見覚えがある。もう一人は以前見た下屋敷の者である。断定はできないが、尾行者は斉興派の者かもしれない。

校合方に戻ると、中西重三は笑顔で迎えた。

「面白いのを見つけましたよ。重豪様は斉宣《なりのぶ》様の改革がお気に召さなかったようですね」

中西は、文化五年（一八〇八）の近思録崩れの概要を語った。

財政悪化は時の藩主にとって最大の悩みである。二十六代藩主斉宣の時は、父重豪が取った放漫経営のために財政は窮地に陥った。いくら改革に取り組んでも効果が上がらず、農村の疲弊は極限に達し増収増益は望めないところまで来ていた。三十二歳の斉宣は、文化二年（一八〇五）に重豪が還暦を迎えたのを機に、膨大な藩債の整理に取り組もうと思い切った手段に打って出た。冗費を減らし華美を戒め役職の整理統合を進め、文芸を弄ぶ風潮を止めさせようとしたのである。華やかさを求め文芸を尊ぶことこそが、重豪が目指したものであった。激怒した父重豪は息子斉宣を飛び越して関係者を呼び出して重罰を加えた。切腹十三、遠島二十五、寺預《てらあずけ》四十四、逼塞《ひっそく》十九、役免等十名。処罰者の数の多さは重豪の怒りの激しさを現している。

「四十五年ほど前に百十一名の処分者を出した事件があったとは、全く知りませんでした」

「おそらく斉宣様が箝口令《かんこうれい》を敷いたのであろう。このことは口に出してはならぬ。勝手に調べたと分かれば必ず目的を問われる。これは見なかったことにしよう」

中西が素直に「そうします」と応じたのは、お由良騒動時の斉興の怒りを知っているからであろう。この時の処罰者は、切腹十三名、遠島十七名、その他免職などを合わせて五十名であった。数こそ少ないが刑罰の与え方が尋常ではなかった。遠島十七名の中に「犯罪者」の妻二名と子供二名がいたが、子供は十五歳になってから遠島にした。なによりも人々を驚かせたのは、首謀者三人を切腹させた上で遺体を刑場に引き出して磔刑《たっけい》にしたことである。頭目とみられた高崎は鋸《のこ》挽《びき》の刑まで加えられた。人々は権力者の非情の前に沈黙してしまった。その斉興が隠居となって江戸屋敷に住んでいる。反撃の機会を狙っているのであろうか、不気味な沈黙を続けている。口には出せないが、藩主の座を退いた島津家の人々は故郷の鹿児島には帰らないで江戸で余生を送る。下々の者にとっては理解できない慣行である。領国を捨てる行為に見えるからである。

「この際、伝えておこう」

「何をですか」

「我が重野家は郷士と言っても元は商人で献金で貰った身分だ。学問所に入ってすぐ、先輩から注意を受けた。武家の社会は学問の世界と違うから屋敷内では言動に気をつけよと言って、藩主を退いた人間が故郷を捨てる慣例を批判した男の顚末を語って聞かせてくれた。江戸の夏も薩摩に劣らず暑い。三方を壁で囲まれた長屋の部屋で裸同然で過ごすよりも夕涼みを兼ねて長屋の前庭で七輪を出して夕餉《ゆうげ》の干魚を焼き酒を飲む。そんな小さな集まりが幾つもできていた。たまたま旧藩主が余生を江戸で過ごすことに疑義を呈する声が聞こえた。「他藩もそうであろうか」と。

素朴で率直な疑問ではあるが、これを大げさに藩政批判と言った者がいる。仲間が逃したのか、見せしめに殺されたのかは分からないが、その男は行方知れずとなった。ゆえに、ここで知りえたことを軽々に口に出してはならぬ」

「ご忠告、有難うございました。危うく手柄話に口に出すところでした」

「近思録崩れの時は、一つ屋敷に祖父である大隠居重豪様と父である隠居斉宣様と、その子斉興様が住んでいた」

激怒した祖父は息子を藩主の座から引き下ろし、代わりに孫を藩主に据えたのであった。重豪は四十三歳で隠居、八十九歳で没するまで、藩の政治を意のままに牛耳った。

現在、幕府に強いられて隠居となった斉興と彼が疎んじた長子斉彬が同じ屋敷に住んでいるのである。斉興は側室の子久光を藩主の座につけたいという望みは捨ててはいない。反撃の機会を狙っているのかは表にはわからないが不気味な沈黙が続いている。

西郷は暇があると校合方に現れては話し込んでゆく。

「斉彬様が今日に至るまで庶子派を罰しないのは、斉興様への遠慮であろうか」

「藩論が二分するのを避けるためでしょう」

「そいじゃ、何も変わらんどなあ」

親しくなったせいで言葉遣いが乱暴になったが、当方は下士も軽蔑する献金郷士なので敬語を崩すわけにはいかない。

「いや、変わりましたよ。西郷サアのような有能な下士を登用した殿様は、これまで一人としておられませんよ」

「厚之丞が言うとなら間違いはなかろう。実はなあ、今日は異国の船のことを知りたくて来た」

異国船の動向を記した「抜き書き」を見せると西郷は目を丸くして驚いた。

「オイが鹿児島を出た時には、ペリーは浦賀におったとか。時代に取り残された気分じゃ」

「今まで幕府は薩摩藩に琉球警備を命じるだけで良かったのですが、今度は喉元に匕首《あいくち》を突き付けられたようなものです」

「ああ、それで港を開いたか」

「ですが、大名の中には鎖港派がいますので」

「斉彬様はどっちよ」

「殿は両派の考えを聞いた上で判断を下すつもりでおられます。ですから、今は諸大名の意見を聞いているところだと思います」

「分かった。よう分かった。精勤すっでな」

西郷吉之助の力強い意思の表明であった。


三月十八日、斉彬公が製造を手掛けた西洋型帆船「昇平丸」が品川沖に姿を現した。幕府は大船の建造を禁じて新しく造る船は帆柱一本と決めていたが、異国船の来航が続く状況を見て大型船建造を許したのであった。長さ十五間（約二十七米《メートル》）、大砲十門・臼砲二門・小口径自在砲四門を備えた我が国初の本格的洋式軍艦である。下屋敷から届いた報せに邸内は沸き藩士は歓声を上げて袖ヶ浦へ走った。鹿児島出航は二月十三日、ということは、三十日で江戸に着いたことになる。見てきた者が、「さすが七十七万石の殿様」と話す町人の声を聞いて誇らしい気分になったという。袖ヶ浦の浜は人で溢《あふ》れ、その人混みを当て込んで遠眼鏡を貸し出して金を取る商人がいたという。

四月に入ると、さすがに暖かくなった。西郷が縁側に来て、「水戸様のお屋敷に行く」と囁《ささや》く。小石川までかなり距離があるので一日がかりになりそうだ。西郷は屋敷門を見ると藩名を確かめ神社や仏閣にも興味を示す。広大な緑地を見たとき興奮気味に話し始めた。

どうしても理解できないことがある。肥後の百姓は大きな家に住み田畑も広い。それに比べると、薩摩の百姓の貧しさは比べようもないほど哀れである。名主は別にして一般の百姓は粗末な小屋に住んでいる。熊本城と小倉城を見て考えたという。薩摩は天下の雄藩であるのに、なぜ鹿児島城は天守閣の無い平城なのかと。

「鹿児島は平野が少なく、その上火山灰土です。八公二民の年貢高、不作の時も年貢高を変えない定免制、そんなものが百姓を縛っているのでしょう。斉彬様が百姓の暮らしも良くして下さると思いますよ」

「いやあ、改革はすぐ始めんといかん」

「少し早いですが、そこらの寺で休みましょう」

「未だ疲れちゃおらん（未だ疲れてはいない）」

と言ったのを構わずに境内に西郷を引っぱって行った。

「人通りの多い所で藩のことを口にしてはなりません。藩政批判と取られたら厄介なことになります」

顔は穏やかになったが、無言で歩くのが辛いのか今度は世間話を始めた。「殿様のご用が先です」と注意をすると、「分かった。言うとおりにすっでな」と乱暴に答えた。

「前を向いたまま聞いてください。我々の後をついて来る二人連れは、この前の連中に似ているように思うのですが、……」

「そんなら、そこの神社で確かむっが（確かめよう）」

木陰の参道は汗ばんだ身体に心地よい。鳥居を廻って急ぎ足で引き返し、通りに面した神社名の彫られた石柱の前で二人の尾行者を待った。西郷は「おい」と声を掛け二人の顔を見た。突然声を掛けられた二人は困惑気味に突っ立ったままである。

「寺社詣でとは殊勝なことじゃ」と西郷は目的を悟られぬように喋り始めたが、「急ぎましょう」と西郷の袖を引いて二人と別れた。

少し行ってから振り返ると、二人は慌てて境内へ入った。

「命じたのは誰でしょう」

「久光派に間違いはない。なにか企んでいるようだ」

水戸屋敷の門番に名乗ると西郷だけが屋敷の中に通された。番所で待っていると邸内に呼ばれた。連れて行かれた部屋で西郷が面談していた相手は儒学者藤田東湖《とうこ》であった。東湖は水戸藩主徳川斉昭《なりあき》の側用人で尊皇攘夷の権化である。話題は「神奈川条約」を結んだ幕府への批判で終始した。

数日後、風干しの最中に西郷が庭から訪れた。

「近々また東湖先生と会う。神奈川条約の中身を詳しく教えてくれ。じゃなかと、先生と対等に話ができん」

西郷が水戸屋敷を訪れる回数が増えた。

四月二十八日、斉彬公の監督の下で昇平丸の試運転と大砲の試射が行われた。水戸藩主徳川斉昭は藤田東湖らを連れて乗船し、幕府老中首座阿部正弘《まさひろ》は重臣と一緒に袖ヶ浦の浜辺で見物する。その背後に薩摩藩士が並び、その奥には噂を聞いて集まった町人が並んだ。大砲の轟音《ごうおん》と上がる水飛沫《みずしぶき》に見物人は歓声を上げる。

「幕府に献上するそうだが、建造費は幾らかなあ」と声高に言う声が聞こえた。

斉彬公は嘉永末年に昇平丸の他に大船十二隻、蒸気船三隻の建造許可を幕府に願い出た。琉球防衛のためである。このうちの二隻を幕府が買い上げることになっている。幕府注文の軍艦二隻を含む四隻は、安政元年七月から桜島造船所で造り始めている。長さ二十四間（約四十四米）と幅二十間の二隻ずつで、それぞれが進水間近となっている。大船の時代が迫っていることは確かである。

閏七月二十四日、斉彬公の世継である六歳の虎寿丸《とらじゅまる》君が急死した。具合が悪いとは聞いてはいたが、死に至る病気とは誰も思わなかった。屋敷全体が悲しみにくれている。斉彬の男児四名は幼くして亡くなり、今度こそ無事に育って欲しいと願っていた矢先のことである。

「殿様の悲しみようは見ちゃおれん。本当に病気であったろうか」と西郷は言う。

「病気でないとすれば」

「毒よ毒、あん人が飲んだ」

あの人とは、嘉永元年に毒を仰いで死んだ家老調所《ずしょ》笑左衛門広郷《しょうざえもんひろさと》をさす。後継者を失ったとなると、次の藩主はお由羅の方が生んだ久光公となる。

「斬らんにゃいかん」と西郷がつぶやいた。

「誰をですか」と聞くと、

「由羅よ、由羅」と怒りの声を挙げた。

幕府は六月に琉米条約を締結したが、琉球王国の困惑ぶりが見えてくる。異国船が来る度に宗主国薩摩に「伺い書」を送り、薩摩は幕府に伺いを立てる。返答はその逆をたどって琉球に伝えられるから、返事が遅れるのは当然のことである。異国船が返答の遅れに痺れを切らして琉球を去るのが、琉球王国にとっての最大の解決方法であった。だが、粘り強く待った英国人は力で首里城に押し入ったのである。この後も、幕府は外圧に抗しきれずに次々と港を開いてゆく。

噂では露西亜も和親条約を結びたがっているという。英国に認めた長崎と函館の他に下田を望んでいるとも聞いた。こうも立て続けに開港すれば、幕府批判は激しくなってゆくばかりである。

十月二日夜四ツ（午後十時頃）、地中から突き上げる激しい揺れに屋敷内は騒然となった。屋根瓦が滑り落ち建物が倒壊する音が聞こえる。中奥からは奥女中たちの悲鳴が聞こえ長屋の男たちは外に飛び出した。人々は、ただただ地震が去るのを待った。炊事時であったら大ごとになるところであった。火を出さなかったのは不幸中の幸いであった。死者は出なかったが建物の損壊は甚大である。完成したばかりの大書院・土蔵二十一棟・長屋一棟・御表御門・御休息所・御書院・御成玄関・大奥御玄関などが半壊である。記録所全員で蔵を見て回った。古文書は櫃の中に納めてあるので無傷であった。一番の痛手は二年がかりで完成したばかりの大書院の損壊である。造営費約十万両、伊豆の石材や木曽の最高の木材を使ってあった。これは斉彬の養女篤姫《あつひめ》と十三代将軍家定との婚儀後の、家定来訪に備えての大書院であった。復旧は急がなければならない。勿論、余りにも屋敷内の損壊が酷いので、斉彬は妻と下屋敷にいた篤姫を連れて渋谷邸に移った。西郷も藩主と行をともにした。

一ヵ月後に西郷が顔を出し、江戸市中の被災の模様を語った。被害は地盤の弱い隅田川流域に集中し、三十余箇所から出火、浅草辺りは焼け野が原となった。焼死圧死合わせ七、八千人、倒壊家屋一万五千軒、御救小屋が浅草広小路など五ヵ所にできて炊き出しをやった。そして、言った。小石川の水戸藩邸は倒壊し、藤田東湖は崩れ落ちた梁の下で圧死したと。

「実は困ったことが起きてな」と西郷がこぼしたのは大書院の修理費のことであった。幕府が物価値上げの禁止令を出したにもかかわらず、材木屋は値段をつり上げ大工は手間賃の値上げを求める。値切ると他藩の仕事に行くと言って引かないという。壊れかけた大書院に将軍を迎えるわけにはゆかないと愚痴をこぼして勘定方へ向かった。

大晦日に西郷が来て言った。四日前、水戸藩士の家で開国論者の越前の橋本左内《さない》に会った。攘夷論が跋扈《ばっこ》する中で堂々と持論を展開した。左内は蘭学に精通し、異国文化や技術を学ぼうとする考えは重豪と斉彬の両公に共通していると。

「ところで、厚之丞は、どっちよ（どちらの派か）」

「私は開国に賛成します。昌平坂学問所で開国について議論したときも私は自説を曲げませんでした」

「理由はよ」

「儒教にしろ、朱子学にしろ、日の本の国には無かったものですよ。異国の優れたものは取り入れるのに反対はしません」

「殿サアは、どっちよ（どちらであろうか）」

「斉彬様は軍備を整えた上での開港を望んでおられましたが、今のように次々と開港を迫られている状況では悠長なことを言ってはおられないと気付いておられると思っています。しかし、攘夷運動が盛んな中で異を唱えるとますます混乱を招く。殿は、そうお考えになって、はっきりとした態度を示すことを控えておられるのではないでしょうか」

「そいで良かとじゃろかい（それで良いのであろうか）」

西郷は、明確な態度を見せぬ藩主に対し怒りを覚えているように思える。

安政二年（一八五五）、新春早々、去年水戸屋敷に向かう途中で会った二人が長屋に訪ねて来た。

「少しばかり金を貸して欲しいのだが」

「金のことなら勘定方ですよ」

「それができないから訪ねてきたのだ。そなた、留学生の面倒を見ていると聞いた。少しばかり融通してもらえまいか」

「藩金を下ろすには、面倒な手続きが要ります」

「それは分かる。そこをなんとか」

「書類に虚偽を記せば腹を切らねばなりません」

「そうか。そうだよなあ。今のは冗談と思ってくれ」などと言って帰った。

かねて付き合いのない者の言葉に不自然なものを感じたが気には留めなかった。

別の日、西郷が部屋を訪れた。

「この前、学問所で攘夷の署名捺印を断ったと言ったが、開国派は厚之丞の他に誰がいたか教えてくれ。殿様が学問所の儒学者の中に開国論者がどれくらいいるか知りたいと言われた。藩名と氏名を記す」

「プチャーチンとの応接に当たられた古賀謹一郎《きんいちろう》先生。この方は儒者であり漢学者でありながら洋学の知識に明るい方です。伊予松山藩藤野正啓《まさひら》、仙台藩岡千仞《せんじん》（鹿門）、伊予西条藩の三浦某。寄宿寮は幕府直臣ですので名前だけです。中村正直《まさなお》・田辺太一《たいち》・榎本武揚《たけあき》……」

「今度、オイは篤姫様の調度品の調達掛をすることになった。そいで、厚之丞に正式に御庭方をやって貰うと言われた。そのつもりでいてくれ。ところで、賭碁をしたことがあるか」

「囲碁は勉学の妨げになるので、江戸に来てからは打ってないと前にも言いましたが」

西郷は、それには応えなかった。

御庭方の役が回ってきてから、さらに多くの藩の屋敷に出入りすることになった。昌平坂学問所に在籍したために多くの友人知人を得たが、かつての友は各藩の重職に就いている。彼らを通じて斉彬公の書状は目的の方々の手に渡る。水戸公・越前の春嶽《しゅんがく》公・肥前鍋島公・土佐の容堂《ようどう》公・宇和島の宗城《むねなり》公。幕府内では老中筆頭の阿部伊勢守・西の丸の御留守居役筒井肥前守・勘定奉行川路左衛門尉、それに旗本の勝安房《あわ》などである。大名同士が直接会って話し合えば済むことではあるが、駕籠が動けば大勢の供が動き、訪問される側には相応の饗応の準備が必要となる。ここに身分が低く目立たない御庭方の存在する理由が在る。走り使いの者に大名の考えは分からないが、弱体化した幕府の立て直しを模索しているのは確かである。

越前屋敷から帰ると中西が小門の前で待っていた。帰りを外で待つという行為に胸騒ぎを覚えた。何か不測の事態でも起きたのかと問うと、

「右筆《ゆうひつ》様が先生のお帰りを待っておられます。門から直接部屋にお連れするように言われております」

「急ぎの用なのか」

「だろうと思います」

「では、大山さんに事情を話して例の物を右筆の所に取りに来るよう伝えてくれ。例の物と言え

ば分かる」

門内に入ると書役の一人が待っていた。背後に人の気配を感じたので道を譲ろうと脇に寄ったが相手は追い越さなかった。そればかりではない、等間隔を保ったまま後を付いてくる。部屋には右筆がもう一人の書役を従えて座っていた。

「今日は何処に行った」

質問の意図が分からないので黙っていると、顎で背後の者に「教えてやれ」と言った。

「越前屋敷であったろうが」

室内に響く強い声と同時に、右腕を背に廻され首を押さえ込まれた。顔を横に向けると、以前後を付けていた上原であった。突然、上原の手が懐に入り、油紙で包んだ「預かり物」を引き出した。「止めろ、それは」と叫ぼうとしたが声は言葉にならなかった。上原は油紙を広げ中の掛《かけ》袱紗《ふくさ》を広げた。現れた手紙を見た書役の膝が微かに震えているのが見える。異様な静寂の中に乱れた足音が近づいてきた。突然、首を押さえていた上原が畳の上に転がった。倒したのは大山であった。大山は示現《じげん》流の使い手であり、藩主の身辺の護衛も兼ねた茶坊主である。身体が自由になったので対座して右筆を睨《にら》んだ。

「これは、殿に宛てた越前様の御手紙です。ここで開封したとなれば、私は腹を切らねばなりませんし、勿論、開封を命じた皆様もですが」

大山が横に座った。

「篤姫様の調度品のことで西郷が多忙ゆえ、重野が代わって御庭方を勤めている。重野の尾行を命じたのは誰だ」

　大山の大音声に、上原の頤《あご》は右筆を示した。

「今回のことは、その者が勝手にやったことで。当方は全く知らぬことで」

　と、右筆が弱々しく答えた。

「荒木さあ、後をつけろち言うたとは、おまんさあじゃっどが（尾行を命じたのは、あなたではないか）」

　荒木は平身低頭して小さな声を絞り出した。

「知らぬ。私には全く関係のないこと」

「荒木さあ、卑怯《ひきょう》やっど」

「そのような言いがかり、はなはだ迷惑である」

　上原は、右筆の言葉を遮って「覚えておけ」と捨て台詞を残して部屋を飛び出して行った。


　安政三年（一八五六）一月、年末の篤姫と将軍家との婚儀を控え、年の初めより人の出入りが激しい。大地震で損壊した家屋修理のために、多くの大工・左官・屋根瓦職人・商人などが出入りする。篤姫が輿入《こしい》れの際に持参する調度品の調達を任された西郷は商人との応接で多忙である。

　池の中央に架けた橋の中央に東屋は建っている。造りが簡単なだけに修復は早かった。その東屋に西郷から呼び出された。近頃は側役のようだ。長時間にわたって密室で殿様と差し向かいで話をしたことを言って、「胸がどっきんどっきんした」と笑顔を見せた。西郷は感情が激してくると薩摩弁になる。

「とこいで、外交問題が良く分からんとじゃ」

「幕府が今のように弱腰では押し切られるばかりです。問題は如何にして国を強くするかです」

「うんっ、さすがじゃ。殿様は、水戸・越前・土佐の殿様・老中阿部様と強固な幕府を作る方策を考えておられる。厚之丞に連絡に走ってもらうので、そのつもりでおるようにとの殿様のお言葉であった」

と念を押して出て行った。最近は側役のように余計なことを言わなくなった。

越前屋敷から戻ると中西が顔を見るなり「急いで家老座に行ってください」と言った。

家老の呼び出しは珍しい。声をかけ部屋に入ると、家老は逆手に持った扇子で畳を指して座れと命じた。

「そなたには女が居るそうだな」

思わず笑ってしまった。

「何がおかしい」

「そのような妄言、誰が言いました」

「問われたことに答えろ。今日は何処へ行ったかを言え」

「御庭方として殿のお使いですので、用務先を明かすわけにはゆきませぬ」

「何時、御庭方になった」

「御家老様はご存じのはずですが」

「いいや、知らぬ」

　幕府は将軍の後継者問題で揺れている。他藩の重役には昌平坂学問所出身者が多いので御庭方の役が廻ってきた。殿の許しが得られたら幾らでも話すと言うと風向きが変わった。

「殿は役職を越えて下の者に直接命じられる。筋道を違えられると当方としては困ることがあってな、疑ってすまなかった。ところで、そなたは書生の面倒をみているが、池田に今月分の給金を与えたか」

「書生寮で伏せっていると聞き、七名全員の印章で勘定方から引き出し、池田が取りに来たら渡すつもりで預かっております」

「ほう、本人に無断で印章を付いて金を下ろしたのか。たとえ面倒でも手続きは病気快癒後にすべきではないのか」

「………」

「謀書（文書偽造）をやったことに間違いはないいな」

「いえ、そのようなことは」

「不正を知った以上、当方としては裁許方に申し出なければならぬ。判断が下るまで謹慎を申しつける」

　罠《わな》に嵌《は》められたと思った。中西に調べさせたところ意外なことが分かった。池田は家老の姻戚であった。不正を働いたという噂を流したのが池田本人か家老かは分からない。とにかく、理由の如何に関わらず謀書は切腹である。裁許方は「藩法を曲げるわけにはゆかぬ」の一点で押し通すはずである。ことは急を要する。中西を西郷の元に走らせた。西郷が大山を伴って現れると、中西は気を利かせて部屋を出て行った。

　大山は言った。

「家老を無視して殿に会い、しょっちゅう大名屋敷に出入りする重野を快く思っていなかったのであろう。吉之助、そなたの考えは」

「越前や水戸の屋敷に行くときは必ず重野に立ち会ってもらった。確かに外出は多かった。厚之丞は、どう思う」

「出る杭は打たれると言いますが、その程度のことと考えていました。西郷サアの尾行と思っていましたが、まさか私が標的であったとは思いもしなかったことです。小さな瑕疵《かし》に重罪を課して見せしめにする、まさにそのやり方ですね」

「直訴しかない」

　西郷の決断であった。

　半時後に大山が、遅れて西郷が現れた。

「殿のお言葉があった。明日御徒目付《おかちめつけ》無しで調べた上で国に下せと言われた」

　藩主斉彬公の温情ある裁定に深く頭を下げた。

　安政四年は参勤交代の年なので、斉彬公は年明け早々国元へ向けて出発する予定であった。ところが、正月から気分が悪くなられ病床に伏していた。恢復《かいふく》したと思ったら今度は風邪で体調を崩された。筆を執るのもままならないほどの重態であったとも聞いている。参勤の出発が遅れたことと、西郷と大山の二人が殿の傍近くに仕えていたことが幸いした。

「一応、奨学生に払う給金のことを話しておきます」

給費生に支払う金を『お賦《つもり》』と言い、三人賄料で一両と四斗四升分の米券を月々渡している。給費生全員の印形を当方で預かり、彼らは都合の良いときに金を取りに来ることになっている。師走に入っても池田が来ない。聞けば病で伏せっているとか。そうこうしているうちに、上原と堀という蔵屋敷の者が池田に代わって取りに来たが、このとき少しばかり金を用立ててくれないかと言った。勿論、断った。この二人も家老派と思う。藩金を横領していると大袈裟に吹聴して廻ったと思われる。藩外に友が多いことも嫌われた一因であろう。薩摩藩は他藩の者を入れず入国した者は関所を出るまでに殺害するが、その一方で藩外に出るとすぐ群れを作る。そういう風潮からして、藩外の者と広く交際する者を快く思わなかった節もある。しかし、もっと深いところに、献金で郷士となった者が大手を振って大名屋敷に出入りしていることへの反発もあったのではないか。もっと言うと、郷士風情が武士の子弟を監督することへの憤りもあるかもしれない。話しているうちに身分制度に対する怒りが沸いてきた。

「薩摩には『議を言うな』という言葉がありますね。考えを出し合って決めた以上、後から口出しするなというのが本来の意味ですが、やがて上位の者が下の者の発言を封じる時に用いられるようになり、それが高じて、もの言う者を嫌うようになりました。月に一度儒教について講釈する私など、嫌われ者の最たる者であったのかもしれません」

廊下に足音が聞こえた。中西が家老の伝言を運んできたところであった。

「明朝、出発せよとのことでございました」

西郷の表情が変わった。

「ならぬ、今夜のうちに出立じゃ。すぐ準備にかかろう」

「ご家老様は、明日出立せよとおっしゃいましたが」

「中西、そなた考えが甘いぞ。遠島を言い渡した後、途中で斬ることもある。永送《ながおく》りという言葉を知っているか」

「いえ」

大山が割って入った。

「藩内に入った余所者を関所役人が案内の途中で斬殺する。つまり、永久の別れのことだ。吉之助、時間が無い。我々で旅の準備をしよう。厚之丞は中西に引き継ぎを」

大山は西郷を連れて出て行った。

「引き継ぎと言っても別にすることはない。これまで通りのことをやれば良い。罪を得ての帰国であれば挨拶に廻ることもない」

「どうぞ道中は気を付けてください。いろいろありがとうございました」

しばらく経つと振り分け荷物を手に大山が現れた。

「西郷は途中より亡命させようと言うが、どうする」

「両親に肩身の狭い思いはさせたくありませんので、真っ直ぐ家に帰ります」

「追っ手に追われていると思って、国に入るまで絶対に気を抜くな」

と言って、西郷から預かった手形や餞別《せんべつ》を渡した。

翌日の早朝、まだ薄暗いうちに中西と二階建ての長屋の壁に添って行くと、裏口に西郷が待っていた。

「顔を見られんように小田原までは駕籠を使え」

西郷の尽力と餞別に謝意を小声で陳べて別れを告げた。西郷の気配りには頭が下がる。田舎の野山を歩きまわった知恵であろう、旅に必要な路銀から草鞋や脚絆《きゃはん》まで準備してくれた。もう一度振り返って闇に向かって頭を下げた。

中西重三とは品川宿で別れた。箱根にかかる頃から冷たい雨に雪が交じり始めた。関所で馬を下りると雪は足首を没するほど積もっていた。湖を渡る風が冷たい。鹿児島では雪が積もる日など滅多にない。寒さもあと少しの辛抱である。

都落ちと思うと、どうしても過去が甦《よみがえ》る。嘉永六年（一八五三）夏、ペリーの浦賀来航の折、昌平黌《こう》で学生が気勢を上げたことがある。『征夷の世職は外夷の進寇に備ふるに在り、全国の敵愾《てきがい》の公憤を以て之を一二軍艦に漏すは算なきに非ずや』という文章の後に署名を求められたことがある。異国の長所にも目を向けるべきと言って断ったが、それでも孤立することはなかった。正直なところ、異国船の通商を求める勢いは止められないと思っている。

参勤交代にかかる日数を四十五日と決めてあるのは、藩主用の風呂桶など重く嵩張《かさば》る物を運ぶからであって、身軽なひとり旅ではそのような日数は必要でない。一ヵ月くらいを目処に昌平黌時代の友人を訪ねながら帰ることにした。京では頼支峰《らいしほう》を訪ねた。支峰は旧友との再会を喜び兄の頼三樹《みき》を呼んだ。ところが、三樹は梅田雲濱《うんぴん》と僧月照《げっしょう》を伴ってやって来た。話題が黒船に及んだ時、鎖国の弊害を説き開国の必要を陳べた。持論を展開することに夢中になっていて支峰の表情に気付かなかった。客が帰ると支峰が言った。

「兄を呼んだのに余計な者が付いてきて申し訳なかった。二人は熱烈な開国反対派だ。素性の分からぬ相手に開国論を陳べるのは良くない。攘夷派が開国派を狙っている時代です。明朝暗いうちにここを発ち、一刻も早く君の国へ入りたまえ」

一つのことに夢中になって我を忘れることの危うさを支峰は教えてくれたことになる。昌平黌の七年間に培った友人の縁を頼るつもりでいたが、支峰の忠告に従うことにする。途中の田畑の光景を眺めながら陸路を行こうと決めた。農業に関心が行くようになったのは、西郷の影響かもしれない。馬関（下関）から小倉までは短い船旅である。冬の海と空は気分を重くする。過去は過去であって何をどう考えても後戻りはできないので、過去の一切を忘れようと決めた。小倉から鹿児島までは十日の陸路。突然帰宅しても両親は驚くので、小倉の宿でこれまでの経緯を認《したた》めて飛脚に託した。

次に機敏に動いて助けてくれた西郷に礼状を認めた。

自分が反省すべき第一は、藩の身分制度を深く理解していなかったことが挙げられる。藩は城下町に城下士を住まわせ、場外（麓）の集落に郷士を住まわせた。外城として百二十ヵ所の麓が存在する。郷士は麓の長である。その下に半農半士の者がいて、平時は農業に就くが戦いが起きた時は軍事に就く。城下士はそんな連中を一段低く見てヒシテベコ（一日侍）とか肥桶侍《こえたんござむらい》などと低く見ている。その他に、商人が多額の献金をした場合にも郷士の位が与えられる。献金郷士は金で身分を買ったとして武士階級からは蔑すまれる。城下士の最も低い身分が下士であるが、農地を持つ郷士や商人よりもその暮らしは苦しい。昌平坂学問所で秀才の名を欲しいままにした者に対する僻《ひが》み嫉《そね》みが今回の騒動の根底にあると思っている。十日に一回の割合で儒教や朱子学を語ったが、金で身分を買うような者が、何を偉そうなことを言うかという感情が先に立って素直に聞き入れてもらえなかったと思っている。例えば「修身治国平天下」を語るとき、自分の行いを正せという意味だけが耳障りな言葉として記憶の底に沈んでいったとも考えられる。もっと周囲の人間に気を配らなければならなかったと反省の言葉を陳べ、命を助けてもらったことへの感謝の言葉で筆を置いた。

二

薩摩から江戸へ向かう道は、鶴丸城《つるまる》（鹿児島城）を出て西へ向かってから海沿いの道を北上する西目街道と、東へ向かってすぐに山に入り鹿児島湾奥の加治木《かじき》から大口《おおくち》を経て北上する東目街道の二つがある。東目街道は山中を行く道なので、海沿いの平地を通る西目街道がよく利用される。小倉を出て熊本・八代《やつしろ》、薩摩領に入って出水《いずみ》・向田《むこうだ》・伊集院《いじゅういん》と西目街道を歩いてきた。伊集院から鹿児島城下までの八里は少し坂を登る道である。眼下に鹿児島の街が見える山の端まで来た。木々の間から町屋の屋根が見える。坂を下りて商家の間を行くと川幅の広い甲突川《こうつき》に突き当たる。橋を渡って川下へ向かうと、下流域に広がるところに西郷ら下士の住む町がある。上士の屋敷は塀に囲まれているが、武士の最下級である御小姓組の住む家々は、細竹や一つ葉などの常緑樹の生垣で囲まれている。柱二本を土に埋めただけの門、敷地は広くて三百坪、庭のほとんどを菜園とし屋敷の周囲には蜜柑《みかん》・柿・枇杷《びわ》・梅など実がなる木が植えてある。このような七、八十石取りの下士の家は甲突川河口の天保山《てんぽざん》まで続く。

大久保正助《しょうすけ》の家の門に立って中に向かって声をかけると、井戸端にいた若い娘が前掛けで手を拭きながら出てきた。姓名を告げると娘の表情が変わった。

「重野野水《やすい》様にはいろいろと助けていただき、家族ともども感謝しております。今、江戸からのお帰りでしょうか。御苦労様でございます」と丁寧に頭を下げる。

母親を呼ぼうとするので、近所の西郷家に手紙を届けると言って別れた。

天神馬場《てんじんばば》まで引き返し、真っ直ぐ桜島の方へと向かう。この大通りを抜けた先が商人の住む下《しも》町《まち》で、重臣の住む屋敷町に接するようにして商家である重野家はある。

「ただ今、戻りました」と声をかけると、

「ご苦労でした。あれ、お父上は」と、母は眼で息子の背後を探しながら言った。

小倉で出した手紙を読んだ父は、息子を他国へ逃そうと金を工面して肥後境へと向かったという。どこかで行き違いになったに違いない。

「やあ、お帰りなさいませ」と幼い頃から家で仕えている老爺《ろうや》が声をかけた。

「爺《じい》、元気そうだな。早速だが風呂に入りたい。なんとなく身体が臭うてな」

風呂を浴びて寛いでいると、大久保正助が西郷の手紙の礼を陳べに現れた。大久保は西郷の三歳年下で二人は幼馴染みである。西郷は江戸へ出る前、朱子学の大元である初学者向けの「近思録」を、仲間を集めて読んでいたという。その続きの講義をやってくれないかという依頼であったが、謹慎中を理由に断わった。

数日後、父は帰宅した。薄くなった鬢《びん》に白いものが交じっている。処罰のことを考えると久しぶりの団欒《だんらん》も気が落ち着かない。父は出郷後の鹿児島城下の状況を語った。父は言った、嘉永二年の「お由羅騒動」の悲劇は今も続いていると。例としてあげたのが大久保家の窮状であった。正助の父利世《としよ》は琉球館附役の職を解かれ喜界《きかい》島遠島の重刑に処せられ、記録所書役助であった息子は謹慎となったという。大久保家は収入を絶たれ赦免になるまで困窮したが、その時の借財の返還で未だ貧乏暮らしが続いていると言った。

幕府は公式行事の際に能楽を演じるので、列席する諸国の大名は幕府に倣って領国と江戸の藩邸内に能舞台を建立し自ら演じ、領国で暮らす期間は城内の能舞台で演能を楽しんでいた。やがて重臣に能楽を勧め、藩内の有力武士が能楽の楽しさを知ると、今度は彼らが商人に能楽を伝え城下町の庶民層へと広がった。

薩摩藩は天保の改革で貢献した町人二十二人に郷士という身分を与えたが、そのうちの十七人の藩御用達の品物を扱う商人には天神馬場の道筋に屋敷を与えた。織物の糸を染める藍を薩摩に伝えたのは重久左次右衛門という人物であるが、藍の葉を細かく刻んで発酵させて固めた藍玉を考え付いたのが重野太兵衛である。これにより藍の育たない所でも藍染めが可能になり、藩の財政に貢献したとして重野太兵衛は郷士に取り立てられたのであった。鹿児島城下には庶民のための能舞台が四箇所在るが、御用商人の町の能楽は他の三箇所の能楽に比べ能装束は豪華で城内で行われる演能と遜色はなかった。新年・年末・慶事・諸行事等で能が演じられたが、能楽に魅せられた重野太兵衛は息子厚之丞（後の安繹）に京より招いた能楽師を付け本格的に学ばせた。さらに藩は能役者を優遇する政策を打ち出し、芸道に関する限り武士で能を取得した者は専業の能役者と同じ扱いとし、町人でも能を習いたい者は江戸での稽古を認めた。厚之丞にとっての江戸での暮らしは、充実していて満足の行くものであった。それだけに天神馬場で育ったことは誇りであったのに、暗くなってから町中を歩いてみて寂れ方に驚いた。江戸へ出る前は何処かの家から謡いの稽古をする声が聞こえていた。

「父上、能楽師の先生方は何処に居られますか」

「かなり前に京へ戻られた」

「どれくらい前のことですか」

「あれは万延元年（一八六〇）頃であった。伊勢屋の店の辺で下士がうろついているのを見て驚いたが、やがて森山新蔵が下士仲間に加わったことを知った。商人の家の広間は大勢が集って話し合いを持つに適している。酒食を出した時は、下士の方々は帰りがけに近所の家に上がり込んで「この危急存亡の秋に謡などやめろ」と因縁をつける。武士は百姓や町人を斬っても届けを出せば罪にはならぬから、恐ろしくて町の様子がすっかり変わってしまったというわけだ」

「能楽堂はどうなりました」

「掃除だけは欠かさずやっている。とにかく、外を出歩くな。どんな災難に出くわすか分からん」

下士仲間の話し合いとは、西郷大久保の政治活動のことであろう。森山新蔵は長男の新五左衛門を武士にしようと、進んで大久保の仲間に加わったと父は言った。正式に赦免が言い渡されたら詳細を聞き質す方法はあるのだが、それにしても呼び出しが遅い。いったん決まった以上、さっさと言えば良いではないか、少々腹が立ってきた。

「仰せ渡し」は、評定所格の重役宅で罪人の親戚縁者を通して下される。三月朔日、父が目付宅へ呼ばれた。帰宅した父は床の間を背に座り、懐から取り出した「仰せ渡し書」を開いて見せた。

『島住居被仰付度願出候様……』の文字が並んでいる。

「これは遠島を願い出よという意味と聞いたので、すかさず聞いた。種子島でも良いのかと。すると、文書偽造をそのように軽く考えているのかと叱責された」と言った。

目付による「急度叱り《きっとしかり》」で済むと考えた自分は甘かった。奈落の底に突き落とされたような気がする。遠島刑には、身分剝奪の上で庶人に落とす重刑と、謹慎の意を表して自ら遠島を願い出る「願い遠島」がある。後者は、身分はそのままに総髪と一刀が許される。島暮らしの苦労は噂に聞いているので、「願い遠島」になったからと言って手放しで喜ぶわけにはゆかない。薩摩藩の流刑地は琉球に至る南西諸島である。琉球に近い与論島までは、鹿児島から大坂に至る陸路に等しい。鹿児島湾を出てすぐ見える種子島・屋久島あたりは軽微の罪の者、罪が重いと琉球に近い島になる。流刑地を自分で選ばせることとは、犯した罪をどう考えているかを問うていることになる。しかし、父の顔は何故か明るい。

「見ず知らずの者のいる所へ行くよりは知人の居る所が良いと思うが、どうだ。考えてみないか。藍のことで奄美《あまみ》に行ったとき世話になった鼎宮和義《カナエミヤワキ》という男が大島南部に居る。我が家は郷士だが、鼎家はひとつ下の郷士格だ。とはいえ、島では最高の身分で琉球時代の役人の家柄だ。志も高く唐通詞をやったことがある」

「父上、場所は大島の南部の何処でございますか」

「大島海峡に面した古仁屋《コニヤ》が御用船の着く中心地だが、鼎の屋敷は古仁屋に近い勝浦《カツウラ》という村にある。わしは隣村の阿木名《アキナ》にある鼎の野屋敷で四カ月を過ごしたことがある」

「できれば絵図に書いて、ご説明いただけませんか」

「まあ、聞け。わしは近辺の子に『いろは』を、女たちには藍染めのやり方を教えた。この時世話になった医師や役人には帰島後に礼の品物を送ってある。行けば、そなたを大切にしてくれる。これは大きな声では言えぬが、鼎は唐や琉球の文書を持っている。傷みの激しい物は写し直してあるから古《いにしえ》の琉球が分かる。琉球王朝の文書は貴重だ。大島は髪型から着る物まで琉球風でな、島には琉球が生きていると思えばよい。おお、琉球を知る人物が身近にいるではないか。琉球館蔵役の大久保利世殿だ」

　琉球館は唐貿易を行うための役所で、いわば江戸の袖ヶ浦に在る蔵屋敷のようなものである。堀で鹿児島湾に繋《つな》がっている。切石塀で囲まれた屋敷には常時百人ぐらいの琉人が滞在するが外出は禁じられている。

「一つお伺いしますが、藍のことというのは藍染めのことでしょうか」

「そうだ。藍の葉で作る染料のことでな、重ねた藍の葉を発酵させて突き固めて塊にしたものを藍玉と言うが、持ち運びができるから染めるのに場所を選ばない。実に美しい紺色に染め上がる。この藍玉を薩摩藩に取り入れたのが、この野水だ。藩は公租の年齢が終わった島の女たちに染めさせたいらしく、その下調べにわしを島に送ったのだ」

「結果は、どうでした」

「黒糖造りのように藩から強制されるのではないかという心配が先に立って、島の女たちは熱心ではなかった。早くに結論は出したが、南風が吹かない以上は帰国の船は出せない。だから、鼎の書物を読んで退屈を紛らせ、島の者に囲碁を教えたりして暇をつぶした」


数日後、大久保家から呼ばれた。既に畳の上に道之島《みちのしま》の絵図面が広げてあった。大久保利世は扇子を逆手に持って島々を指しながら説明する。

「鹿児島と琉球を往復する船は、トカラと奄美の島々に寄港しながら行き来する。海の上に道があると考えて奄美を『道の島』という。城下の前之浜を出た船は、海路十三里を進んで山川湊《やまがわみなと》に寄港する。ここには湾内に出入りする船を監視する遠見番所と、奄美から運んだ黒糖を納める砂糖蔵がある。次に寄港するのが屋久島横の口永良部《くちのえらぶ》島、山川と同じく温泉が湧く。風さえ良ければ、口永良部島から大島代官所がある名瀬《ナゼ》湊まで二日もあれば着くのだが、なにしろ船は風任せだ。海が荒れると潮繋りが続き、時には引き返すこともあって十日かかることもある。鹿児島を出て奄美までおよそ百十里だ」

次に流人として喜界島で過ごした三年を語った。

「喜界島の島民の数と流人との割合は、島民一万に対し流人は百人と聞いていた。流人が一ヵ所に偏らないよう藩庁が散らして置くので他島も同じ比率と思う。一番多いのは薩摩・大隅・日向からの流人であった。西本願寺の坊さんは公儀流人、幕府の隠密もいた。シマジン（大島人）・リキジン（琉球人）・ユタ・種子島人・島抜けを助けた船頭、片っ端から島に送ったという感じだ。勿論、島抜けは死罪だ」

高崎崩れのときは利世を含めて三人、近思録崩れの時は四人が喜界島に流されたという。詳しいので、「お調べになられたのですか」と聞くと、「退屈なので暇潰しのために聞いて廻った」と自嘲ぎみに笑ったが、赦免が遅れたことに不満を抱いているのか、次第に物言いが乱暴になった。

「今度は、砂糖積船の航路に従って説明する。ここが奄美大島北端の笠利《カサリ》崎。左の島が喜界島だ。右に行くぞ。陸を左に見ながら南下すると名瀬湊、この近くの伊津部《イップ》に奄美五島を統べる大島代官所がある。派遣の役人は五名、この人数で島を治めるからたいしたものだ」

扇子の先はさらに南へと下り、奄美大島と加計呂麻《カケロマ》島の間の大島海峡へと入った。

「海峡を通り抜けると大島の次に大きな徳之島、さらに南下して沖永良部《オキノエラブ》島。その南が与論島、この島から琉球は目と鼻の先に見えると聞いた」

利世は沖永良部島に役人として居ただけに、話す内容が具体的で詳しい。

「殿は赦免を急ぐべきだ。殿のお気持ちが分からん。鹿児島では斉彬様のお子が亡くなられてから、鳴りを潜めていた庶子派が声を上げ動き始めた。理由はお分かりかな。斉彬公の後継者が亡くなられたのだから、労せずして次の藩主の座は庶子である久光公に移ることになる。もし斉彬公が亡くなるようなことになれば、父の斉興公が後見として藩政を握るかもしれん」

「………」

「ところで、西洋型帆船のことはご存じか」

「品川沖の訓練を見て来ました」

「薩摩の金は薩摩のために使うべしというのが庶子派の主張だ。薩摩の金で造った船を幕府に献上するのは筋違いと口に出して言うようになった」

「斉彬様は、異国に対するには幕府と諸藩が力を合わせて当たるべきとお考えのようです」

「彼らの言い分は他にもある。洋学研究所である開物館《かいぶつ》と武器製造を目論む集成館《しゅうせい》は未だ収益を上げていない。あれこれ調べて造った大砲の砲弾は遠くに飛ばなかった。全てがそんな状態だ。彼らの主張は、天保の改革で貯めた金を新事業のために使いたくないということだ。おお、大事なことを言うのを忘れていた。刺客と毒蛇は命に関わることなので気をつけられよ」

「刺客が来ることもあるのですか」

「流人は藩政にとって邪魔であるし、中には危険な者もいる。島に居る間は下船者に気をつけることだな」

「医師は」

「腕が良くても薬が無い。自分で気をつけるより他に方法はない。流人の中に示現流を教えた者がいるが、百姓に剣術は無用だ。激しい立木打ちで病気をせぬ身体を作っていたと思う」

「ハブは」

「咬《か》まれたら為す術はない。向こうの人間は『ハブに撃たれる』と言う。手足の先を咬まれたら鉈《なた》で切り落とせば助かる。ところで、わしの頼みを聞いてもらえまいか」

と、利世は扇子の先を大島南部の海峡に当てた。

「大島海峡の入り口にある西古見《ニシコミ》に、わしと同じ時に流罪になった平瀬新左衛門が住んでいる。長男は十五歳になって父の元に流され、次男は隣の管鈍《カンドン》という村に遠島になった。新左衛門は武家の暮らしに嫌気がさしたのか、赦免後は自らの意思で島に居残った。手紙を書くので届けて欲しいのだが」

大久保利世とは初対面であった。自分を紹介するとき、江戸で斉彬公の御庭方をやっていたことを伝えた時、他人に対する冷ややかさが消え親しみを持った顔に変わった。大久保利世は文政十年と天保八年の二度、沖永良部島代官所の附役を勤めている。三度の離島経験の全てを、流人となる若者に授けようという意気込みのようなものを感じた。

利世の話が一段落すると、正助が囲碁を習いたいと言い出した。囲碁は覚えるまで長くかかる。覚えるならもっと早く始めるべきであったと言うと、

「斉彬様のお子様が亡くなられたのであれば、次の藩主は弟君の久光様だ。久光様は囲碁が好みと聞いた」

囲碁好きの久光公に近づこうという魂胆と思った。

心を読まれたと思ったのか、突然、からんできた。

「親子で罰せられたがために、我が家は貧窮のどん底に陥った。昼は菜園を耕し夜は金策に廻った。生きてゆくには金が要る。伝《つて》を求める行為を恥とは思わん」

大久保が長刀を質草に二十両を借りたことは聞いている。

父の友人の磯永某《なにがし》が、遠島経験者に聞いた話を土産に訪ねてきた。父は父で、南島の情報を集めている。

「住いは監視付きの島役人の家だそうですが、問題は食べ物だそうです。お父上からお聞きになったと思うが、藩が奄美大島に金銭の通用を禁じたので島民は物と物を換えて暮らしている。たとえ百両持参してもなんの役にも立ちませんぞ」

地獄の底に落ちてゆく気がしてきた。

「流人は私塾を開き塾生の親から食べる物を差し入れて貰いますが、中に礼金代わりに子供に飯炊きをさせた者もいたとききました。褌《ふんどし》・手拭い・風呂敷・扇子・盃・小皿・塗り箸・茶碗皿などの小物を数多く持って行くこと、それから、島役人への土産は百田紙《ももたがみ》や筆が喜ばれるとのことでした。ですから、留守宅としては小物を途切れることなく送ることだそうです。言い忘れましたが、船頭やカコ（水夫）への謝礼も忘れてはなりません。彼らが家と島を繋《つな》ぎますから。流人の中に、家からの援助が途絶えて百姓を手伝って暮らした者もいたと聞いています」

父は心配するなと言わんばかりに大きく肯《うなず》いた。

「水が違うで気をつけやんせ」と、母は息子の衣類を渋紙で包み柳行李《やなぎごうり》に詰めながら言った。母の身体は以前よりも一回り小さくなった気がする。その母が思いがけないことを言った。

「島で良かオナゴ（女）を、見つけやんせな」と。

島役人や流人は島へ行くと、身辺の世話をさせるために島の女を洗濯女として娶《めと》る。しかし、夫が赦免になっても島妻の出島を藩は許さない。出島を許せば藩の蔵に入る黒砂糖が減るからで、島で大型船を造ることを禁じたのは島民を閉じ込めておくためと考えられる。

島で金銭は通用しないが黒糖が金銭の代わりをする。船頭や親司《おやじ》の島妻の身内の者が闇の商人となって商うと言った。そして付け加えた。島に渡ったら誇りを捨てよと。

飯炊き少年の「かしき」が、大祥丸に乗船して出航を待つように言って来た。土産が入った木箱類、米俵、味噌樽などを載せた大八車を自分で曳《ひ》いて爺が押した。三度目の荷車には父が注文した焼酎や母が準備した煮染《にしめ》の重箱が載った。水夫に酒と料理を振る舞うのが乗船時の仕来りである。大久保は朱子学の友を連れ、磯永は息子の友人を連れて船を訪れた。甲板で車座になり別れの宴を持つのだが、賑やかであればあるほど別れた後の寂しさは格別であろう。父は何度も言った。「品物は欠かさぬように送る。心配するな」と。それを聞いた大久保が、自分はイヤというほど貧窮を味わったと腹立たしげに言った。収入が断たれ困窮した大久保家が如何に赦免を待ち望んでいたかよく分かる。それはどの斉彬派流人にも言えることであろう。母は素直に顔に寂しさを出し、父は息子を励まそうと陽気に振る舞う。孝行をすべき時に両親に寂しい思いをさせるのは心苦しい。あれもこれも己の不注意のせいと悔いた。足元の明るいうちに送別の宴は終わった。曇り空であったが夜になって風が出てきた。「明日の朝あたりに出航でしょう」と船頭は言った。

明け方、「帆を上げー」と叫ぶ船頭の声と帆綱を引く滑車の音や甲板を行き来する人の声で眼が覚めた。船は大きな力に押し出されたようにゆっくり動き始めた。朝靄《あさもや》の中朧《おぼろ》げな桜島の姿が後方へと流れる。陽が昇るにしたがって空と雲と海が色を変えてゆく。湾内は波が静かでまるで大綱に曳かれるように南に向かって進んで行く。潮の臭いも海の景色も新鮮である。物見遊山に行くような気分で遠い景色を眺めていた。桜島が小さく形を変え、やがて空に溶け見えなくなった。山川湊からは木材を積んだ船が並んだ。山の無い喜界島には砂糖樽を造る材木を鹿児島から運ぶという。さらに三隻の船が後を追うように付いて来る。五隻で船団を組んで南へ下ると船頭は言う。薩摩半島の南端を過ぎた途端、強い海流のために船体が揺れ始めた。天候が崩れ雨粒が頬を打つ。遠くに見えていた島影が雲の中に消え風浪が飛沫となって船を覆う。聞こえるのは帆綱を切る風音ばかりである。船頭は、このまま一気に奄美へ向かうと言った。生まれて初めて船酔いの苦しさを知った。小桶を抱えて吐き続ける。水夫がいろいろ説明するが耳には残らない。時の感覚も失ってしまった。かしきに現在の位置を聞くと、「トカラの中之島」と答えた。島影に入ったらしく揺れが収まった。「この島で潮繋りするそうです」とかしきが教えに来た。一泊して天候の回復を待つらしい。翌日も早い時刻に帆を上げた。ただひたすら島への到着を待つだけである。揺れが少なくなった。甲板に上がると前方に小さな島影が見える。大島であれば笠利崎のはずである。やがて左舷に鬱陶しいほどの緑の山が見えてきた。麓に藁《わら》屋根の先端が見え隠れする。雲が切れ青空が見え始めた。十年の江戸暮らしが懐かしく思い出される。

代官所のある名瀬湊に入るというので、甲板に上がった。湿気を含んだ空気が身体にまとわりついた。浜辺に船に向かって手を振る子供の姿が見える。沖に錨《いかり》を下ろすと小舟が近づいて来た。船頭と親司が書類を抱えて海上の取締まりに当たる津口横目の到着を待つ。島役人は大島代官所発行の「手札」を渡し、赦免状が来るまで携行するようにと念を押した。定められた手続きを終えると船は再び帆を挙げて南下する。島影に入って波が穏やかになったせいで景色を眺める余裕ができた。「これより大島海峡に入ります」と船頭が景色の説明を始めた。入り江の奥に白い浜砂が見え、集落の藁屋根の先端が緑の中から突き出て見える。船はまず久慈に寄港し、それから大島南端の古仁屋へ向かうという。両湊とも二十三反帆の大型船の繋留が可能な居船所といわれる港で、島に十九カ所在り、黒砂糖の積み出しが行われる。それぞれに番所が置かれ津口横目による船改めが行われる。阿木名村は、古仁屋村から峠を一つ越えた先にあるという。「阿」は鍵形に入り組んだ地形を、「木名」は草地を表すと言う。淀《よど》みなく喋られても記憶には残らない。

「よく辛抱なされましたなあ」と船頭が言う。船旅がこんなにも苦しいものとは知らなかった。そなたたちは立派だと言うと「慣れですよ、慣れ」と船頭は言ったが、慣れこそが島で生きてゆくのに必要な条件なのかもしれない。大祥丸の最終目的地は徳之島である。この船の到着後から黒砂糖樽の積み込みが始まり、来年の四、五月頃の南風が吹くまで島で暮らすことになるという。春植えた砂糖黍《きび》は初冬に刈り取り、搾った汁を煮詰めて黒砂糖にする。その黒糖を回収するための船が島に来るのは北風が吹く時である。閉ざされた島民にとって御用船の来航は外の世界を知る唯一の機会である。島民が船の到来を待ち望む気持ちはよく分かる。

船が久慈湾に入ると船の事務担当の親司が言った。

「先生は船酔いでかなり弱っておられますので、久慈で少し養生をされてから古仁屋へ向かわれた方がよろしいかと存じます。その段取りのために私が先生と一緒に船を下りますので、ご安心下さい」

親司は三島方や代官所の役人と接するだけに、物腰が柔らかくて折り目正しい。「一切を任す」と言うと「畏《かしこ》まりました」と頭を下げた。

船を下りても身体は揺れている。ふらふら歩く大和人が珍しいのか、子供たちが後をついて来る。親司が振り返って子供たちを追い払った。餅を重ねたように結い上げた髪、それを止める長い簪《かんざし》、前結びの帯、そして脛《すね》から下をむきだしにした着物姿。「道之島には琉球が生きている」と言った大久保利世の声が頭の中を駆け巡っている。

第二章　流刑地奄美での暮らし

一

安政五年（一八五八）――

このような辺鄙《へんぴ》な南の島で新年を迎えようとは思ってもいなかった。昨夜は独りでこの世に生きているような気になってなかなか寝付けなかった。父の言に従ったことは、はたして良かったのか、自分の意思で決めても良かったのではないかなどと考えたが、死んだ気になって生きるより仕方がないと結論付けた。

明け方、屋外の人の声で目が覚めた。炊事小屋のざわめきは正月料理の準備であろう。外に出ても身の置き所がないので横になったまま日の出を待つことにした。箱根では都落ちする心境を漢詩に詠んだが、江戸を離れるに従って詩心は萎《しぼ》んでしまって今は何も浮かんでこない。大切なのはこれからと自分に言い聞かせても、やはり江戸は懐かしい。

久慈で船を下りたことは結果として良かった。島役人の筆子《フデコ》の家で、船酔いのために弱った身体の養生ができたし、筆子の案内で平瀬新左衛門を訪ねることができた。西古見《ニシコミ》への四里の道は、狭い船中から解放されて苦にならなかった。新左衛門のように赦免後に島に居残った流人を「居《い》付人《つきにん》」と呼ぶ。かつて藩の要職に在った者が手の甲まで日焼けしているのを見ると、百姓と変わらぬ暮らしを送っていると思わざるをえない。新左衛門は何度も肯きながら大久保利世の手紙を読んでいた。読み終えて話し始めたのは、徳之島流罪となっていた村野伝之丞のことである。

「赦免状が来たとき伝之丞は病床にあった。周囲は帰国を止めたが、久慈にいる兄吉井七郎右衛門と一緒に帰ると言ってきかず船に乗ったが、残念なことに兄の顔を見ることなく船中で死んだ。赦免が早ければ伝之丞は死なずに済んだ。何時まで経っても赦免状が来ないので見捨てられたと思っていたのだ。せめて鹿児島の土を踏んでから死なせてやりたかった」と。

言葉の裏に斉彬公への失望が窺《うかが》えた。今は砂糖焚きで忙しい、暇になったら会いに行く、その時は江戸噺を聞かせてくれなどと言ったが、再会を期待する表情は独居の寂しさの裏返しに見えた。

昨日は、古仁屋から津口横目の茂米栄志《シゲヨネエシ》が来て、勝浦に建つ鼎宮和義の家へ連れて行った。途中の海沿いの道は心地よく、八里の道は苦にならなかった。江戸に比べて空が明るく冬の空とは思えない。道々、津口横目の仕事の内容を話した。漂着船の対応・藩船の通行手形の発行・流人の島抜け監視・島民の密航と黒糖の密輸の取締まり・流行病に罹った者の上陸阻止などであった。今度は流人の心得を語ろうとするので、「書いたものを見せてくれないか」と言うと、そんなものは無いが享保の『大島規模帳』に載っていると言う。何を勘違いしたのか、「物事は杓子定規に考えない方が良いですよ」と言ったが、聞き質すのが面倒なので無視した。

言葉が丁寧な割に態度は横柄である。これが天下の秀才といわれた者に対する扱いかと怒りが湧いたが、その気持ちは抑えなければならない。元旦は三献の祝というものをどの家もやると脈絡なく口にする。島の正月行事など全く興味ないので、聞いた振りをして喋りたいだけ喋らせた。

道は海岸線に沿って曲がり所々で岡を越えた。眼下の浜に村人が大勢集まって騒いでいる。赤い渚など初めて見る光景である。坂を下るとき豚を追う村人の一団に追いついた。首や前足に縄をかけられ無理に曳かれて浜へと向かう豚は、悲鳴に似た声を挙げ足を踏ん張って抵抗している。そんな豚を子供たちは一心に追い立てて渚へと連れて行く。待っていた大人たちに押さえ込まれた豚の首に包丁が突き刺さると、女たちが噴き出す血を鍋に集め始めた。血は料理に使い肉は甕《かめ》壺《つぼ》に入れて塩漬けにするという。土地の者には見慣れた光景かもしれないが、流罪の初日が豚の屠殺《とさつ》で始まったと思うと良い気はしなかった。茂は喋り続ける。島の家屋は部屋と部屋を外廊下で繋いだものと考えればよい。これは藩が大船の建造を禁じたので大家を造る技が絶えたためと言う。島では、この二部屋か三部屋の家二、三棟を外廊下や濡れ縁で繋いで一軒家と考えるという。当方は聞く一方である。

「そのように次々言われても覚えられぬ」と言ったところで茂は口を閉じた。鼎の屋敷の庭一面に浜砂が敷き詰められていた。海岸から運ぶ労力を考えると、新年を清い心で迎えようとする主人の気持ちがよく分かった。

そんなことを考えているうちに少しまどろんだようだ。

炊事小屋から煮物の臭いが漂ってきて、はっきりと目が覚めた。夕べの膳には「年重ね餅」入りの吸い物が載っていた。さて、元旦の膳には何が出るか興味がある。これまで食べる物に期待を持たなかったことを考えると、流人になっての最初の心の変化である。支度が終わるまで屋敷の裏に出た。建物の多さから見て鼎が島の上層の階級に属していることが分かる。菜園が広く穀物を入れる高倉が二棟、その他に倉庫や家畜小屋が建っている。牛・馬・豚を飼う建物の奥には二家族の使用人がいて、さらにその下の階級の使用人は別棟に居ると聞いている。白砂の庭は歳神を屋敷内に留め置くために三日間は掃除をしないという。

呼ばれて中に入ると、鼎家の一族であろう十四、五名が畏まって座っていた。

「オショウロー（差し上げましょう）」と、床の間を背にした鼎の声で正月の行事である「三献の式」が始まった。朱塗りの盆に餅の入った吸い物、これが一の膳である。二の膳は平皿に刺身、三の膳が豚肉の吸い物であった。床の間の隅に置かれた高坏《たかつき》には刻み昆布と裂いたスルメが載っていて、鼎が昆布に塩を付けてから各人の掌に載せる。食べ物を掌で受けて口に運ぶ仕草に違和感を覚える。一番驚いたのは、北国の昆布を南国の島で目にしたことである。箸を動かしながら喋っているが、話している内容は全く分からない。「先生、そろそろ」と鼎が声をかけた。五穀豊穣と鼎家の安泰を願って「高砂」を謡うと事前に伝えてあった。もとより百姓は能楽は知らないし室町時代の言葉など分かるはずはない。とにかく、祝う気持ちが伝われば良い。初めに、幼少の頃に謡と鼓を習ったこと、謡曲「高砂」が祝賀の席で謡われることを島言葉で説明してもらった。少年時代に能方にならないかと誘われたことも。中央に進み出ると皆が一斉に膳を引いた。「これより、新年を寿ぎ高砂を謡う」と大声で言って皆に静粛を強いた。

高砂を謡うのは久しぶりである。

「高砂や　この浦船に帆を挙げてー　この浦船に帆を挙げて　月もろともに　……」

喉の奥から出る大声に驚いたのか、一人として声を出す者はいない。気分が高揚してきて耳の奥で鼓や笛の音が聞こえ始め、能衣装を着けた自分の姿が目に浮かんできた。歌意など知る者はいないので正しく謡う必要はない。後半は口から出まかせを謡ったが、皆の真剣な眼を見ていて己の愚行に気が付いた。すると、急に羞恥心と孤独感が綯《な》い交ぜになって己を責めた。鼎は宴に花を添えてくれたと喜んだので、これを以て良しとすることにした。

午後、茂が顔を出した。新年の挨拶もそこそこに、これから暮らす阿木名に連れて行くと言ってから、「先生は馬に乗れますか」と聞いたので、「江戸屋敷の厩舎にはおよそ六十頭の馬が居て馬場も屋敷内にあった」と言うと、「六十四ですか」と言うので、「六十頭」と訂正してやった。江戸の屋敷のことを説明しても田舎役人に想像できるはずは無い。それをむきになって言い返した自分は明らかにおかしいと気付いた。自分で自分が制御できなくなった気がする。

古仁屋から勝浦までは峠越えの八里であるが、これを四里引き返すという。積み荷は家に届けてあると言ってから、今度は島暮らしの心得を話し始めた。冬はハブの心配は要らないが、それでも藪《やぶ》や叢《くさむら》は避けて歩く方が良い。ただ、蘇鉄の葉の中に居ることもあるので手を出してはならない。ハブは鼠を求めて家の梁《はり》に上ることもある。家の中にいても気を抜くな。島では村のことをシマと言う。またまた一方的に喋った。

野屋敷には豪勢な別邸の意味もあるが、鼎家のものは言葉のとおりの野の中に建つ茅葺《かやぶ》きの家であった。周囲は全くの黍畑である。門柱の上部に横木を通しただけの冠木門《かぶきもん》・穀物倉庫の高倉、高倉の下は作業場としての役割がある。以前は誰かの持ち家であったらしい。庭に砂糖黍の搾り滓《かす》が束にして転がしてある。これは薪として使うと茂は言う。「おもて」と呼ぶ家の縁側に鹿児島で積んだ大小の荷箱が並べてあった。茂が家の奥に声をかけ、老婆と若者を呼び出した。若者の名は弥四郎《やしろう》、老婆はふきという。老婆から名を聞かれたので、「厚之丞」と答えてから、新天地で新年を迎えたのを機に名を改めることにしたので明日まで待てと言っておいた。二人は怪訝《けげん》な顔を見せただけであった。ふっと、安繹という名を思いついた。「安」には「どうして・何故」という意味が、「繹」には調べるという意味がある。重野安繹《やすつぐ》、響きも文字の座りも良い。なにより、あらゆることに疑問を持つという生き方をも意味しているのでこれに決めた。

代官所は百姓が黍畑で働かなくても良い「遊び日」を設けている。つまり、百姓は年間二十日は役人に咎《とが》められることなく自由に休むことができるのである。その「遊び日」明けの一月三日に鼎の息子と弥四郎が、鼎の本宅から運んだ書籍の箱の整理に来てくれた。両手で抱えるほどの木箱二十個は、運ぶのに便利なように小分けしたという。蓋の被る櫃に書籍が入っていたが、湿度の高い島での櫃は書物保存には適さない。蓋を開けると思ったとおり黴《かび》の臭いがする。一番上にある「論語」を持ち上げると綴じ紐も傷んでいて紙魚《しみ》が歩き回っていた。そっと頁を捲《めく》って風に晒《さら》す。一枚一枚書き写したものや、行間に朱筆で書き込みが入れてあるものもある。書写は目読よりもはるかに知識が身に付く。「大学」・「中庸」・「孟子」は、「論語」とともに儒教の要となる書である。鼎を単に田舎の物知りと思っていたことを恥じた。また、先祖が唐通詞をしていただけに漢書が多い。中でも漢文体で書かれた琉球王朝の正史『球陽記事』（「球陽」とも）は貴重書である。琉球統治時代の間切《まぎり》役人は琉球王府が任命したのだから、鼎家に「球陽」が在って当然である。

「あのう」と言う声で我に返った。振り返ると鼎が外に立ってじっと見ていた。

「人に見られますと都合の悪い物がございます」

「何がまずい」

「薩摩は琉球に関する文書や系図を出させましたが、私どもの先祖は隠して出しませんでした。写し直しを繰り返して今日に至っております。ただし、ここにあるのは『球陽』の三巻だけでございます」

琉球王府は、薩摩の支配を受けていることを清国に隠すために別巻仕立てにしたと聞いている。

「わしは、江戸では書類を見るのが仕事であった。『球陽』は噂に聞いて知ってはいたが、こうして見るのは初めてだ。是非、書き写させて欲しい」

と頭を下げると鼎は快く承諾してくれた。

「筆墨は文士の弓箭也と言うぞ。拙者、これより『球陽』と闘う」と言って笑いを誘ったが、冗談は鼎親子には通じなかったらしく怪訝な表情を残したまま帰って行った。

ふき婆と弥四郎に、「先々世話になるので」と挨拶代わりに風呂敷を渡そうとすると、主人に無断で受け取るわけにはゆかぬと弥四郎は断り、ふき婆は恭しく頭を下げて受け取ってから、小さな声で弥四郎に聞いた。「風呂敷は何斤替えかや」と。

弥四郎は聞こえなかった振りをしている。

「黒糖が金銭の代わりをするのだな」と言うと、ふき婆は作り笑いを浮かべて頷いた。

「それなら価格表があるはずだ。わしら流人には必要な物だ。是非、見せて欲しい」

ふき婆は弥四郎を見て言った。「持っとるだろうが、先生に見せてやれ」と。

弥四郎は黙って肯いた。

「先生が島妻《アンゴ》を娶るまでですよ、あたしらが来るのは」と、ふき婆は話を逸らした。

思ったことをそのまま口にする老婆に比べ弥四郎には若者らしさが無い。名が薩摩風であるのも気になる。素性も性格もいずれ分かる。時間はあり余るほどあるのだから。ものごとを急がないことも島で生きる知恵であろう。

黒糖の焚き上げの繁忙期に入った。島の冬の訪れである。来客に煩わされることなく書見に集中できそうだ。眼が疲れると水平線や雲の流れを見るようにしているが、いつの間にか自分の将来について考えている。江戸へ帰りたい。それが適わなければ造士館教授に。後ろ盾を失ったことを考えると、希望どおりにことが進むとは思えない。父の後を継ぐのは簡単だが、芭蕉布や紬の染織についての知識は全く無い。もしも居付人となった場合、その土地の百姓と付き合うことになる。徳之島では、退屈な島の暮らしに発狂した派遣役人がいたと聞いた。精神的な成長の無い暮らしは地獄であろう。

鼎は黒糖の献納で島の最高の身分である郷士格になったが、鹿児島城下に出ると郷士の下に位置し、鹿児島では価値の無い身分である。藩は島の豪農の誇りをくすぐることにより、大量の黒糖を吐き出させる方策として考えたに違いない。代官所と百姓の間に介在する島役人と豪農の存在は、島民支配の上で重要な役割を担っている。定免制のために百姓は決められた額の年貢を不作の年にも納めなければならない。鹿児島から来た派遣役人が直接徴税に当たると島民が激しく反発するので、それを避けるために島妻《アンゴ》が生んだ島役人を介在させている。また、豪農は年貢の出せない百姓に代わって納めてくれるから便利な存在である。両者を代官所と百姓の間に介在させて抵抗の芽を摘み、決められた額の黒糖を収集して藩の蔵に送り込む。これが代官所の仕事となる。

起床後すぐ散歩に出るようにしている。病を招かぬために身体を作れという大久保利世の助言を実行している。経験者の語る言葉は重い。大久保利世は沖永良部島では役人の目で島を眺め喜界島では流人の目で島を見ただけに、助言は核心を衝いていて無駄が無い。

書籍の風干しをしていると、庭先を五歳くらいの子供たちが通った。手招きして呼んで拳大の丸石を持って来るように頼んだ。文鎮の代わりにするつもりである。「駄賃代わりに字を教える」と言って庭に下りて、『阿木名』の文字を書く。四人は真似て書き、音読させると喜んで声を揃えた。

「加計呂麻鼠と古仁屋鼠の話は知っているか」と聞くと、子供たちは顔を寄せ合って、「聞いたことがあるか」とか「知らん」などと島言葉で話している。

「むかし、加計呂麻島に一匹の鼠がいてな、ある日、友達の古仁屋鼠に会いに船に乗ってでかけたんだ」

伊曽保物語の一話を勝手に作り変えたものである。身近な地名に興味を持ったのか他愛ない話であったが子供たちは喜んだ。こんなことも気晴らしになる。

「先生、出鱈目《でたらめ》を教えてもらっては困ります」と、弥四郎は非難めいた言葉を残して帰った。

「あの男は何時見ても覇気が無いが、病気か」と聞くと、ふき婆は弥四郎の両親を語った。

大島代官所の役人が、この地の検分に訪れた折に夜伽《よとぎ》に出された娘が母親であったと言う。

「夫」の任期中は代官所のある伊津部にいたが、夫が二年の任期を終えて帰国すると阿木名の両親の下で弥四郎を育てた。夫は帰国の際に、弥四郎が十歳になったら医師稽古に鹿児島に呼ぶと約束、しばらくして日向の都城の役所勤めになったという手紙が来て音信が絶えた。

「あそこは、都城島津家の私領のはずだが」

「そんなこと、島の者は知りませんよ」

と言って、ふき婆は怒ったように言ってその後日談を語った。

弥四郎の母から相談を受けたふき婆が船頭に頼んで調べてもらったところ、都城云々は嘘であることが判明。それを言うのが辛くて、「まだ返事が来ない」と嘘を通したが、弥四郎の母は別の船頭にも頼んであった。夫の実家が裕福であることを知ると、弥四郎の母の怒りの矛先は真実を知らさなかったふき婆に向けられた。やがて、「シマの者が寄って集《たか》って自分を欺して嘲笑《あざわら》っている」と言い出し、ついには発狂してしまったという。髪振り乱し泣き叫んで手が付けられない母親を心配して、弥四郎は後をついて回るだけであった。周囲が集まって、このままでは弥四郎が可哀想だから不実な男は諦めろと説得したところ、息子のために死ねと言われたと思ったのか海に入って戻らなかったという。母は死んで公租を免れたが、息子は十五歳からの貢納を鼎に肩代わりしてもらうことになり、身は鼎家のヤンチュとなって暮らしていると語った。

「親戚の助けを受けて借りた分を返せば、元の身分に戻れるのではないのか」

面倒を見てもらった衣食住の経費が利子として課されるので、それはできないと言った。

「そなたもヤンチュなのか」

「はい、立派な鼎家のヤンチュでございます」

「立派でないヤンチュもいるのか」

「ヒザというヤンチュの生んだ子は、鼎家の牛や馬のようなものです」

「売り買いができるという意味か」

「まあ、いろいろです」と、ふき婆は話を逸らした。

何処の豪農もヤンチュとヒザを抱えている。主家にとって貴重な労働力であり便利な使用人であり富の象徴でもある。逆に一生を束縛されるヤンチュとヒザは、己の力で生き方を変えることはできず、成り行き任せの人生を送ることになる。弥四郎の若者らしくない原因の一端を知った気がする。

今日は、「御廻文留写」を見ている。これは大島代官所が七つの間切（島内の行政区画）を回覧させた御触書の写しである。急ぐためかお家流の文字が乱れている。

弥四郎が覗き込みながら言った。

「百姓に朝寝を許すなと書いた所がありませんか。あっ、これ、これ、これですよ」

指を置いたところに、『病気故障之外余事一切不相成候』の文字が見えた。以下のように続く。『病人や差し障りのある者以外一切休んではならない。病痛のある者は夜なべ仕事に代えても良いが、病人以外は全て畑に出すべし』

「畑に出ないと必ず主取《シュド》りが呼びに来るので、鼎より主取りの方が恐ろしいのです」と訴えた。

「そんなに怖いのか」

「具合が悪くても畑に連れ出すんですよ。自分の物にならないのなら寝ていた方が得です」

御触書は代官所が百姓に出した農作業の命令書である。この指針に従って百姓の怠業を取締まり農作業の監督をするのが主取りの仕事である。文面は黍の成長を助けるための農業指導で終始しているが、中に百姓に対する生活指導も含まれる。『遊び日を島中で決めたにもかかわらず、それ以外の日に休んでいる村がある』として以下の注意事項が並んでいる。

黍の一番草取りから念を入れて行うこと。

黍の隙間を深く耕し古株は全て取り除くべし。

肥やしは一・十・二十日と、月三回入れること。

肥やしには、海草と馬や豚の糞を混ぜよ。

四月から九月まで毎月一度は草取りをせよ。

カライモ（薩摩芋）を植えるよう申しつける。

二十五代藩主島津重豪と二十七代の斉興から、天保元年（一八三〇）に財政改革を命ぜられた調所笑左衛門広郷こそが奄美大島・喜界島・徳之島の三島に砂糖惣買入制（惣は全部の意）を導入し搾取の手段を考案した人物である。十年で五十万両の貯蓄を命じられた調所は、百姓に対して厳罰で臨んで目的を達した。藩の財政を建て直したとして他藩の者も調所を賞賛する。調所の力添え無くして藍玉事業は成功しなかったのだから、父が調所の死を惜しんだ気持ちは理解できる。調所は嘉永元年十二月十九日に、あの芝の藩邸の西向き宿舎で毒を仰いで死んだ。昌平坂学問所に入った年であったので死亡の年月日を正しく覚えている。藩邸内の記録には、『笑吐血』としか書いてなかった。痛風を患っていたことや七十三歳という年齢から死因を病死と考える者もいたが他殺説も飛び交った。琉球を隠れ蓑にした密貿易が幕府に発覚したので責任が藩主に及ぶのを阻むために責任を取って毒を仰いだとするのが自殺説である。他殺説は反対派の誰かによって毒を盛られたというものであった。しかし、この時の屋敷内の話題は、もっぱら家老の死に方にあった。下士の家柄であれ武士として腹を切るべきであったとか、毒を仰いだのは藩に貢献したにもかかわらず二人の藩主経験者が庇ってくれなかったことへの当てつけという声もあった。

弥四郎に聞いてみた。

「一将功成りて万骨枯るという言葉があるが、意味を知っているか」

「そんな人間は島にはいっぱい居ますよ」

名を挙げた中に鼎が入っていたので、弥四郎が鼎に対し反感を抱いていることを知った。

中食の後はふき婆と茶を飲むことにしている。シマの出来事や人の噂など聞きながら。

「こんな上茶は、なかなか飲めません」

「茶に上・中・下があるのだな」

「下々もあります。茶一斤は二十五斤の黒砂糖と替えます。米は、今は三合で一斤替えです」

塩一斤は黒糖三斤替え、鰹節一斤は二十斤、油一升は二十斤、鍋は大きいので二百斤、煙草にも上下があるなどと淀みなく喋ったが、鍬《くわ》・鎌・釘・提灯《ちょうちん》などは島で作れないので羽書《はがき》で替えると言った。交換場所を聞くと、「船のアンゴ」と言ってから慌てて口を押さえた。

以下は、弥四郎から聞いた話である。島民が品物を購入する方法は二つある。一つは羽書を用いて藩から購入する方法、もう一つが密かに船のアンゴの家で取引する方法である。水夫の私物として運んだ品々を、御用船の船頭と親司の島妻の家の者が売るという。支払いはもちろん隠匿した自家用の黒糖である。

「役人に知られたらどうなる」

「決まりどおりにやると、みんな餓死しますよ」

「皆が見て見ぬ振りをしているというわけか」

「島では不正に眼を瞑《つぶ》ることも必要なんです。物事を厳しくやると生きてはゆけません」

弥四郎はかねてにない強い口調で返した。

海の丸石を運んだ幼い子供たちには礼代わりに「いろは」を教え、念仏のように唱えながら帰るのを命じた。学ぶ意欲のある子供には漢字を教えるつもりでいる。その時が来たら、櫃に在った「千字文」と「実語教」を教えることにする。鼎の話によると、漢文の素読ができる入塾希望者は今のところ六名という。素読から始めて中国の古典へと進むのが王道である。やるからには、武士の子弟並みの読解力を付けてやりたい。「古文真宝」は有名な古詩や古文を集めたもので初学者向けである。次の段階としては、「論語」・「孟子」・「大学」・「中庸」の四書となるだろう。その後に、儒教が重んじる五教典（易・書・詩・礼・春秋）や「近思録」を考えている。入塾希望者の中に親の跡を継ぐ者が三人いる。鼎と茂は島役人、森は医師を目指す。謝礼など塾に関する一切を鼎に任せたのは、学問以外のことで煩わされたくなかったからである。

時には弥四郎を送りながら散歩に出る。杖が欲しいと頼んであったが一向に持ってこない。

「杖はいつ頃できる。頼んでから長いぞ」

「今、砂糖焚きの火で炙《あぶ》って艶を出しているところです。ものすごく良いのができます」

「前にも同じことを言ったぞ」

「先生、あそこが神山《かみやま》です」と指さした小高い岡は、ただの緑の濃い塊である。村人が、神が住んでいると信じて疑わない山である。何処の村も入り江の奥にあって三方を山で囲まれている。その鎮守の森から流れてくる小川の水は波静かな湾奥の海へと注ぐ。神が住む山と浜辺を結ぶ神道で子供の頃に遊んでいて母親に叱られたと言った。しかし、弥四郎が意識的に話題を逸らしたと思っている。

畑の隅に刈り取った砂糖黍が積んである。弥四郎は束の中から一本引き抜いて、持っていた鎌で一尺ほどの長さに切って器用に蠟質の外皮を剥《む》いてしゃぶるように言った。

「砂糖黍の汁が、こんなに甘いとは知らなかった。黒糖とは違ってさっぱりした甘さだ」

「でしょう」と弥四郎は満足そうな表情を見せた。

「黒砂糖は一日どれくらいできる」

「男女十人で樽一挺《ちょう》というところでしょうか。一樽は百斤から百五十斤です」

樽の大きさと高さは口径は一尺五寸、底一尺三寸、樽自体の重さは十六斤。不正防止のために竹木横目の監視下で毎年新しい樽を作り、裂いた竹の皮は樽の絞め帯として使う。

「黒糖を樽に詰めると百斤ですよ、百斤。天秤棒で吊して一挺ずつ二人で運ぶか、牛に曳かせるかです」

「馬車で運べば良いではないか」

「古仁屋に行くには峠を越さねばなりません」

船積みの苦労を考えると何も言えない。

「どうだ、たまには泊まりがけで来ないか。話し相手が欲しい。その気があれば鼎に話すが」

「有難うございます」

鼎に相談すると、意外にも簡単に了解し息子も加えて欲しいと言った。鼎の頼みを断るわけにはゆかないので了承したが、考えてみると息子を加えることで弥四郎の口を封じたことになる。

事の次第を弥四郎に話すと、

「だと思いました。先生が私のために言って下さったことは嬉しいです。有難うございます」

余程嬉しかったのか眼が潤んでいた。この日を境に弥四郎が変わった。聞かれたことを素直に話すようになった。「砂糖焚きはそんなに忙しいのか」と聞くと、以前なら「はい」のひとことしか返ってこなかったが実に詳しく説明した。シマを離れた黍畑に間口三間奥行き四間ほどの砂糖小屋を建て、そこに寝泊まりしながら作業をするなどと。

弥四郎は約束の『諸品代糖表』を持ってきた。これは生活用品の値段表である。蠟燭《ろうそく》一斤は黒糖二十斤替え、百田紙一束は二十五斤、小筆一対は五斤、米・鮭・昆布・素麺・塩・煙草など、ありとあらゆる品物に値段が付いている。大きめの風呂敷一枚は黒糖二十八斤替えであった。相場を知らなかったので二人には大金を払ったことになる。

今日も「球陽　附巻一」を写している。傍で弥四郎は墨をすりながら文字を目で追っている。「今どこを読んでいた」と聞いて弥四郎が指を置いたのは、『薩州大将樺山氏等率領勇士三千余人座駕兵船七十余隻至運天津……婦女驚愕皆致入山逃難』の部分である。島津の軍勢が沖縄本島の運天《うんてん》に上陸したのは慶長十四年（一六〇九）三月であった。首里城を占拠して尚寧《しょうねい》王を捕らえ鹿児島に連行した。その二年後に奄美五島に検知帳が作られ薩摩の直轄地（植民地）になったのである。元和九年（一六二三）には、「大島置目之条々」が発せられ琉球との紐帯が完全に絶たれた。これが困窮生活の始まりであった。

弥四郎の説明から島の身分階級のおおよそが分かった。島民の最上位が「郷士格」の豪農で、その下に与人・横目など島民の取締まりに当たる島役人が居る。島民の大半は自作農であるが、零細な百姓は年貢を豪農に肩代わりしてもらってヤンチュとなる。その下に位置するのがヒザである。この話は前に聞いた気がするが、最近は島のことに拘泥しなくなった。

「ところで、借りた年貢を返す当てはないのか」

「まったくありません。死ぬまでヤンチュです」

「今一番の望みは」

「望みなんかありませんよ。畝幅や高さ、植える黍の数まで決められ、朝早くから夜遅くまで畑仕事ですよ。その日暮らしで精いっぱいです。望み、そんなのは全くありまっしぇん」

とおどけて見せたが、かえって哀れを誘う。

鼎の手元には、黍の作付けから収穫に至る経過を示すものと製糖実績が記された個人別の帳面があり、砂糖黍の収穫予想量を届ける「内斤届け」というものもあるという。とにかく、未だ知らないことだらけである。弥四郎は島を知る手掛かりとして役に立つ。

鼎に隠れて泊まりがけで来ないかと誘うと即座に断った。

「早朝から畑に出るのか」

「時を報せる法螺貝《ほらがい》を吹くんです、私が。朝日が昇ると『起きろー』と吹き、朝飯が済んだ頃に『畑に出ろー』です。私は、これを終えてからこちらに来ています」

「そりゃあ大変だ。そなたが傍にいるときは誰が来ても安心だが、土地の者が喋る言葉が分からんので困っている。島言葉の手引き書を作ろうと思うが、どうだ、手伝ってはくれぬか」

「喜んでお手伝いします」

「家がヤで人がチュだ。だから、ヤンチュを漢字で表すと『家の人』になる。これは最近、気が付いた。飛蝗《ばった》や蛙や蝶は島言葉で何と言う。子供を相手にする時のために知りたい。『南山俗語考』を真似ようと思う。これは唐通事が必要とする物ゆえ鼎も持っている」

弥四郎は漢文が読める。敬語も使える。かなりの知識を備えていると思っている。鼎が弥四郎の才能を見抜いて無視しているのであれば、弥四郎の怠け癖は鼎への反発ととれる。

「『南山俗語考』を取ってきてくれ」

弥四郎は床の間に積み上げた書籍の中から、迷わず『南山俗語考』を抜き出してきた。これは二十五代藩主島津重豪の命令で編まれた中国語の手引書である（南山は重豪の号）。薩摩には難破船が時折漂着するので、長崎の唐通詞に作らせた日常語の日本語訳と発音を記した辞書である。『大島語案内』はこれを真似て作りたい。表紙には二人の名を記すと言うと弥四郎は喜んだ。


代官所の役人が流人の暮らしぶりを見に来る日が近づいた。今日は予行の日である。鼎が弥四郎を連れて訪れた。まず、日誌を差し出す。黙読していた鼎の顔色が突然変わった。「先生、これは」と、日誌の中の『三島方役人丸野某来訪之由』の文を指差す。

「わしが留守の折に、鹿児島役人が訪ねて来たと婆さんは言うたが、鹿児島の役人が一人で来るはずはないので、鼎さんの来るのを待っていた」

鼎は、ふき婆のいる別棟の方へ行って島言葉で何ごとか聞いていたが、首を傾げながら帰ってきた。

「刺客かもしれませんので身元を調べてきます。弥四郎は今すぐ先生を茂の家にお連れしろ。先に行って茂に話しておく」と馬上から声をかけて去った。

命を狙われる心当たりは全く無い。念のために弥四郎には鎌を持たせた。樽の運搬を終えて帰るシマの連中に会った。疲れて道端に座り込んでいる者もいる。まるで蟻の行列である。

坂を下りきったところで鼎に会った。

「入港中の大徳丸で確かめたところ、丸野清衛門という役人は既に三島方を辞めているとのことでした。正体が分かるまでは、先生は茂の家に居てくださいい。話が付いていますので」

と言って馬を走らせて去った。

茂の屋敷に入ると茂夫婦が緊張した顔で待っていた。

「余所者に気付かれないように、先生の髪を琉球風に結い直して着物を替えて貰います」

高倉の下に連れて行かれ茣蓙《ござ》に座らされた。茂の女房が椿油を掌に数滴落としてから髪を伸ばし始めた。手の甲の刺青《いれずみ》がちらちらと見える。女の刺青は古くから島に伝わる習慣とは聞いてはいても、頭の上を蛇が這うような気になってしまう。茂の古着を着けると、「シマンチュと変わらんが」と二人は満足げに話している。茂が隣の家にいる船頭と親司を呼ぶと、二人は加計呂麻島渡連方《ドレンホウ》の太《フトリ》という与人《ヨヒト》を連れてきた。車座に座ったとき親司が偽のシマンチュに気付いた。

「先生」と言ったまま続く言葉が出てこない。「何処から見てもシマンチュですな」と船頭が言ってから笑いが起きた。島の着物が似合うと言い、この方が話しやすいと座が和んだ。

「先生、驚いちゃいけませんよ。この太はヤンチュを六十人持っているんですよ」

親司の言葉に、太は謙遜してこう答えた。

「大和浜《ヤマトハマ》の林《ハヤシ》家は三百人です」

太の言葉がきっかけで、三人は各地の豪農の持つ使用人の数について喋り始めた。琉球風の呼び名の地名や人名など馴染《なじ》めないし、早口で喋られるとほとんど分からない。さらに、大和浜が何処にあるのか地理が不案内である。渡連が加計呂麻島の古仁屋側にあり、外洋側に諸鈍《ショドン》があると太が教えたので、与路《ヨロ》島への行き方を聞くと皆が驚いた。古仁屋から行くには船を三度乗り換えると聞いただけで行く気は消えた。諸鈍湾は、むかし琉球船が入った所と太は自慢し、須子茂《スコモ》には琉球王府がこの地のノロに与えた叙任辞令書と琉球塗りの丸櫃やノロの大扇が在ると、また自慢する。

「その櫃と扇の大きさはどれくらいか」と聞くと、

「やはり、噂どおりの方だ」と親司は言った。

「どういう意味だ」

「先生は疑り深い方で、突っ込んで聞かれて困るとある人が言いましてな」

「知らぬことは聞いて当然ではないか。しかし、昔の言い伝えが本当とは限らぬ。証が必要だ」

「証しがあれば信じていただけますか」と茂。

「当然だ」

「実は、我が家の先祖は唐に向かう途中、大風に遭ってこの島に流れ着いた僧侶でして」

船頭たちは茂の先祖には興味がない。明日の晩は夕食に呼ぶと言って太を連れて帰った。

茂は系図を広げた。

「次に書き写す時は、写した日付と写した人の名を入れておくんだな。そうでないと系図買いと思われる」

「新左衛門様もそうおっしゃったので墓に案内したのですが字が潰れて読み取れませんでした」

「位牌は在るか」

「昔、火を出しまして、藁屋根なので、あっという間に燃えて、道具や着物を取り出すことに夢中で、持ち出せたのは位牌が三枚です」

茂は女房を呼んで位牌を持って来させた。卓上に置いて合掌したとき、別棟にいた五人が入ってきた。全員親戚と言ったが、シマでは隣近所も親戚と考える。死亡年月日を調べて、『空悟性禪林居士　行年四十五歳』の位牌が一番古いことが分かった。

「この方は、約五十年前の『文化十葵酉八月四日』に四十五歳で亡くなられた禅宗の僧侶だ」

「どこで禅宗の坊さんと分かるんですか」

「『禅林』は禅寺のこと、『悟』は仏の道に入って悟りを開いたことを表す。ご先祖様が僧侶という説は正しい」

「有難うございます。系図買いではないかと言われ悔しい思いを何度もしております。嬉しゅうございます」

茂は頭を床に付けて礼を言った。

「これを紙に大きく書いていただけませんか。床の間に提げようと思います」

「わしが書けば高くつくぞ。それでも良いか」

最近は士魂が消え、時々商魂が顔を出すようになった。もともと我が家は商人の家であったから当然なのかもしれない。金銭を口にすることは男にとって恥ずべきことかもしれないが、恥じてばかりいては島では生きてはゆけぬ。とにかく、赦免の日まで生き延びなければならぬ。茂の息子を褒めておいた。誉め言葉が時には刺身を連れて来るから、誉めることも暮らしの知恵である。それにしても島の人間は系図が好きだ。弥四郎は母方の、ふき婆は家伝の系図を持ってきて見せた。高貴な家の出なので、自分を低く見るなと言いたいのかもしれない。かつてヤンチュ十家族を持っていたことも、これまでに三人の流人の面倒を見たことも茂の自慢である。古文書は簞笥《たんす》の中にあると鼎から聞いていたが、今日は見せなかった。

次の日、古仁屋の港に黒糖樽の積込み風景を見に行った。港には五十人ほどの男たちが働いていた。主取りが砂糖積船の舷側で帳面片手に指示を送り、船上の水夫が並んで樽を受け取っている。腕組みをした太が諸鈍の黒糖の到着を待っている。目の前を弥四郎が通った。「おいっ」と声をかけると、「先生を探していたところでした」と言った。弥四郎によると、丸野某は住用《スミヨウ》に住む元大工の流人であった。腕を見込まれて代官所の仕事をした際に、その役人の名を知ったという。三島方の名を騙《かた》ったからには、与論島への流罪は免れぬと言った。武士の流人は「教える」という生活手段を持ち、家族や友人の助けもあって暮らしに困ることはまず無い。しかし、収入につながる手業を持たない庶人は、仕事を求めて家々を巡ることになる。一年中仕事があるのは黍畑で、結局はヒザに交じって農作業を手伝うことになる。そんなことを弥四郎は言った。

潮が引くと船体が下がる。この機会をとらえて一気に樽を運び上げようと板梯子を上り下りする男たちの掛け声や主取りの怒鳴り声で浜は賑やかである。茂の女房に簪を返し、琉球風の髪はそのままに竹串で髪を留めた。夕陽を背に受けて地蔵峠を目指す。振り返ると夕陽が沈むところであった。海も空も黄金色に輝いている。昔の人は、海の彼方に神の国があると信じたという。その心が分かるような気がする。「風がそろそろ変わります」と帰り際に船頭が言ったので、鹿児島へ送る品物の準備に取り掛かることにする。家と大久保家宛に、筵と莨蓙と芭蕉布などを揃《そろ》えた。勿論、近況を記した手紙を添えるが、父には頼み事を二つ書いた。一つは奄美を異民族と捉え和装を禁じている藩が、伊集院の苗代川《なえしろがわ》村に住む朝鮮陶工の末裔に如何なる髪型と服装を強いているか。もう一つは藩の黒糖政策について詳細を知りたいという依頼である。黒糖の真実を知らずに薩摩藩を語ることはできない。

鼎の肝煎で、ふき婆の手伝いに度々顔を出していたウミという若い娘を娶ることになった。ふき婆は口が達者な割には、動作が鈍く家事は不十分であったから嬉しい限りである。遊び日の三月三日の「浜下れ《ハマオ》」の日に、鼎がシマの人々にウミと所帯を持つことを紹介する段取りになった。この日は、阿木名の全住人が一重一瓶（重箱に入った料理と酒のひと瓶）を持って浜辺に集まって談笑して島唄を歌い、蛇皮線に合わせて踊って楽しむ日である。鼎が新婚の夫を紹介すると、「ヒーヒー」と指笛が鳴り拍手も起きた。「ウミの夫は三十一歳」と紹介すると、「遅かどー」と声がかかり爆笑が起きた。ウミはその度に照れ笑いを浮かべている。酒が入るとシマ人は鼎を無視して勝手に喋り始めた。やがて、大きな人の輪は崩れて幾つもの小さな輪になった。それぞれの輪で談笑し蛇皮線が鳴り踊っている。ヒザ・ヤンチュ・自作農・男女別の若者たち・鼎一族と、それぞれの輪は賑やかである。ウミの親族の輪に入っているが、酒を注ぎに来ても「飲めぬ」と断るので誰も寄りつかなくなってしまった。今日こそ高砂を謡うつもりでいたが熱は冷めてしまった。ウミの手の甲の刺青は茂の女房の文様に比べると簡単である。これは家が貧しかった証拠と知った。波は静かに浜辺に寄せている。渚で遊ぶ子らを見て彼らもやがて弟子に加えようと計算していた。

阿木名村の砂糖樽の積込みが終わった。一番大きな二十三反帆の船は、三千二、三百樽の黒糖を積むという。居船場に近い村は楽であるが、加計呂麻島のように小舟で古仁屋まで運んでから御用船に運び上げることを考えると、気の遠くなりそうな苦労である。

待ちに待った重野塾の開講の日である。塾生を取るに当たっては、素読ができる十四、五歳以上の者で、島の役に立ちたいという明確な目的を持つ者という条件をつけた。鼎と茂を立ち会わせ、弥四郎を助手《たすく》として傍に座らせた。弥四郎には塾生と同じ学力を付けてやりたいと思っている。今のところ塾生は、鼎宮祥喜・森賢省・泉長旭・南喜美隣・泰英俊・茂文態の六名である。森は医師、鼎と茂は親の跡を継いで島役人に、他は筆子を目指す。未だ身分制度が確立していないので百姓の子でも筆子にはなれる。

講義の冒頭で、「論語　学而編」を取り上げた。

「師曰く、学んで時に之を習う亦説《よろこ》ばしからずや。人知らずしていきどおらず亦君子ならずや」と範読すると、力強い若者の声が収穫を終えた黍畑に流れて行く。

学問の修養によって自己を高めよと、学ぶことの目的をまず説いた。次に藩校造士館と昌平坂学問所を語り、師としての覚悟をも語った。まずは、『説文解字』に従って字形の成り立ちを話した。「学」という文字は家の下に子供がいる姿を表し、「習」は幼鳥が脇の下の白い羽が見えるくらい何度も飛ぶ練習を重ねることを意味する。そのように努力して一人前の人間になれと。

「吾もまた不完全な人間である。ともに学ぼう」という言葉で初日の講義を締めくくった。

弥四郎は別棟に行きウミと一緒に現れた。盆にはウミ手作りの菓子が、弥四郎は急須や茶碗・皿を手にしている。緊張が解けた室内に明るい空気が流れた。

島の女は娘時代に片方の手に刺青を刺し、嫁して残る手の甲に刺す。針を刺すとき痛かったとウミが言うので、無理して刺さなくとも良いと言っておいた。流人の妻であっても割り当てられた耕地に出なければならない。ウミに与えられた畑は父母兄弟のものと並んでいて境界は無いに等しいので結局は終日家族の畑を手伝うことになる。書見に飽きるとウミを手伝う。日射しが強い午後は高倉の下で手仕事を手伝った。ここは壁の無い柱だけの空間なので風は四方から流れ込む。夕方は浜辺に出て涼む。空と海が黄金色に輝き、夕闇が迫る頃から星が瞬き始め、やがて空一面に広がる。江戸で空を見上げることなどなかった。島に来てから雲や風の流れを見て次の日の天気を占うようになった。

ウミは島の暮らしを語る。潮風は植物にとって大敵であるが砂糖黍と蘇鉄と地中に育つ薩摩芋だけは塩害を逃れる。飢饉のときは蘇鉄の実を潰して灰汁《あく》を抜いて粥にして食べるという。百姓は、学問は無くとも暮らしの知恵で困難を乗り越えている。たまたま羽書に話題が移った時、「うちには羽書の手控帳がある」とウミが言った。年貢として供出した後の自家用黒糖を、羽書という紙片で藩が強制的に買い上げる仕組みである。否応無しに供出させるところが気になった。

次の日、ウミの実家に羽書の手控帳なるものを見に出かけた。父親は笑い上戸でよく喋る。島の外を知らない舅《しゅうと》は、生涯をかけて黍を育てて黒糖を作る。奄美は暮らしの全てが黒糖生産のためにあると言って過言ではない。黍の植えつけ、施肥、除草、収穫、砂糖焚き、砂糖樽の運搬と、休む間もなく次の仕事が待っている。海に潜って珊瑚《さんご》を獲り石灰を作るのも男の仕事である。石灰は砂糖焚きの時に混ぜるという。説明だけで分かるものではない。いつか手伝いたいと言うと舅は喜んだ。島民の人生は黍の成長とともにある。公租（年貢）として供出する砂糖を「貢糖《コウトウ》」、残った自家用を「余計糖《ヨケイトウ》」という。藩が貨幣の通用を禁じた上で羽書を発行したのは、島で産出する全ての黒糖を藩の蔵に入れるためと思われる。羽書の中央には、「余計糖何斤也」の文字が記され、その左右には村名氏名と黒糖を樽に入れた年月日と、立会人である黍横目の名が記される。羽書の通用期間は五月からの三ヵ月、事前に注文した生活用品を砂糖積船が島に運び入れ役所が配る仕組みである。ところが、羽書では急に必要になった品物などを購入することはできない。そこで、島民は「余計糖」の一部を手元に置いて、船頭や親司のアンゴが営む「商店」で水夫の私物として持ち込んだ品物と交換するのである。「何処に隠してある」と聞くと、「甕壺に入れて」と言いかけたウミを遮って、父親は「先生に島唄を聞かしたか」と、床の間の隅に立てかけてある蛇皮線を取って、別棟に居る家族を呼んで調弦を始めた。舅の一連の動作は、娘の口を封じるためのものであろう。弥四郎が聞かれたことを包み隠さず話すことを考えると、舅は未だ娘婿に心を許していないことになる。何を歌っているのか意味は全く分からない。時々混じる裏声は生活苦に喘《あえ》ぐ島民の悲泣の声かとも思う。外界を知らずに何世代にもわたって黒砂糖を造り続けてきて現状を変えることができなければ、窮屈であっても現状を肯定し代官所に従った方が得策である。また、貧困ゆえに心を煩わすことが少なければ、無欲な民は気楽に島唄を歌い踊って日々を暮らしてゆける。そんな島民が一度だけ代官に反抗したことがあると舅は言った。

「昔、徳之島の母間《ボマ》で代官所を百姓が襲ったことがあります」

「昔とは何時のことだ」

「ずっと前のことです」と、例によって正確な年代は言えない。

茂に聞いて事件が文化十三年（一八一六）に起きたことを知ったが、詳しいことは他所の島のことなので知らないという。鼎も茂も必ずと言ってよいほど焦点をぼかす。これは、支配者と被支配者の関係が存在する以上は、埋めることのできない溝なのかもしれない。百姓が集団で代官所を襲ったのであれば、これは一揆である。しかし、江戸では薩摩藩に一揆が無いのは長年にわたる善政のおかげと聞いていた。ウミの父の心の垣根が消えるまで相当の時間が必要と感じた。藩は奄美の黒糖を大坂で売って儲《もう》け、砂糖積船は黒糖の横流しで利益を得ている。さらに豪農はヤンチュとヒザを使って利益を上げる。二重三重に搾取される島民に、この苦境から逃れる道があるのだろうか。

夏の大風（台風）は想像を絶するものであった。風は轟音を立てて吹き渡り、頬に当たる雨は砂粒のようで痛い。雨戸の内側に大型の櫃を置いて内側に撓《たわ》もうとする雨戸を押し戻し、ひたすら闇の中で風が去るのを待った。大風が去った後の畑は平らになっていた。畝は消え植えた物まで風が持ち去った。「大風がひと夏に三つも来ると翌年は飢饉」という話が嘘でないことを知った。

早朝の肌持ちのよいときに、シマの人々は汗取りの手拭いを首にかけて歩き廻り、日中は暑さを避けて高倉の下や樹木の陰で手仕事に励み、陽が落ちると浜辺に涼みに出る。秋の訪れまでは、そんな日が続いた。


「近頃、親父殿の顔を見ないが、まさか病気じゃあるまいな」と茂の息子に父親の様子を聞くと、「七月の末から鹿児島に上る飛船《ヒセン》の数が増えて、忙しくなりました」という言葉が返ってきた。飛船とは飛脚船のことである。小帆を備えた細長い船で、琉球王府と薩摩藩や藩庁と琉球在番奉行所間の急な連絡に用いられる。琉球から出る場合は琉球の漁師十余人で漕ぎ、奄美五島と有人無人の十余の島からなるトカラ列島の所々に寄港しながら鹿児島を目指す。

「また、那覇に異国船が現れたな」

「かもしれませんね。以前煙で動く船を見ましたが、あれはどういう仕組みで動くのですか」

「そなた、異国船を見たことがあるのか」

「古仁屋の沖を行ったり来たりしていましたし、大島と喜界島の間も通ったそうです」

「何時のことだ」

「かなり前です」

「さぞかし大騒ぎになっただろうな」

「みんな畑に出ていますから」と、黍畑から見ていただけと言った。

異国船が大島の近海を廻り、沖を「行ったり来たり」したのは測量のためと思われる。弥四郎にも聞いた。黒船を見たかと。「何度も見てます」と、拍子抜けした答えが返って来た。

ペリーの軍艦は浦賀に現れる前に、琉球と大島の測量を終えていたことになる。異人は陸に上って測量したのか、何処かの湾に寄港して薪水を求めたのか等々、知りたいことが沢山出てきた。


ウミを出産のために実家に帰した九月九日の「遊び日」に、古仁屋の森賢省《モリケンショウ》の父親が二人の入塾希望者と息子を連れて阿木名に遊びにきた。豊と昇はともに加計呂麻島の実久《サネク》の豪農の子である。妻と娘たちは今日一日を古仁屋で過ごすという。

「今日は諸鈍シバヤの日ではないのか」

「毎年のことで見飽きました。実は相談ごとがありまして」と賢省の父親が話の口火を切った。

「この二人は医師を目指しておりますが、蘭医になりたいと言い出して、つまり蘭医になるにはどうすれば良いかをお尋ねに参った次第です」

「鹿児島城下に蘭医を名乗る医師は一人もいない。御典医でさえ時々長崎に行って蘭学を学んでおられる。まず医師になり、医師を続けながら蘭学を学ぶことだな」

子供たちは素直に納得した。

「親元を離れての三年は長いぞ。我慢できるかな」と言うと、「大丈夫です」と、二人は声をそろえて答えた。島の若者が夢を抱けるのは、未だ奄美の運命に気付いていないからである。藩は、享保二十年（一七三五）に、奄美の若者が鹿児島で医道修行する際は島人の髪型と服装で行うことと通達を出している。髷《まげ》を結って簪一本を挿し前帯姿で城下町を歩けば南国の蛮人とみられ軽蔑の対象となる。造士館に入学してすぐの頃であった。藍を商う父の供をして前之浜の倉庫街を歩いていた時、二人の奄美の青年を見たことがある。「リキジン・シマジン・オオシマジン（琉球人・島人・大島人）」と商人の子供たちから囃《はや》されても固く口を結んで怒りを抑えていた。浴びせられた嘲弄は半農藩士の郷士に対するよりも激しかった。島では医師の息子として畏敬の念をもって見られても、鹿児島に出れば土百姓と見られ言うに言われぬ辱めを受ける。彼らがそれを知るのは島外に出てからである。また、島を出るには、留守の三年間黍畑の手入れを代わってやってくれる者の名を届けなければならない。裕福であることが医道修行の最低の条件である。森が持参した重箱の中身は塩漬けの豚肉と魚の醤油煮などで、形式ばった鼎家の正月料理よりもずっと美味かった。二段目には白米の握り飯が並んでいた。弥四郎は芋の入った粥状の飯しか食べていないと言ったから、今日の中食は豪勢な馳走となったことであろう。

森賢省の父に諸鈍シバヤについて聞いた。およそ七百年前に源氏に追われた平家が加計呂麻島の諸鈍に逃れてきて伝えたと言った。例年九月九日に行われる豊年祭りで、紙製の面をつけた踊りと狂言と人形劇がある。特に人形劇は他村には無いと自慢げに語った。「シバヤ」は芝居のことだが、紙製の面は一つの表情しか表さないので能面と思えば良い。源平という言葉すら無縁な辺境の地で、平資盛《すけもり》、有盛《ありもり》、行盛《ゆきもり》という名が伝わっているところをみると、平家落人伝説は真実かもしれないと思う。与路島には公儀流人が住んでいるという。この話は弥四郎からも聞いている。与路島に行って見たいと言うと、「不便ですよ」と言う。古仁屋の対岸の生間《イケマ》から山を越えて向こう側に出て諸鈍、そこから船に乗って請島《ウケジマ》、さらに小舟で与路島《ヨロ》に。よほどの用が無ければ行くところではないと言う。諸鈍は琉球時代、琉球船が入港した所で、今でもデイゴが赤い花を付ける頃は美しい。デイゴの木は海に向かって枝を伸ばし、木の下道は落ちた花弁で赤い敷物を広げたようになる。空と海の青と白い浜砂と、木々の緑に赤い花、この道はニライカナイに続いている。行くなら、そんな季節が良いと言った。ニライカナイを聞くと、琉球奄美で海の遥か彼方にあると信じられている楽土と説明した。

塾生の語る話は島を知る上で大いに役に立つ。少しずつ詳しいことが分かってくる。親が百姓の塾生は、島役人の筆子という記録係を目指す。筆子は徴税に立ち会うので癖のない文字と正確な計算力が求められる。島役人の最高位は与人《ヨヒト》、次が与人を補佐する横目《ヨコメ》であることは早くに聞いていた。黍横目・田地横目・竹木横目・津口横目・唐通事までは世襲であるが、黍見廻や土手見廻・川見廻などは下役であっても夫役が免除される。畑に出ないで済むのが魅力である。一同が帰ると、弥四郎が別棟から出てきて幣を振る真似をして、医者の悩みを解消したのだから先生はユタになれると言う。ノロもユタも琉球時代から続く女祈禱師である。ただ、ノロは村の豊穣を祈願しユタは個人の悩みや災い除けのために祈る。ユタは祈禱の謝礼として豚を殺させたり衣類を求めたりするので代官所が度々禁令を出し、違反者を与路島に遠島にしたという。これが与路島に女の流人が多い理由だと弥四郎は言う。島に来て多くのことを知ったが、意外であったのは百姓が侍を単に役人としか思っていないことであった。つまり、武士は人を斬っても咎めを受けない身分であることを知らないということである。百姓を斬っても無礼討ちにしたと届ければ済む。江戸の町人が武士に対して持つ恐れと畏敬の念が島の百姓に欠けている。流人は刀を藩に預けた上で島に下ってくるが、赦免になれば元の武士に戻ることを島民は知らないので、親しくなれば無遠慮に馴れ馴れしく振る舞うようになる。このけじめの無さは暑さのせいであろうか。

女児誕生の知らせを受けて顔を見に出かけた。赤子と言うだけに赤い顔をして母親の横に眠っている。「よく頑張った」とウミに声をかけた。女は子が体内にいる時から子供の成長を感じているが、男は赤子を見ても我が子という実感が湧いてこない。

「しばらくは親元でゆっくりせよ」と言って帰った。名は安繹にちなんで「ヤス」とつけた。

遅い、実に遅い、時の経つのが。島に十年は居るような気がする。父は鼎の書籍を読むことで時を忘れると思ったようだが、とんでもない話である。今頃になって流罪が死罪に次ぐ重い刑であることを知った。このままでは気がおかしくなる。徳之島では着任一年目に気が狂った派遣の役人が居た。島の風俗を絵に書いた名越左源太のように気を紛らせるものを持てと大久保利世が言った。「たとえば」と聞いた時、死罪になった友を悼んで仏像を彫った者も居ると教えた。大久保利世は、流罪は長くて五年と言った。が、今のように、ただただ赦免の日を待つ暮らしでは四年は四十年にも感じられるであろう。夢中になれるものを早急に見つけるべきであったと思った。

ヤスは順調に育っている。乳を切らさぬようにと腹いっぱいに米の飯を食べさせているが、米の減り具合が早いのはウミが実家へ廻しているに違いない。台所のことに口出しするのは男として恥ではあるが、藩命で水田を黍畑に変えさせられたので島では米は収穫できない。島民は御用船が運んできた米を黒糖と交換して手に入れるのである。黒糖一斤が米三合三勺替え、島民は薩摩芋と混ぜて粥として食べている。それ自体も薄い粥であるが、飢饉の時は芋粥が蘇鉄粥となると聞いた。

日差しが弱くなり朝夕が涼しくなると、いよいよ砂糖焚きの季節の到来である。広場の隅に出作小屋が建てられ、刈り取られた砂糖黍が運び込まれる。若者は重要な働き手なので年末の月は塾を休むことにしてある。休講を告げた数日後であった。那覇から鹿児島へ向かう飛船を見たことを、津口横目の息子である茂が教えた。「琉球人を見て見たい」と言うと、飛脚船は古仁屋で一泊して早朝に発ったと言った。琉球人の漕ぎ手は十五人前後、小帆を備えているので風に乗ると矢のように走るという。「琉球で何かあったのでしょう」と言った。

御用船が入港すると、シマの人々は湊に集まる。米俵の他に「羽書」で注文した品々が積んであるからである。それればかりではない。顔見知りの水夫《カコ》が運ぶ鹿児島城下の噂も楽しみである。流人にとっては、なんといっても留守宅から送られてくる品々と便りである。先の便で嫁を娶ったことを伝えたので、母は若い時に使った着物を、父は分厚い手紙を送ってきた。

父に依頼した調査は二つ、慶長の役で薩摩に連れて来られた朝鮮陶工の末裔の現在と黒糖政策についての問いであった。

鹿児島城下の西六里の小高い丘に朝鮮陶工の末裔が住む村がある。父は藍染用の甕や壺をこの村から求めたという。その時以来の付き合いのある陶工から聞いた話を伝えてきた。慶長三年（一五九八）に朝鮮から連れて来られた八十四人の陶工は、二百五十年経って千五百人を越えて今は藩内各地に陶工として暮らしているという。藩内の百姓が貧困に喘ぐ中、苗代川村の民は藩の厚い保護を受けて農業と作陶で暮らしている。それぞれの七畝の屋敷は緑の生垣で囲まれていて郷士の屋敷と変わらない。ただ、保護の代わりに様々な制約が課せられている。奄美と同じように和名は許されていないので、どの家も朝鮮式の一字姓である。勝手に藩内を出歩くことや和装は許されず、男は総髪を編んで牛の尻尾のように背に垂らしている。働く時は編んだ髪を渦巻状に頭頂に載せ手拭を被って隠す。既に母国語は忘れ薩摩言葉を使っているので外見上は薩摩の百姓と変わらない。藩主は参勤交代の最初と最後の夜を苗代川村に泊まる。このとき、村人は朝鮮服に着替えて朝鮮の歌や踊りで藩主の無聊《ぶりょう》を慰める。この村では、甕・壺・急須土瓶などの生活雑器である『黒もん』と、『白もん』と呼ばれる鮮やかな色彩の文様入りの藩御用達の高級品を作っている。高価な『白もん』は公家や大名への贈答品にも使われるという。従って村人への監督は厳しく、家老の腹心である村田甫阿弥が村に住んで不心得者を取り締まる。

『紋付を着てはならない。子供に三味線を弾かせてはならぬ。稽古中のものは直ちに止めさせよ。雨傘を用いること相成らず。違反者の傘は取り上げて焼却する。いたずらに酒宴催すべからず。茶にて祝うべし。下駄一切踏むべからず』などの禁止事項に、村人は息苦しさを感じているようだと結んであった。読むだけで息苦しさを覚えた。黒糖に関して新しく知ったことは、大島代官所が十年毎に行う「宗門手札改め」が人口動態調査に利用されていることであった。朝鮮の陶工が連れて来られて十年後に、薩摩藩は琉球に侵攻して奄美五島を直轄地（直接支配地）としたことを思うと、奄美の民も苗代の民も戦勝国に連れて来られた捕虜のようなものである。

島民の窮状を目にしたはずの父が、『わずか十年で財政改革を成し遂げた藩は何処にも無い』と我がことのように自慢しているのは、父の研究が文政十二年の藩営藍玉製造所設置となったことへの感謝の気持ちが、そうさせているのであろう。実際に調所の梃《てこ》入れ無くして藍玉製造所は実現しなかったはずである。

父は手紙の末尾に語りかけるように書いている。『当方は二人ともに元気だ。調べたいことや必要な文物があれば遠慮なく言え』と。

鹿児島からの第二船が入港したと鼎の息子が伝えた。

出かける準備をしていたところに茂の息子が馬で駆け込んで来て、

「急いで先生に届けるようにと父から言われましたので」と言って封書を渡した。

「茶でも飲んで行かぬか」と言うと「砂糖焚きで忙しい」と言って引き返した。

封書の表に『急用』の文字が記されてある。開封すると、時候の挨拶もそこそこに朱墨で近況報告と続いている。他言を憚《はばか》るような報せには朱を入れるという親子の約束があった。読み進めると『斉彬様七月薨去《こうきょ》』の文字が目に飛び込んできた。

手紙は藩主の死の数日前から記してあった。

『七月八日四ツ（午前十時頃）より、天保山調練場で操練（軍事訓練）が行われた。この日の天候は晴れ、兵は汗だくで広場を走り廻り、斉彬様は陽に照らされながら指揮を執っておられた。日中食後の砲撃訓練が終わったのは七ツ半（午後五時頃）、殿様はその日の夜に発熱し床に就かれた。七月十六日早朝、薬石の効なく黄泉の国に旅立たれた。御典医の見立ては傷寒（腸チフス）と聞いている』

最後は、赤子は元気かなどと当地を労わる文言が続くが、父が朱を入れた理由は痛いほど分かる。お家騒動を経て藩主となられた方が亡くなったとなれば、当然後継者は藩主の座を争った久光公四十二歳となるであろう。あの方は気性の激しい方と聞いている。政治に口を出すなと父は言いたいのだ。

久光公が藩政を握れば、斉彬公が手がけた二つの集成館事業の行く末が心配となる。科学事業部門は精錬所と反射炉の造成や武器弾薬・綿火薬などの研究が主である。一方の造船部門は既に稼動していて、西洋型帆船伊呂波丸・西洋式軍艦昌平丸・我が国最初の蒸気船雲行《くもゆき》丸が竣工済みで、磯と桜島造船場では目下二隻の大型船が建造中である。守旧派は集成館事業を藩金の無駄遣いと批判するが、艦船は幕府の買い上げが決まっていることを知ると批判の声は小さくなった。前者の事業は未だ研究と実験段階にあり結果がでるのは遠い先である。自国で軍艦や武器を造ろうとした斉彬公は、方針を転換して外国からの軍艦購入を進めようとした。これが守旧派の反発を招いた理由とは考えられないであろうか。

計画達成の目前で挫折した殿の無念を思っていたとき、なぜか江戸の上屋敷の西向きの部屋で毒を飲んで自殺した調所を思い出した。斉彬公が藩主の座にあったのは七年半で、鹿児島で過ごされたのはわずか四年である。急な変革を望まぬ久光派に斉彬公は毒を盛られたのではという疑念が湧いてきた。父は「残念としか言いようは無い。手紙は焼却せよ」と書いてきたが、紙は島では貴重品である。縦に細く裂いて付箋と紙縒《こより》にした。

第三船で着いた父の手紙には、新しい藩主の名が記されていた。久光公の長子である十九歳の忠義《ただよし》様を二十九代藩主にして、ご自身は後見職に廻られたと記してある。これでお家騒動の痕跡が消えたことになる。

二

安政六年（一八五九）、新しい年を迎えても斉彬公の死因が気になって落ち着かない。既に島の正月行事など興味も関心も無くなった。鼎は「来年も高砂を」と言ったが、話が来なかったところを見ると世辞であったと分かる。武士の嗜《たしな》みとして身につけた能を、無知な百姓に謡って見せたことが悔やまれる。あの時は島に着いたばかりで、少々精神状態が異常になっていたと思う。

そして今、再び心が乱れ落ち着きを失ってしまった。これは恩義ある斉彬公の死因を、『毒殺の噂がある』と知らせた父の手紙のせいである。自分には疑問が生じると徹底的に調べ尽くさないと気がすまないところがある。この気質が学者へと導いてくれたと思っている。いろいろ仮説を立てて考察を加え、解答にならないものを消していった中に、斉彬公の死を願う人々の存在があることに気付いた。斉彬公が外国から軍艦を購入しようと決めたことは江戸で聞いて知っている。自国で軍艦造船に当たっても、開国を求めて押し寄せる異国勢に対抗はできない。鉄板作りの蒸気軍艦には数門の大砲を装備する。操船技師や兵の訓練などを考えると幾らの金が要るか分からない。斉彬公の方針転換を知った守旧派が、一気に行動に出たとは考えられないであろうか。異国船購入のために二人を琉球那覇に送ったところまでは江戸で聞いている。使者には言葉の壁があり困難を極める仕事となるであろうと言ったとき、「琉球には薩摩人よりも優秀な英語通詞がいるらしい」と教えたのは西郷であった。那覇に派遣された二人のうちの一人は、造士館で一緒に学んだ市来四郎《しろう》である。一歳違いであるが西郷のように武張ったところはなく郷士である自分にも親しく声を掛けてくれた。斉彬公の命を受けて那覇に渡ったのであれば庶子派で無いことは確かである。なんとしても市来四郎と連絡を取る方法を考えよう。

一月末に御用船の第一便が古仁屋に入った。船が大島海峡に入ると古仁屋には連絡が入るので島民は浜にぞくぞくと駆けつける。船頭と親司が伝馬船に揺られながら近付いて来る。浜では津口横目の茂が床几に座って威厳をひけらかして小舟の着岸を待っている。茂の息子が渚で迎え、船頭と親司を茂の前に用意された床几に座らせた。親司が、船頭と自身の名を告げ、最終目的地が沖永良部であることと薪水補給のための寄港であると答えている。寄港時に両者が交わす仕来りであろうと思いながら、ぼんやりと沖に碇《いかり》を下ろした船を見ていた。その時であった。親司は、ひとりの流人を龍郷《たつごう》で下船させたことを茂に報告していた。流人と聞けば心が騒ぐ。

「拙者は流人の重野厚之丞と申す者だが、龍郷で下船した方の名を、お教え願いたいのだが」

「菊池源吾《げんご》という方でした。深い悩み事でもあるのか、不安げに海ばかりを見ておられ、私どもは声をかけ難くて話を交わしておりません」

「そうだな、喜んで島に行く者はいないからな。さぞかし気落ちしていることであろう」

次に入港した御用船は徳之島に行く大祥丸であった。今回も茂から離れて座り、親司と船頭の会話に耳を傾けた。流人にとって船がもたらす鹿児島の噂だけが楽しみである。

手続きが終わったらしく、顔見知りの船頭が笑顔で話しかけてきた。

「やあ、お元気そうですね。これなら野水様に報告のしがいがあります。以前、病気で亡くなられた方のことをお話しした折は、まるでご家族を亡くされた方のように悲しまれ、声をかけづらかったことを思い出しました」

船頭は、親司と茂が水際に向かったのを見て声を落とした。

「野水様からの伝言です。西郷という方が龍郷に流罪になったとのことです」

まずは確かめねばなるまい。

「茶でも飲んで行きませんか」と茂が誘ってくれたのは有難い。

「島も冬は寒いんだな。特に海風は冷たい。喜んで頂戴するよ」

船頭と別れてすぐ流人の話を持ち出すと怪しまれるので、「忙しそうだな」と全く関係の無いことを口にすると、「いつものことです」と茂もそっけなく答えた。藩の決まりによって、船頭は流人の家族と流人の間を取り持つことを禁じられている。ごく自然に流人の消息を聞き出す方法はないものかと考える。

「前の船で龍郷で下船したという菊池某のことだが、菊池が本名か偽名かを確かめる方法はないのか」

「代官所から触書が廻ってきますので、しばらくお待ちください。何という方をお探しですか」

「西郷吉之助と言って、わしの命の恩人だ」

「その人が西郷と言う方であったらどうします」

「西郷であれば、わしの命の恩人だ。駆けつけて礼を陳べたい」

「遠いですよ、龍郷までは。今の時期ならハブは冬眠中なので陸路を行けますが、途中で二晩は泊まらなければなりません」

「馬を使えばどれくらいかかる」

「細い曲がりくねった急坂を行きますので馬は駄目です」

「ハブが出る時はどうする」

「板付け舟で行きます」

「あの小さな舟で行くのか」

板付け船とは、大木を刳《く》り抜いて両脇に板を打ち付けて造った舟である。

西郷のことは意外と早く分かった。触書のことを茂は『御廻文』と言ったが、そこには、『菊池源吾六石扶持　旧名ハ西郷吉之助』と記してあった。

「吉之助がいなければ、今のわしは生きてはいない。馬を貸してくれないか」

「急な用事に備えて馬をお貸しすることはできません」

「では、歩いて行く。足には自信がある」

「先生、落ち着いてください。勝手に歩き廻られると監督する立場の私が困ります。先生が、こんなに気忙しい人とは知らなかったなあ。龍郷まで徒歩旅で三日かかるんですよ。なにより草鞋が沢山必要です」

弥四郎を呼んで事情を説明して草鞋作りを頼んだ。弥四郎は自分が生まれた村を見たいと同行を鼎に申し出たが、それは鼎が許さなかった。そこで茂の息子に同行を頼むことにした。

島は繁忙期なので見送りはいない。

大島の土地の八割は山林である。樹林が影を作っているので歩きやすいはずだが、山は深く入り組んでいて道は地形に添って曲がりくねっている。まずは東海岸に添って北上し住用という村を目指す。生い茂った緑で道は隠れていて、茂の息子が鎌で藪を払い蔦蔓《つたかずら》を切りながら前を行く。

「文熊、そなたの名は誰が付けた」

「祖父と聞いています」

「熊は北国の生き物だが、行ったことがあるのか」

「いえ、島からは一歩も外に出たことはありません。熊のように強くなれという意味だと祖母から聞いています。熊は喩えで、強くて博識な人間になれという意味と聞いています。あのう、先生にお聞きしたいことがあるのですが」

「おお、なんでも良いぞ」

「私が二度目に習った先生は、浜に連れて行って相撲を取らせたり剣術の稽古をさせたりで系立てた教えを受けておりません」

「思うに、その方は下士の出身であろう。下士の役目は殿様の身辺の警護、命がけで殿様を守るのが仕事だ。だから学問より剣術の方が得意であったと思えばよい」

「先生の御身分は」

「下士よりも一段低い郷士だ」

「先生のご帰国は何時になりますか」

「流罪は三年から五年と聞いてはいるが、何故そのようなことを聞く」

「なるべく先生に長く島に居て欲しいからです」

「それは嬉しい言葉だ。一人前の人間として必要な四書五経だけは、なんとしても教えておきたいと思っている。論語の書写は終わったか。そなた達が師となって島の子供たちに教えるようになって欲しいというのが、わしの願いだ」

　茂は振り返って丁寧に頭を下げて「有難うございます」と言った。

話を重ねるうちに、茂家の来歴や学問に対する考え方までが浮かび上がってくる。塾生ともっと親しく話す必要を感じた。

最初の宿は茂の姻戚の家であった。このとき茂の背の荷が、親が持たせた米であることを知った。次の日、住用を早朝に出て島を横断して西海岸に出て奄美五島を統べる代官所のある伊津部を目指す。中心都市ゆえに人口も多い。二泊目は茂の親戚の家で、この家で茂の荷が無くなった。名瀬から島の北端までは高い山も無く平野が続く。海風に吹かれて汗を忘れて松林の中を歩く。松籟《しょうらい》の音が心を休める。島を囲む珊瑚礁が海の色を分けている。海岸線に沿って立ち並ぶ松林は鹿児島の祇園之洲《ぎおんのす》や天保山の景色と重なる。

「先生、いよいよ龍郷に入ります」

「静かな良いところだな」

「通って来たどの村も海に面していて、すぐ後ろは山で、どの村も似ていますね」

「文字通りの白砂青松の地だ。これは他所に自慢できる」

「誉めていただいて有難うございます」

「いや、心の底からそう思ったのだ」

村の中に入って行くと、見慣れぬ大和人《ヤマトッチュ》が珍しいのか、幼児の子守をする老人が道に出てじっとこちらを見ている。近寄って、「これ、ちともの を尋ねるが、この村に」と言いかけたが、話し終わらぬうちに老人たちは緑の中に身を隠した。

「先生、私が場所を聞いて参りますので、ここで休んでいてください」

文熊は島言葉で老人に声をかけた。すると、老人たちの表情が溶けて後方を指差して口々に説明を始めた。働き盛りの者は畑に出ているのであろう。村全体が静まり返って松籟の音だけが聞こえてくる。文熊は道筋に入って一度は消えたが、しばらくすると先の方で姿を現して手招きして片腕を挙げて一軒の家を指差した。了解の意を両手で振って表してから道を急いだ。もう待ちきれない。「西郷さあー」と大声を出したが、声は松籟に重なって本人に届いたかどうかは分からない。もう一度、今度は怒鳴るように大声で呼んだ。「西郷サアー、吉之助サー」と。そのときであった。遠くで「オオー」と吠えるような声がして大柄の男が道に飛び出した。着物の前をはだけ裸足で駆けて来る。間違いなく西郷吉之助である。

「厚之丞、生きっちょったかー（生きていたかー）」

「江戸では御世話になりました」

「いやいや、久しか振りじゃ。まさに『朋あり遠方より来たる。また、楽しからずや』だ。がっつい（とても）嬉しかど」

茂の背後で島の老人たちが不思議そうに見ている。西郷は島の子供に何か言いつけてから家へと案内する。

「挨拶は抜きだ、さあ、こっちこっち。刺客にやられたのではないかとずっと気になっておったが、生きて会えたのは目出度いことだ」

「これは私の弟子で、茂という古仁屋の津口横目の息子です」

「古仁屋は大島の南の端と聞く。遠い所からよく訪ねて来てくれた。持つべきものは友達だ。さあ、二人とも上がった。人を呼んであるので、それまで茶でも飲んで待っていてくれ」

とつとつと話す言葉が西郷の喜びを表している。子供が二人の大人を連れて来た。ひとりは当地の津口横目の佐《さ》と名乗り、茂とは島言葉で話している。もう一人は西郷の宿主の龍《りゅう》であった。

挨拶が終わると、龍は村の女たちを呼んで昼餉の支度を命じた。静かな村が急に賑やかになった。

中食後のひととき（二時間）は、江戸を出てから鹿児島に着いて流罪を命じられるまでを語ることで過ぎた。女たちは島外の出来事を知る絶好の機会なので、話し声ひとつ立てずに静かに聞いている。

佐が茂に「うちに泊まらんか」と言うと、名瀬の親戚の家に泊まると言って遠慮した。龍は「先生は泊まりたいだけ泊まってください」と声をかけて二人は仕事に戻って行った。

話したいことは山ほどある。それは西郷も同じであろう。西郷は「浜で語ろう」と渚に誘った。昼の海は凪《な》いでまぶしく光っている。

「オイはな、名を変えて六石扶持の菊池源吾として島に来た」

「その話は後で聞きましょう。なによりも聞きたいのは、斉彬様の遺言のことです」

西郷は黙っている。

「国の将来を模索しておられた殿様のこと、今後の進むべき道を示されたのではありませんか。ご遺言の内容を聞かせて欲しいのですが」

西郷は苦しげな表情を見せて首を横に振った。

「実はなあ、殿様が亡くなる一ヵ月前に鹿児島を発って……」

「吉之助さんは、斉彬様のご臨終に立ち会われなかったのですか」

「ウン、殿様の訃報は京の薩摩屋敷で聞いた」

急いで国許に帰って殿の墓前で腹を切るつもりでいたところ、清水寺の月照《げっしょう》という和尚に『斉彬様の御意思を継ぐべきではないか』と諭されて殉死を思い留まったと言う。

月照には一度だけ会ったが、こちこちの攘夷派である。二人の接点は何処にあるか聞こうとしたとき、西郷は話題を逸らした。

「今、幕府は開国に反対する者を片っ端から捕らえているところだ」と。そして、続けた。

「斉彬公の『御内容書類』が入った長持二つを遺言に従って焼却したと聞いたが、あれは焼くべきではなかった」と。

「私も、そう思います。長持には、重要書類が入っていたはずです。遺言を無視してでも焼くべきではなかったと思います」と強い言葉で言った。

この国の近海に次々と現れる異国の軍艦、危機感を抱いた斉彬公は自国で軍艦や大砲の製造を計画したが、完成を待っていては間に合わないと判断してフランスからの軍艦と武器の購入へと方針を変えたのであった。

「市来四郎と江夏某の二人を那覇に送ったことと、斉彬様の死で計画が破綻したことは知っています。その他のことを知っていたら教えてもらえませんか」

「殿が購入を考えていた軍艦については知っている。長さ三十五間・スクルーフ（スクリュー）仕掛けの三百五十馬力で、二十門の艦砲を備え、砲弾の重量二十ポンドであった」

証拠を残さぬように暗記させられたから、今でもこうして覚えていると自慢する。

「経費を聞いて驚くなよ。軍艦一隻と大砲などの装備品を含めて二十万両だ。家老の調所は、五十万両の営繕費を蓄えるのに十年かかっている」

「すごい金額ですね」

「殿の頭の中には、他に商船一隻と蒸気船の操船技術を教える教官を雇う計画もあった」

西郷が知っていることはそこまでであった。西郷は話を元に戻した。

「オイはなあ、幕府に追われている月照和尚を助けるつもりで鹿児島に連れて来た。大隅か日向に逃がすつもりで乗った舟に役人が乗り込んできた。永送りと分かったので、月照を抱いて海に飛び込んだが、オイだけが助かってな、実に面目のないことになってしまった」

「どこの海ですか」

「磯《いそ》海岸の沖じゃ」

「途中からの話なので事件の全体が分かりません。何があったか順を追って話してください」

西郷は、風が冷たくなったので続きは家の中で話すと言って家の中に誘った。話題は龍郷の百姓の窮状に驚き、代官所に抗議に行ったことから始まった。奄美の島民を縛る法を変えなければ百姓の苦境は変えることはできないことは分かっているはずだが、代官が拷問は止めさせると言ったことに満足しているのが不思議であった。百姓の苦境を救うには定免制の廃止しか無いと江戸に出てきてすぐ口にしたではないか。おだてられて怒りの矛を収めたのが不思議である。和尚は開国派撲滅を推し進める攘夷派であり、西郷は開国派の斉彬公の御庭方であった。自身の行動に矛盾を感じていないのか。ひょっとすると、西郷は攘夷派に鞍替えしたのかもしれない。しかし、変節を男の恥と考える西郷にはありえないことである。西郷の自慢話は眠りに就くまで続いた。

次の日、心中に至るまでを順序良く話して欲しいと念を押したにもかかわらず、その部分は抜けてしまった。西郷は話の腰を折られると不機嫌になる。それが分かっているから聞くことに徹した。西郷はやっと当方の要望に応えてくれた。下士が直接公家と話すことはできないので、月照を介して近衛家に近付こうとしたところ、攘夷派撲滅を狙う幕吏の手が和尚の身辺に及んで動きが取れなくなった。そこで近衛家と親しい島津家を頼って鹿児島に匿《かくま》おうと連れて来たが、幕府の怒りを恐れた薩摩藩は日向へ逃して和尚の足跡を消すことにした。城正面の前之浜から湾奥の加治木までは舟で行き、ほとぼりが醒《さ》めるまで大隅の田舎で身を隠すつもりでいたところ、出発間際に見送りの役人が船に乗り込んできたので、藩政にとって邪魔になる余所者を関所に送る途中で惨殺する『永送り』であることが分かった。西郷は、進退極まって和尚を抱いて海に飛び込んだという。自分だけが助かって和尚に申し訳ないと涙声で言った。

「辛いことを思い出させてすまんことでした。ところで、大久保さんは元気でしょうか」

と話題を変えた。

「名前を大久保正助から一蔵に変えたち聞いた。囲碁も腕を上げたそうだ」

大久保とは一度だけ闘ったことがある。手加減をしてやったにもかかわらず大久保が投げた。郷士に負けたことがよほど悔しかったらしく二度と挑んでは来なかった。笊碁《ざるご》の域を出ない大久保が、藩の実力者である久光公が囲碁好きであることを知って一から学び直した。自分本位にことを進める直情径行の気のある西郷と違い、大久保は何事にも慎重で熟慮してから行動に移す。個性の違いであれば善し悪しは言うまい。いずれ分かる時が来る。その時を待てばよい。島に来てから、ことを急がなくなった。気が長くなったと考えるべきか、事に当たって慎重になったのか。

時は短く過ぎた。語り合うことで終始した三日間であった。

「次は、オイが行ってな（次は、俺が行くよ）」と笑顔で見送った。

夏の南風が吹き始めた。いよいよ御用船の帰国が始まる。父宛の手紙の中に市来四郎に宛てた手紙を入れた。軍艦購入に関する全貌は、当事者本人に聞くのが手っ取り早いと思ったからである。本人の生死も所在も分からないのに手紙を出すのは愚行かもしれないが、何か行動を起こさなければ得るものは無い。何日も考えて編み出した手法は、父に市来家の隣の家に行ってもらい市来の在宅を確かめることであった。慎みの刑なら夜は出歩くことができるし、もしも遠島になっているのなら家族から行き先を聞き出せる。それだけのことである。市来宛の手紙は本人のみが開封できる直披《ちょくひ》扱いにして、最初に藩校で一緒に学んだことを述べ、江戸で斉彬公の近くに仕えたので軍艦購入に向けて市来ほか一名が那覇に派遣されたことは知っているので、購入から契約破棄に至る経過を教えて欲しいと書いた。手紙を書こうと思い立った理由を、斉彬様の死因に疑いを持っていることと、巨額の軍艦購入代金が原因ではないかと思っている。知り得たことは一切口外しないと記して名前の下に血判を押した。

船便が絶えると、島はゆったりとした時が流れる。島民の死に興味を持ったのは、ウミが親族の改葬の儀式に呼ばれたことがきっかけである。話によると死後十年目に女だけでやる行事で、土葬の遺体の骨を拾い上げ海水で洗い清めてから壺に納めるという。これが本葬と聞いたので、苗代川焼の上等の壺を持たせた。


ウミとヤスのいない間は、弥四郎とふき婆に来てもらうことにした。午後は二人を交えて茶を飲むことにしている。弥四郎は江戸噺を好み、ふき婆は鹿児島の噂を好む。そして、二人が話す島の噂話は島の生活に大いに役立つ。

洗骨の儀式を話題にのせて、洞穴に運んだ行き倒れの老人のその後を聞いた。

「朽ちるのを待つだけです」

「ならば、生き倒れにも洗骨の儀式をやるのか。風葬と同じか」

「フウソウち、何かや」と、ふき婆が割り込んだ。

「山の上に遺体を置いておいて、鳥の餌にすっち先生は言うたぞ」

ふき婆は、身を乗り出して詳しく教えてくれと催促する。

「婆は逝くには早かが」

「人の生き死には誰にも分からんもんよ。わしは一人だから今のうちに後々のことを考えておかんにゃならん」

「婆の面倒はおれが見るからさあ、心配するな」

「そんなら頼むわ。鳥に突っ突かれると痛いだろうから」と言って笑わせた。

「行き倒れは何処に持って行く」

「みんな海岸の洞穴の中に入れます」

「見たいものだ」

「いつでも案内しますので、声をかけてください」

「ところで、別な話だが、大島の南部に居た流人の数を知らないか」

「数は分かりませんが、居た場所なら知っています」

弥四郎が挙げた流人の滞在地は南部全域に及んでいた。ほとんどの流人は塾を開いて命を繋いでいることを考えると、島民の学識は本土の百姓よりも高いことになる。

別の日、弥四郎に父親のことを尋ねると、「顔も声も胸に抱かれた記憶もありません」と乱暴に答えて黙り込んだ。さらに別の日、弥四郎が、頭蓋骨が並ぶ洞窟に案内すると言ってきた。彼から誘いを受けるのは初めてである。

阿木名の岡から浜に下りて渚に添って北上すると、大きく口を開けた洞窟が見えてきた。弥四郎は入り口で腰に下げていた草履を履いた。鋭い岩の角で擦り傷を作らないための用心と言う。足首から膝下へと水面は上がって行くと、光が薄らぎ打ち寄せる波の音が洞窟内に反響して、まるで人の前進を阻むように聞こえる。弥四郎は若いだけに動きが敏捷で先へ行っては振り返って、師の追いつくのを待っている。弥四郎が指差した岩棚の上に十数個の頭蓋骨が並んでいた。目が闇に慣れると、その背後の岩棚にも並んで置いてあるのが見えた。背に冷たいものを感じ思わず手を合わせていた。外に出て暖かい空気に触れたとき生き返ったような気がした。

弥四郎は病人の見舞いに行くと言って先を歩く。なんのことはない、自分の用事のついでに洞窟に寄っただけのことである。家など何処にも見えない。「誰の家か」と聞くと「幼い頃に可愛がってくれたヒザの爺さんと婆さんです」と答えた。弥四郎が連れて行った家は、岩の窪みを利用して建てた掘建て小屋であった。柱は地に埋めたものである。おそらく自分で穴を掘って埋めたものであろう。入り口に下がった筵が戸の代わりであった。弥四郎は身体を斜めに差し込むようにして中に消えた。しばらくして弥四郎が出てきたとき、腰に付けていた小さな包みが消えていた。何か食べ物を渡したらしい。礼を言おうとして筵を持ち上げて出て来た老婆には糞尿の匂いがまとわり付いていた。

「爺さんは、もう駄目です。息が苦しそうで、……ヒザは死んだ方が楽なんです」

弥四郎の固く結んだ唇が震えていた。

見晴らしの良い崖の上に出たとき、弥四郎は泣いていた。

「先生、母は、あの突端から飛び降りようとしたのです」

事情を聞けばかえって苦しめると思って黙っていた。しかし、今日は本人の方から話す気になったらしいが、前に聞いた話と同じであった。

次の日、鼎の息子が弥四郎の育ての親であった老人の死後の後始末のために講義を休むことを伝えた。自分たちの師匠は土地の言葉が分からないと思っているらしく島言葉で話している。

「爺さんは糞まみれで死んでいた」と。ウミと一緒になってからは、しゃべることはできないが大体の意味は取れるようになった。墨をすりながら耳をそばだてて聞いていると、ヒザの顔は諸鈍シバヤの紙の面に似て表情が一つだと言っていた。

その二日後、鼎の息子は今度はヒザの婆さんの焼死を伝えた。蠟燭を倒して火が砂糖黍の葉を敷きつめた床に燃え移って小屋は一瞬のうちに焼失したという。蠟燭は鼎の家から盗んだものであろうなどと言っている。弥四郎は五日ほど休んで坊主頭で出てきた。頭髪に火が燃え移ったという。弥四郎は、親代わりをしてくれたヒザの老夫婦の晩年を語った。老齢を理由に主家を出されると、「お爺」は流木を集めて小屋を作って住んだ。弥四郎の母親は幼い弥四郎の子守を「お婆」に頼んで畑に出ていたと言う。「島の中で唯一私の成長を楽しみにしてくれたのは、この二人だけでした」と言って、また涙ぐんだ。

万延元年（一八六〇）五月、西郷から手紙が届いた。表に『急告』と記してある。何か不吉な報せのようで開封を一瞬ためらったが予想は的中した。書いてあったのは、この国を揺るがす大事件の報告であった。

『三月三日、水戸と薩摩の浪士、大老井伊直弼《なおすけ》を襲って刺殺せり』

先に龍郷を訪問したとき、自分には藩内外の出来事を知らせる友人が居ると自慢した。名は言わなかったが、おそらくその人物がもたらした報せであろう。

そして、大老刺殺に至った理由を斬奸状《ざんかんじょう》風に三点記してあった。

一、勅許を得ずに異国と条約を結んだこと
一、反対を押し切って徳川家茂《いえもち》を将軍に据えたこと
一、反幕府派を弾圧したこと

井伊の首を取ったのは薩摩藩浪士の有村次左衛門《じざえもん》（二十二歳）であったという。現場から立ち去る時に追って来た井伊家の供侍に背後から斬られ、辻番所まで行って切腹するも首を刎《は》ねる者がおらず雪に伏したまま絶命したと書いてあった。西郷の誕生地は下加治屋《しもかじや》町の甲突川沿いにある。その甲突川を少し下って橋を渡った西側が有村家のある高麗《こうらい》町である。ともに下士の町の住人で幼い頃からの顔見知りの間柄である。それゆえ大老殺害を「快挙」と記したのかもしれない。しかし、この言葉は少し気になる。いや、少しどころか大いに気になる。この報告を読むと、西郷の嬉々《きき》とした気持ちが感じられるからである。斉彬公の御意思は開国派の誅殺《ちゅうさつ》にあったのではない。西郷は殿の御意思を誤解して受け取っているのではないか。月照という攘夷の僧を幕府から護って薩摩に連れて来たことも、そう考える理由である。斉彬公は鎖国と攘夷思想で国を護ることはできないと考え、少なくとも異国と対等な軍事力を持とうというお考えになっておられたと思う。西郷は感情で動く情念の人である。だから、大老という幕府の頂点にある人物を殺害したことを「見事」と捉えたのかもしれない。早急に結論を出すのではなく、しばらく考えることにした。しかし、自分には人の死を喜ぶ気持ちは湧いてこない。これは、商人の家に生まれたせいであろう。西郷は武人である。根本的に人の死について考えが違うのかもしれない。命の恩人ではあるが、少し距離を置こうと思った。

十二月、父から返事が届いた。手紙の分厚さが収穫の多さを表している。父は背負い商人の格好をして上士の町を訪れ、市来家の隣で本人の在宅を確かめた上で細君を呼び出してもらって手紙を渡したという。しばらく待たされたが、案内されて裏口から市来の敷地に入った。石塀に囲まれた広い庭には築山《つきやま》と池があり静かな佇《たたず》まいであった。初対面ながら旧友の父親の訪問を喜んでくれたと書いてある。

以下は、市来が語った琉球行の顚末《てんまつ》の要旨である。

市来四郎は文政十一年（一八二八）の生まれである。十四歳で藩校造士館入学。『在学中に博識の重野を知り漢学を教えてもらった。身分の違いを云々する者がいたが、学問の世界に身分は無いと思い問題にしなかった』と言ったという。二十一歳で火薬製造掛、二十七歳で蘭学を学ぶために長崎留学、帰国後は集成館で銃砲の研究に当たっていた。

市来が斉彬公から城中二の丸に呼び出され、琉球那覇に滞在中のフランス人宣教師を通じて軍艦を購入せよとの密命を受けたのが安政四年（一八五七）七月のことである。全てを秘密裏に行うために集成館の江夏《こうか》十郎《じゅうろう》と琉球在番奉行高橋縫殿《たかはしぬいでん》の三名だけで事に当たること、軍艦の納入先を琉球国とすることなど厳しい条件が付けられた。琉球髷を結い琉人に変装して琉球に渡って最初にやったことは、琉球王府内の親薩摩派の懐柔と反薩摩派の駆逐であった。フランス人との接触は、琉球国の西洋通詞（通訳）牧志《まきし》朝忠《ちょうちゅう》と江夏を加えた三人で、フランス人宣教師三人を相手に交渉し、約定書を交わしたのは次の年の七月二十六日であった。実に一年がかりの大仕事であった。ところが、九月二日に鹿児島からの飛脚船が在番奉行所宛ての二通の密書を運んできた。一通は斉彬公の御側役からのもので、斉彬公が七月十六日に急逝したことを伝えるものであった。なんと藩主の死の十日後に約定書を交わしたことになる。牧志を加えた四人は途方に暮れて茫然自失の状態に陥った。他の一通は家老名で出されたもので、『御秘用ノ一切悉皆停止変約ノ上帰鹿復命ノ事』とあった。つまり、密命の件は全て停止し、解約の上帰国して報告せよとの命令である。

四人は手紙を前に凍りついた。努力が水の泡になったことよりも、いかにして苦労して結んだ約定を解約するかである。これは成約に至る以上に困難が伴う。その方法を模索していた時、在番奉行所宛の荷の中に、先に帰国した江夏の手紙が入っているのに気付いた。

『下拙ニハ嫌疑ヲ受ケ候次第之有候　謹慎……』

どちらかと言えば、江夏は軍艦購入に関しては補助的な役割を担った。その江夏が嫌疑を受けて目下謹慎中とのことである。そうであれば、主となって働いた市来と牧志は切腹を言い渡されるのは間違いない。帰国せずに腹を切った場合、高橋ひとりに責めが行く。とにかく、解約の方法を考えてみよう。努力してみて駄目な時に、三人一緒に腹を切ることにしたという。これから先の話は入り組んで一晩では語れないので、厚之丞の帰国の時に祝の席を設けるので、その時に話すということであった。

別添えの紙に、軍艦購入と同時に買い入れる予定であった品々が書いてあった。

軍艦一隻・歩兵用小銃二千挺・短銃二百挺・航海図・蒸気船製造書・航海運用諸道具等の他に、

航海方教師・大砲方教師・天文測量方蒸気機関取扱人・鍛冶職人などを雇用する。蒸気船の価格は二十万両（年賦払い。代金の一部は樟脳《しょうのう》や絹）で軍艦の受け渡しは翌年三月、納入先は琉球国。

市来が七月二十六日に罪が解かれたと知った父は、先に突然の訪問にも拘わらず快く対処してくれたことへの礼として藍染布一反を持参して祝意を陳べに行っている。

以下は、そのとき市来から聞いた話の要約である。市来の山川湊到着は一月八日となった。家老新納《にいろ》駿河のもとに出頭したとき、「契約破棄を宰相様（斉興）にお伝えしたところ、殿は大いに安慮遊ばされ『よき都合なり』と言われた」と語ったという。「よき都合」とは、藩の蔵から大金が出て行くのを防いだことであり、そのことが斉興公の「安慮（安心）」につながったと考えると、例の噂は嘘ではないような気がすると言ったという。例の噂とは斉彬公の毒殺説である。

万延二年（一八六二）の一月二日に、西郷に男児が誕生したことを報せて来た。名は菊次郎である。母親が島妻ゆえに長男に「次男名」を付けたと思われる。

西郷は四月にも手紙を寄こした。

「三月三日は惨姦の一回忌にて早天より焼酎呑み方にて終日酔い居り申し候」

井伊直弼の一周忌の日、西郷は朝から祝杯を挙げ焼酎で酔っている。大老が死んで世の中がどう変わったかを知りたい。

日差しが刺すように照りつける夏がやってきた。江戸住まいが長かった者には地獄の夏である。そんなある日、西郷が「板付け舟」に乗って訪ねて来た。幅三尺長さ三間ほどの大木を刳り抜いて造った小舟である。島民の逃亡を防ぐために大船は造らせない藩の決まりなので、約五百艘の小舟が漁や移動に用いられている。大島本島の周囲は七十五里だが、黒砂糖を運ぶ御用船の入港可能な二十余の港は西海岸に集中している。それらの港に立ち寄り、散在する流人を訪ねながら南下して来たと言った。連れの二人は漕《こ》ぎ手として雇った龍郷の漁師と言い、懐から取り出したのは渋紙に包んだ巻紙であった。

「こいはなあ、有村雄助《ゆうすけ》の聴取書の写しじゃ。有村雄助というのは、井伊大老の首を取った有村次左衛門の兄だ」

「続きは中で聞きましょう」と家の中に案内すると、ウミの挨拶も上の空で聞き、前置きも無く話し始めた。

「井伊を討った日、雄助は見届け役として現場に居た。目的を達した後、水戸の金子孫次郎と佐藤鉄三郎と一緒に京へ向かったが、三人は伊勢四日市で捕らえられた。捕らえたのは、誰だと思う。我が薩摩藩の江戸屋敷の者だ。江戸家老は雄助を鹿児島に送り、藩は雄助に切腹を命じたという訳だ。これは切腹前夜に雄助が語った記録だ」

西郷の興奮を抑えようと話の途中で割り込んだ。

「吉之助さんが言いたいのは、手を下してもいない者に切腹を命じた藩の幕府に対する弱腰の姿勢ですね」

「我が薩摩藩は幕府に遠慮して雄助を殺したのだ」

「西郷さんのように、行方不明として名を変えて遠島にする方法もあったのでは」

「そうよ、そのとおりじゃ。さすが厚之丞だ。勘が良い。では最初から話す」

と言って巻紙を広げた。

大老襲撃の企ては元は薩摩が水戸に持ちかけたもので、水戸がやらない時は薩摩が兵を出してやると決めてあった。藩主が出兵を認めない時は、誠忠組が鰹船で密かに鹿児島を出て江戸に向かうことになっていた。それを大久保が止めさせたために水戸に先を越されてしまったのだ」

「長旅でお疲れのことと思います。ここらで一服しませんか。この菓子はウミが作ったものです。サア、お二人もどうぞ」

巻紙を膝元から離さないところを見ると、書き写した本人が読むつもりらしい。黙読の方が早く読めると思うが、書写に要した労力と時間を考えると無下に断わるわけにはゆかないが、そこは押し切った。

「私の方が書籍の読み方には慣れています。黙読で一気に読みますので、しばらく旅の疲れを癒やしては」

「それもそうじゃなあ、ただし、一言一句読み飛ばすなよ」

巻紙はかなりの量がある。時間をかけて写したことが分かる。

二月二十六日　水戸の金子孫次郎が、雄助の長屋を訪れ決行の日を伝えたことから書いてある。三月三日の公式登城日の明け六ツ（午前六時）に愛宕山集合。そこより桜田門へ向かう。指揮は関鉄之介、役割分担は直前の軍議で決める。既に高橋多一郎が薩摩の協力を得るために京へ向かった。襲撃後に畑弥平が水戸へ、雄助と金子孫次郎・佐藤鉄三郎が京へ向かう。この案は総帥金子と高橋で作った。薩摩の山口三斎に、「約束どおり薩摩兵三千を京の守護に送って欲しい」と記した手紙を持たせて鹿児島に送ってあったということである。

二月二十八日　薩摩の田中謙助、高橋の手紙を持参して鹿児島へ。「水戸で井伊を殺し横浜外国商館を焼く。薩摩は朝廷の警備を頼む」

三月三日　大雪。桜田門。井伊家の供廻り五十余名、大関が直訴状を持って井伊の駕籠に突進、これを合図に一斉に蜂起。井伊家の死者七名、当方は二人が斬られた。

三月十日深夜　四日市の宿で捕縛さる。捕吏は薩摩江戸屋敷の七名。幕府に先んじて捕らえることが求められていた。三名は伏見の薩摩屋敷で縄を解かれた。

三月十一日　金子と佐藤は水戸屋敷送りとなり、雄助は大坂で藩船に乗せられて小倉へ。

三月二十日　筑後瀬高《せたか》到着。参勤で江戸へ上る藩主一行が滞在。

三月二十一日　桜田門の変を知った藩主一行は国元へ引き返す。

三月二十三日　雄助帰宅。

三月二十四日　早朝自宅にて切腹（享年二十八歳）。

記述は当日の天候から始まり、それぞれの服装や体調にまで及ぶ。特に雄助の帰宅後の知友の助命嘆願の模様や家族の様子など詳しい。義士として顕彰したい気持ちは分かるのだが、幾つかの疑問点が残る。高橋と雄助を京へ向かわせたのは、薩摩兵で京を護るためと思われる。しかし、藩主の命令が無ければ兵を出すことはできないはずである。

「このとき京には三千の薩摩兵が控えていたのですね」

「井伊が倒れたら幕府は一気に瓦解する。そのとき薩摩が兵を出して京を守るという段取りになっていたが、その計画を打ち壊したのが大久保正助だ。藩が一団となってかからないと駄目じゃっち言ってな」

水戸藩への弾圧が続く中、水戸の藩論も御家安泰を掲げる穏健派と井伊殺害を狙う過激派に分かれた。そこへ有村兄弟らの薩摩の過激派が合流し大老暗殺へと向かったものと思われる。あえて水戸だけで実行したのは、大老の死によって幕府は瓦解するという目算があったからであろう。三千の薩摩兵が混乱に備えて京の守りにつくという約束は、薩摩の誰と交わしたものであろうか。計画の段階で京へ走る人間を決めてあったのは、そういう約束があったことになる。機会があれば大久保正助にも経緯を聞きたい。両者の言を聞いてから善し悪しを考えてみたい。西郷の人脈によって藩外の政治の動きが分かることは有難い。別れには、そのことへの謝意を陳べておいた。


手製の暦は文久二年（一八六二）を示している。赦免の日が分かっていたら『あと何日』と日数を入れておくのになどと、取り留めの無いことを考える。

二月も末になると寒さも峠を越え空が明るくなった。春を感じさせる日に龍郷の老人が西郷の手紙を届けに訪れた。

『先に帰国することになった。経緯の詳細は後日知らせる』と記し、『世の中は混沌《こんとん》として先が見えなくなった。厚之丞が島に居て静かに書が読めることは、かえって良かったのかもしれない』
　日付は一月二十九日である。帰国が急に決まったのか、多忙のために詳しい手紙を書く暇がなかったのかのどちらかであろう。
「西郷さんは、一月の船で帰国された」とウミに言うと、「愛加那はどうなりました」と聞き返した。どうなるもこうなるも無い。島妻は島を出ることが禁じられているので子供とともに島に捨て置かれる。分かっていてわざと聞いたと思うと少々腹が立ったが、将来の自分の姿を思って言ったと思うと何も言えなかった。

　文久三年（一八六三）三月、待ちに待った赦免状が届いた。大久保利世から流罪は長くて五年と聞いていたが、あれは嘘であったか、それとも気落ちさせないための善意の言葉であったのか。斉彬公がご存命なら自分に対する扱いも違っていたと思う。後ろ盾を失った今、将来に明るい期待は持てないと覚悟している。流罪中に死んだ者もいるし帰国途中の船中で死んだ者もいる。生きて帰れるだけで良しとすることにした。

　夫の帰国の準備をするウミの頬に涙の跡があった。島妻には、どうすることもできぬ運命である。悲しみは耐えなければならない。ウミの傍で手遊びをするヤスに、「幾つになった」と問うと、指を開いて手を突き出した。ヤスの掌を両手で挟むと温もりを感じた。

「母を助けて暮らせよ。迎えに来るからな」

と言うと、何も分からないヤスは笑顔を見せて黙って頷いた。

「迎えに来たヤマトンチュなど、今まで一人もいません」

ウミの声は鼻にかかっていた。働き者のウミが、珍しいことに家事を放棄したかのように座りっぱなしの日が続く。赦免状を見てからというもの黙り込む日が続いている。

「鹿児島から着る物を送ろうと思うが、好みがあれば、……」

言い終わらないうちに、ウミは涙を抑えて出て行った。

ヤスを寝かしつける時や夜泣きをするとき、ウミは島唄を歌う。母親の声は心地よい響きを持っているのか、ヤスはすぐに眠ってしまう。夜毎に違う唄であったが、最近は同じ唄だけを口ずさむようになった。

「毎晩、行くのですか、行くのですかと歌っているが、誰が何処へ行く歌だ」

「イキュンニャカナのことですね。あれは、行くのですか、愛しいあなたという意味です」

と、ウミは初めて歌詞の意味を説明した。

「カナ」は娘の名の後に付ける愛称で、自分は若い時はウミカナと呼ばれ、西郷の妻は「アイカナ」と呼ばれていたという。

「では、ヤスは、やがてはヤスカナになるのだな」

「そう、よくできました」と言って微笑んだ。久し振りにみる笑顔である。

「意味は、こうなります。行ってしまうのですか、愛しい安繹様は。私のことを忘れて」

「今まで聞いた歌に、安繹と言う言葉はどこにも無かったではないか」

「島唄には決まった言葉はありません。良いのです、自分勝手に作り変えても」

悪戯っぽく笑った顔は、今度は見る間に涙顔に変わった。悲しみに耐えるために口ずさんでいるのかもしれないと思った。ウミは歌の意味を教えた。

行ってしまうのですか、愛しいあなた。私のことを忘れて。

真夜中に目が覚めて　あなたのことを思い始めると、もう眠ることができません。

今聞こえた鳥の声は、名瀬の沖の立神岩で鳴く鳥の声かしら。

いいえ、違います。あれは愛しい人との別れを惜しむ私の魂の声なの。

「どう思いますか」と感想を聞かれたが、何と答えたらよいのか分からない。都合の良いように恨みを込めて作り変えたのかもしれない。

赦免の噂はシマ中に広がったらしく、塾生と子供たちの親たちが祝の言葉を陳べにやって来る。長い遠島生活を支えてくれたのは、実は彼ら教え子たちではなかったか。塾生たちは泊まり込みで荷造り作業に入った。塾生の親は、筵に莫蓙・蘇鉄などの土産を持参して挨拶に来る。芭蕉布は医師の豊家からの土産である。これは鹿児島では高値で売れる。

重野塾閉講の日は、親も同席させ弥四郎を重野安繹の弟子として塾生の後ろに座らせた。

「諸君を教えることで充実した日々を送ることができた。蔵書を提供してくださった鼎さんと、熱心に講義を聴いてくれた諸君に改めて礼を言う」

用意した縦長の紙に『苟日新、日々新、また日新』と書いて示した。「これは『大学』の中にある言葉で、まことに日に新たに、日々に新たに、また日に新たなりと読む。向学心が無ければ進歩は無い」

　島へ来た日のことが蘇って思わず声を詰まらせた。話が終わったと思ったのか、塾生は一斉に「有難うございました」と頭を下げた。

　鼎の野屋敷を出てウミの実家へと移った。ヤスは祖父母と一緒に暮らせるのが嬉しくてはしゃいでいる。ウミの両親もそれを望んでいたらしく上機嫌である。近所の者が集まってきた。祝の言葉をそれぞれ陳べて帰ろうとしない。何かを待っている気配である。

　たまりかねたのか、ヤスの父親が言った。

「流人の方は船に乗る前の晩に月代《さかやき》を剃《そ》りますが、どうなされます」

「医師と学者は総髪と決まっている。わしはこのままの髪型で帰るが」

「お侍様は月代を剃るときに乗船祝をします」

「なんだ、そういうことか。ウミ、貰った焼酎を全部出して酔いつぶれるまで飲ませてやれ」

　外に聞こえたらしく表座敷で歓声が上がった。

　享保十三年（一七二八）布達の「大島規模帳」は奄美支配の法令集である。流人が心得るべき八カ条の中に「流人は船が出る前に乗船して出港を待つこと」とある。従って、明日の夜からは船中泊となる。

　次の日、シマ中の者が古仁屋の港に集まった。ヤスには別れと気付かせぬように「仕事で鹿児島に行く」と言ってある。何も知らないヤスは笑って頷いた。ウミには「世話になった。感謝している」と声をかけたが、空ろな眼で夫に向かって頭を下げただけであった。涙を見せなかったのは、島妻としての覚悟を示したのであろう。ヤスは同じ年頃の子供たちと無心に走り回っている。塾生の横に弥四郎とふき婆がいる。大黒丸から艀《はしけ》が迎えに来た。

「船出は何時になるか分からないので、どうぞ引き取ってくれ」と言うと、

「では、先生、お元気で」などと声をかけて村人は去ってゆく。松の根方にウミとヤスとヤスの祖父母がまだ座っていた。手を振るとヤスが元気に手を振って応えた。


千石の米を積む荷船を千石船と言う。北前船や菱垣《ひがき》廻船などは石数で船体の大きさを表すが、薩摩の船は帆の広さで表わす。大黒丸は乗員十五名で、千七百石積みの二十三反帆である。船体の長さは五十尺・幅二十五尺・深さ十四尺、船体の真ん中にそびえ立つ帆柱は二人で抱き廻すことができぬくらい太い。従って、舵は二人がかりで操作する。両方の舷側に荷崩れを防ぐための高く組み上げた蛇腹垣があるのが薩摩船の特徴である。漆黒の船体に朱の縁取りや装飾のある琉球船に比べると何の装飾も無い実用本位の貨物船である。

かしきは飯炊きと雑用掛の少年で、将来の水夫の見習いである。

「この船は、砂糖樽を何挺積めるのか」

「二千三百ってところでしょう。重さで言うと三十万斤になります」

「これより大きい船だと、何斤の黒糖が積めるのだ」

「五、六十万斤ってところでしょう」

答えたのは船頭である。そして、聞きもしないことを喋り始めた。砂糖積船の大半は三十三か

ら三十五反帆である。沖永良部には大型船が着岸できる港が無いので二十二反帆以下の小型船を使う。山川と名瀬の間は、天気さえ良ければ一昼夜で行ける。検査に合格した黒糖樽は筆子の手によって何村の某と記してある。船底を覗いたが見る限り密輸用の黒樽《くろだる》は見えなかったので上手に隠したに違いない。船酔いを避けるために飲みなれぬ焼酎を飲んで早々に横になったが、赦免になったことが嬉しくて眠れない。あれこれ考えているうちに耕作地の狭い沖永良部島と与論島が徳之島の属島に位置付けられていることに気付いた。三島方の「三島」（奄美大島・喜界島・徳之島）の意味が今頃分かるとは、と闇の中で思わず笑ってしまった。

晴天に恵まれたので穏やかな航海となった。大黒丸は静かに山川の湊に入って行く。ここには大島の黒糖を納める砂糖蔵と不審船を取り締まる遠見番所がある。慶長一四年（一六〇九）の琉球侵攻の時は、この港で三千の兵を三百の船に乗せて南下して行った。番所で土産としてもらった莨蓙や筵を金に替えて山川到着を飛脚便で家に知らせた。山川の北隣は温泉が湧く指宿《いぶすき》である。一日は湯に入って島の垢と疲れを落とした。次の日、小舟を雇って鹿児島城下の前之浜へと向かった。

「只今、戻りました」と家の中に声をかけると、奥から両親が出てきた。ふたりとも白髪が目立つようになっていた。

「いやあ、ご苦労であった。さあ、上がった、上がった」

「父上は朝から立ったり座ったりでしたよ」と母は喜びを身体で表した。

藺草《いぐさ》の匂いと畳の手触りが懐かしい。息子の赦免を祝って畳を替えたという。島では板敷きの床に莫蓙を敷いて暮らしていたのだから、懐かしさは言いようがない。両親の顔の皺を見て月日の長さを実感する。最初の一年はとても長く感じた。そんなことから島の暮らしを語った。妻子を置いて帰国した息子を気遣ってか、両親はウミとヤスには一切触れない。これもまた寂しいものである。今頃は夕飯を食べている頃であろう。ウミの父親は蛇皮線を爪弾き、ヤスは母と祖母の間に座って聴いている。そんな団欒の姿を思い描いていた。

女々しいと言われそうで、自分の口からは島の家族のことを言い出せなかった。

第三章　赦免、藩邸お庭方としての活躍

帰国を届けて三日、いや、四日目になる。今日こそ呼び出しがあると思っていたが未だに音沙汰もない。新しい役目が決まってから挨拶回りをしようと思っていたのだが、もう待ちきれない。

「父上、今から大久保家に挨拶に行ってきます。この調子だと、呼び出しは何時になるか分かりませんので」

「それもそうだが、我が家は郷士だ。できれば下士の町には近づかん方が良い」

「何かありましたか」

「うん、あった。あったといっても、聞いた話だが」

「岡に上がってから、どうも町の様子が以前と違うように感じていましたが、何か大きな出来事があったのでしょうか」

「何も知らぬそなたが町の変わりように気付いたとすれば、あの噂は相当広がっていると思ってよいな」

「噂とは」

「森山堂園《もりやまどうえん》を覚えているか」

「父上の囲碁仲間の」

「そうだ。商人であった堂園は藩に献金をして郷士になった。そこまでは良かったが、欲を出して親子で大久保の仲間に加わった。息子を武士にするためだと言った。これは本人から聞いた話だから間違いない。脱藩に備えて購入した鰹船二艘の代金を堂園が出したにもかかわらず、寺田屋騒動で軽傷を負った息子に切腹を言い渡したのは誰だと思う。大久保一蔵だ」

「それは違います。殿様が切腹を命じて、それを伝えたのが大久保さんということでしょう」

「それはそうだが、大久保が助命嘆願に動いたという話は聞こえてはこんのだ。大久保がそなたの帰国を知ったら、いろいろ誘いをかけてくるはずだ。いいな、絶対に誘いに乗るな」

父は振り返って母に向かって声をかけた。

「去年の夏だったかな、あの婦人が来たのは」

珍しく母が身を乗り出して話し始めた。

家の前の道端に座り込んでいる婦人を見かけたが、余りにも疲れた様子なので家に呼んで茶を馳走した。着物や物言いや立ち居ふるまいを見て士族の家柄と思いそのつもりで対応したことが余程嬉しかったと見え涙を浮かべて礼を陳べた。そして、母の接待と優しい言葉に気を許したのか涙ながらに家の事情を語った。夫は警護役として江戸へ向かったが、しばらくして伏見で死んだという報せとともに『士籍剝奪《はくだつ》』を命じられ、理由を知らされぬまま下士の町を追われたという。理不尽な扱いに婦人の父親が伝を頼って調べたところ、仲間同士の斬り合いで死んだことが分かった。喧嘩両成敗のはずが、相手は久光様よりご褒美を戴いたと知った。真実を知りたくて人に聞いても誰もが口を閉じて教えてくれないと涙を流したという。

「いつ江戸へ向かったかが分かれば、事件の全貌は摑《つか》めますが」

「同行者が口を閉ざして語らぬ以上、誰も何も言わぬと思うが」

「造士館教授の今藤なら知っているかもしれません。教えを受けた者は上士から下士まで多いので、少しは真実に近い話が聞けると思います」

「それより、四郎殿を訪ねてはどうだ。上士であれば事件の詳細を知っていると思う。差し上げた一反の布は大人ひとり分の着物が縫える広さなので大いに喜んでくれた。過分な贈り物は次に備えての布石だ。人は物を貰えば頼みごとは聞いてくれる。しかし、それも聞き方次第だ。言葉遣いに気をつけることだな」

いかにも商人らしい考えだが、今回も父の言に従うことにする。

西郷遠島後の「近思録輪読会」のことは、西郷から聞いて知っている。大久保が西郷の後を継いで、勉強会は倒幕を目指す団体へと目的が変わったこと、井伊大老の横暴を止めるために脱藩して、鰹船二隻に分乗して江戸へ向かう計画であったことなどである。

市来は、事件の全貌を知っていた。

藩主茂久《もちひさ》（忠義）公と後見久光公は、輪読会の代表である大久保宛に、『我らは諸君と共に行動する。時が来るまで待て』と書簡を送って伝えたという。藩主が直接下士に声を掛けるなど前代末聞のことなので、下士は手放しで喜んだという。ひたすら、一同はその「時」を待った。挙藩一致の幕政改革と言いながら一向に動きが無いので、有馬新七《しんしち》という男が別派を作って藩外に仲間を求めた。目的は、大老を襲撃しその混乱に乗じて幕府を倒すことにあった。

昨年、つまり文久二年の春、久光公は公武合体を進めるために兵一千を率いて京へ上った。このとき有馬を頭目とする別派四十名は、他藩の同士二十名とともに京都所司代を襲うことを決めていた。ところが、この企ては露見した。四月二十七日。久光公は伏見の船宿寺田屋に鎮撫使八名を送って襲撃を止めるように説得、話し合いは不調に終わり斬り合いの末に双方に死傷者を出した。内訳は、鎮撫使八名中、死者一、重傷一、軽傷四、新七側は即死六、重傷の田中謙助と軽傷の森山堂園の息子は翌日切腹させられたという。戦闘に加わらなかった二十三名は帰国の上で謹慎を命じられ今日に至っているという。鎮撫使には褒美として感状と切米十石が与えられ、別派の死者は士籍剝奪のうえ身分を庶人に落とされた。中でも首謀者有馬新七は死体埋捨の刑に処せられた。市来四郎は「大体このような次第です」と言って説明を終えた。

帰宅して今日の経緯を話すと、

「上士の方々は学問があるだけに思慮深い。それに比べると下士は郷士のことなど屁とも思っていない。そなたが江戸で命を狙われたのは、下士の郷士への僻み根性であったと、わしは思っている」

「ところで、大久保さんが久光公の側に仕えるようになったのは、何時からでしょうか」

「三年前の万延元年三月と聞いている。とにかく、その後は鰻登りの昇進だそうだ」

大久保家への土産を選んでいると、荷物の間から弥四郎の手紙が滑り落ちた。乗船直前に手渡しされたもので、挨拶などで気忙《きぜわ》しく何処に置いたか忘れていた。開封すると墨痕鮮やかにお家流の文字が並んでいる。さすが我が弟子と思ったが、内容は島政への不満と批判が記されていた。島の若者の苦悩は分かる。しかし、現状を変えることは不可能である。

四月朔日、やっと側役の私宅に呼ばれた。上士の家だけに屋敷が広く緑が多い。挨拶もそこそこに、側役は『琉球国大島国絵図』を持ってきて広げ、「手漕ぎの舟で沖永良部島から琉球へ渡れるか」と聞いた。

奄美の刳り船の説明をしてから、あのような小舟で外海を行くのは絶対に不可能と答えた。

「島抜けが出たのでしょうか」

「いや、そうではない。西郷を昨年六月に徳之島流罪にしたのだが」

「何の罪で」

「マア、待て。こっちの話が先だ。その年の閏八月に、徳之島から沖永良部島へ移した。この絵図に沖永良部と与論島の間は十三里、与論沖縄島間は二十里とあるが、与論を中継地にすれば琉球へ渡ることは容易となる。今のうちに刺客を送ってはと言う者がいてな」

西郷暗殺の企みがあると見た。改めて西郷の罪状を聞いた。

「旧職に戻したのが昨年二月であった。三月の久光様ご上洛に際し、殿は西郷に先発を命じて下関で待つように言われた。ところが、西郷は勝手に大坂へ行って諸国浪士と公武合体の話し合いを持っていたのだ。殿の指示を無視したことが流罪の理由だ。あの男は何をやりだすか分からん。この際、後顧の憂いを絶つために刺客を送ってはという意見が出てな。というわけで、そなたに意見を求めた。島抜けが困難であれば沖永良部にずっと居てもらおう。この話は無かったことにしてくれ」

刺客を防いだのであれば、西郷へ恩を返したことになる。

「では、新しい役職を伝える。二の丸付きの御庭方、つまり、久光様のお傍近くに仕える御庭方だ。これは殿の御指名だ。そなた、幼少の頃に久光様と一緒に能楽と書を習ったと聞いた。殿は政局の混乱で少々滅入っておられる。昔話も殿の心を慰めるであろう。明日より出勤を命じる」

斉彬公と敵対した方に仕えることになろうとは考えもしなかった。驚きで返す言葉を失った。

藩主が政務を行う場所が本丸で、私邸にあたる場所が二の丸である。今の話からすると、本丸に藩主が住み、二の丸に後見役の久光公が住んでいることになる。

次の日、案内役に伴われて二の丸の大部屋に上がった。

挨拶を終えたところに家老が現れ、

「緊急事態が出来《しゅったい》したゆえ、明日巳の刻（午前十時頃）に改めて出直してくれ」

と言って顎で下がるように命じた。

家老の顔は引き攣《つ》っていた。大事件が起きたに違いない。帰りは二の丸の裏門に案内され、以後はこの門から出入りするように言われた。門を出て家に向かっていると、小姓が追って来て、

「すぐ、お戻りください」と言う。元の部屋に戻ってしばらくすると、驚いたことに現れたのは

大久保であった。

「五月、長州は馬関（下関）海峡を通る異国船に砲撃を加えて損害を与えた。その仕返しに異国艦隊が馬関に向かったと飛脚便が伝えてきた。与力の川路利良と長州を探ってきてくれ。帰ったばかりで申し訳ないが、出立は明日明け六ツ（午前六時）」

用件だけ伝えて奥に引っ込んだ。一介の下士が家老や側役の代わりを務めている。父の言った鰻登りの出世の意味が分かってきた。


小倉に着いた時、異国船の姿は何処にも無かった。下関の廻船問屋白石正一郎《しょういちろう》の屋敷は薩摩藩の定宿でもある。初めて江戸へ上った時も、七年前の帰国の際にも泊まっている。また、白石が薩摩の藍玉を長州の名産にしたいと西郷に持ちかけ、西郷が父に取り次いだこともある。重野水の息子と知って下にも置かぬ扱いとなった。その白石邸で、長州藩海防担当の高杉晋作に会った。高杉は昌平黌の出身で年齢は二十五歳。初対面ではあるが、同じ学舎で学んだという間柄である。

「薩摩は生麦村で異人を斬って攘夷の実をあげたので、我が長藩も負けじと先月米仏蘭国の船を砲撃して破壊した。大喜びしたのは、ほんの一時だけであった。三ヵ国は軍艦を連ねて仕返しにやってきたのだ」

米艦は碇泊中の長藩の軍艦二隻を撃沈し一隻を大破させ、砲台を艦砲で次々に破壊し、一方の仏艦は壇ノ浦の砲台を壊し民家を焼き払ったと言った。

「次は薩摩の番ですぞ。横浜で操練をしていると聞いています」

翌日、砲台を見て廻ると確かに台場は跡形もなく壊されていた。その日のうちに、『英国艦隊目下薩摩へ向け南下中』と書いて飛脚便に託した。

薩摩藩の者が英国人を斬った時の様子は高杉から聞いた。その方が真実に近付けると思ったからである。久光公は江戸で幕政改革に奔走した後、文久二年（一八六二）八月二十一日に帰国の途につくことを幕府に伝えたが、藩主なみの供回りの多さに、出発を一日早めた。ところが、東海道の横浜生麦村を通過中に英国人が久光公の行列の直前を馬で横切ったので護衛の者が無礼討ちにしたという。その時の謝罪と慰謝料を求めて英国艦隊が薩摩へ向かっていると言った。

「島で心静かに書物が読めることは厚之丞にとって最高の幸せである」と言った西郷の言葉が蘇った。

帰藩した次の日、磯御別邸に隣接する集成館に市来四郎を訪ねた。桜島を借景にした庭園は見事である。訪問の目的は、出張先で見た異国船の破戒力の凄さを語り、近々訪れるであろう英国船への対処の仕方を尋ねるためであった。市来の答えは「勝ち目は絶対にありません」のひとことで終わった。これだけはっきり言われると話の接ぎ穂が見つからない。そこで、ペリー来琉時の洋通詞牧志朝忠について聞いた。

「通詞は那覇へ渡ってから探したのですか」

「いえ、通詞の名は斉彬様から聞きました。殿は琉球のことは隅々までご存じでした」

「牧志が生きていたら英国船との交渉に役立ったろうに。本当に惜しい人物を失った」

「有難うございます」と市来は頭を下げた。

最盛期の集成館には二万の職工が働いていたと聞くが、今は人影はまばらである。磯浜に下りて少しばかり散策した。磯の香りが懐かしい。正面に見える桜島は夕陽を受けて薄紫色を帯び、夕凪の内海の静けさからは外海の怒濤《どとう》の荒々しさは想像できない。

大久保利世は五月十日の明け方、この世を去った。島に渡る前に流人の心得から島民の心情まで事細かに教えてもらったことが大いに役立った。改めて冥福を祈った。


六月二十七日、英国軍艦七隻が佐多岬を廻って鹿児島湾に入ったという山川番所の報せで各台場は戦闘配置に付いた。

同月二十八日、英国船団は城の正面の前之浜沖に投錨し、事前に準備してきた書簡を渡した。ユリアラス号が艦隊の大将が乗る船であることはマストに上がった旗で分かる。文書には英国海軍中将キューパ率いる支那艦隊であることや、交渉役には英国代理公使ニールが当たり、英通詞はイエスデン・シーボルトと記されてあった。藩庁は交渉役に軍役奉行折田平八と軍賦役伊地知龍右衛門正治を命じた。通詞に造士館助教今藤新左衛門と御庭方重野厚之丞を決めたのは漢文による通訳と思ったからである。シーボルトという二世の若者が日本語を話すのであれば全く無用の通詞である。そこで、交渉役の補助員として乗り組むことになった。

シーボルトに年齢を尋ねると十八歳と答えたので、折田が伊地知に向かって吐き捨てるように言った。

「交渉に年端もゆかぬ若者を使いおって、無礼な奴らだ」

シーボルトは、その呟きを英訳してニールに伝えた。

今度は、ニールの言葉をシーボルトが日本語で伝える。

「昨年九月十四日（文久二年八月二十一日）、横浜生麦村で薩摩の藩士が英国人を惨殺した。この件について幕府と談判を重ねたが埒が明かないので直接談判するために鹿児島に来た。これは、下手人の首と遺族への慰謝料を求める国書であります。二十四時間以内に返書をもらいたい。回答が得られない時には我々は勝手にします」

何度も練習をしたらしく、すらすらと言った。

「勝手とは、どういう意味だ」

「自由にするという意味です」

「もっと明確に答えろ」

「場合によっては、砲撃も辞さないという意味です」

「場合とは、どういう場合だ」

「今、言いました。返事が無かったりしたときです」

「しばらく我々だけで話し合いを持ちたい」と言って中板に出ると英国兵士が周りを囲んだ。

シーボルトがいる以上秘密の会話はできない。もっとも、藩主不在を理由に追い返すことになっている。ただ頷きあって、筋書き通りに進める事を確認しただけである。「ニールの元へ行く」と言うと、シーボルトが先頭を歩み、英兵が剣付鉄砲を横に構えて後をついてくる。

「我らが主君は霧島温泉に出かけていて留守である。霧島というのはこの湾の奥の、雲が低くて何も見えないが、あのあたりにある山だ」

シーボルトが英訳するとニールは「オー」と言って落胆の表情を見せた。

「明日、城内で会談を持ちたい」と言うと、

「下船させて殺すつもりでしょう。その手には乗りません」とシーボルトは笑う。

回答は明日渡すことにして、今日は何も決めずに別れた。夕方、英国船は短艇《ボート》を下ろして沿岸を測量していた。

翌日、城中で斬り込み隊が結成された。七十七名を七組に分け、各伝馬船に百姓に扮した下士が乗る。西瓜《すいか》や鶏卵を売り込む百姓に扮しているのは、寺田屋事件で投降して謹慎となっていた連中である。名誉挽回の機会を得て意気盛んである。

それぞれの英国船の舷側には、剣を装着した鉄砲を手に英兵が並んでいる。喫水線の横で身振り手振りで西瓜を売る姿を見てシーボルトは嘲笑《あざわら》っている。

「何がおかしい」と折田が怒鳴ると、「船底に刀を隠していますね。上からは丸見えです」

と望遠鏡を覗く真似をする。

旗艦ユリアラス号に伝馬船を寄せ回答書を持って来たことを伝えると、甲板から紐に結んだ笊《ざる》が下りてきた。中に入れよと合図する。返書には次の文言が記されている。

『下手人は行方不明。養育費については後日話し合う。我が藩は何事も幕府の命に従って処置しているので、早々に横浜へお引き取り願いたい』と。

七月一日から天候が崩れ始め、暴風雨が近いことを現していた。次の日も朝から雲が低く風に雨が交じる。役立たずの通詞には見張りの役目が与えられ、今藤と二人、二の丸の背後の城山展望所で海に眼を凝らしている。晴れていたら城下町と鹿児島湾と桜島が眼前に広がって素晴らしい眺めが見られるはずだが、雲が低く垂れ込め英国船の姿も見えない。そのときであった。非常召集を知らせる太鼓の音が麓から聞こえてきた。足元は雨に濡れて滑るので枝を掴みながら山道を下りた。城正面の火除け地に町人が集められている。これから城山の裏の草牟田《そうむた》付近に疎開するという。白鉢巻に伊賀袴の若者たちを先頭に、天秤棒を担ぎ荷車に家財道具や老人を乗せた町人が蟻の行列のように西へと向かう。

寺田屋騒動の謹慎組は、祇園之洲《ぎおんのす》砲台・城正面の前之浜《まえのはま》砲台・天保山砲台・桜島砲台などの最前線に配置された。今藤と馬で祇園之洲へ向かった。砲台では守備兵がなにやら騒いでいた。英国艦隊の中に三隻の和船が見えたという。重富別邸の沖に碇泊していた天佑・白鳳・青鷹の三隻に違いない。乗組員の安否が気になる。突然、「用意、撃てー」の号令が聞こえ、台場の大砲が一斉に火を噴き、英国艦の手前で水柱が上がった。砲弾は敵船に届いていないにもかかわらず、英国船は着弾距離の外へと大きく退いた。捕らえられていた三隻が火を噴き始めた。英国艦から発せられた反撃の初弾は祇園之洲陣地後方の松林に落ち、二発めは渚に落ちて土砂を吹き上げた。仰角の調整をしたらしく、三発めからは正確に台場の石組みを破壊してゆく。これだけ徹底的に破壊するのは祇園之洲を上陸地に選んだに違いないと、半農半士の郷士隊が陣地背後に集められた。吹き上げた泥を被った農兵は恐怖を押し殺して無言である。英国艦隊は一列に並び、艦砲射撃を続けながら南下していった。

「城下町の南、田園地帯の谷山沖に碇泊」の伝令の報せに、戦闘現場に安堵の空気が流れる。さっそく被害状況の調査が始まった。砲台は跡形もなく破壊されていた。海岸の軟弱な地盤に石組みを築くのにどれくらいの時間と労力を要したことか。それを一瞬のうちに崩した集中砲火の威力の大きさに感動さえ覚える。伝令が走ってきて、船から打ち込まれた火箭で祇園之洲近くの上町《かんまち》で火災が発生したと伝え、次の伝令は強風に煽《あお》られて焼失家屋が増えつつあると伝えた。さらに、集成館鋳銭所と海岸前に建ち並ぶ町屋に火が付いたことを知らせてきた。病気の母が気になるが現場を離れることはできない。砲弾が城内に落ちた。上町の炎が福昌寺《ふくしょうじ》に迫っている。次々と伝令がもたらす被害状況に意気消沈するばかりである。祇園之洲砲台の人的被害は戦死一に負傷五名であった。英国船の損害等は不明である。一方、城下町中央地区の被害は、町人の死者六負傷者九である。消火活動ができないので焼失家屋はかなりの数になろう。

三日、英国艦隊は城下町の南に碇泊して静かである。この日、市来に外国軍艦の装備について話してもらうつもりで藩主親子の前に座った。

挨拶が終わると、若い藩主は唐突に聞いた。

「遠眼鏡は玩具と思っていたが、本来は戦いで使う物であったのか」と。

深窓育ちの若様であっても、それくらいのことは知っているはずである。確認のために聞いたのであろうと思っていたら、市来は身を乗り出してむきになって話し始めた。

「それは戦場の必需品でございます。軍艦購入の契約がなった時、報告書と共に望遠鏡や地球儀を国許に送ってあります」

「本当なのか」と藩主は家老を見て、家老は側役を睨み、側役は慌てて眼を逸らした。室内の気まずい空気に気付くことなく、市来の声は高くなってゆく。見るとコメカミに筋が立っている。気性が激しい久光公の逆鱗《げきりん》に触れると取り返しのつかないことになる。謹慎の罪に服した者の二度目は間違いなく遠島である。市来は契約破棄に追い込まれた恨みを陳べようとしていると気付いたので、市来の袖を強く引いて話に割って入った。

「英国艦船の布陣は単縦陣というものでございます。司令官が乗る旗艦を先頭に縦一列に船を並べる陣形なので、船腹の砲門が一斉に目標に向きます。一箇所を徹底的に破壊するのに適した陣立てでございます」

「その布陣を崩すには」

「優秀な大砲を揃える他にございません」

誰も何も言わなかったのは、大砲の威力の前に木っ端みじんに飛び散った台場の土砂を見たからであろう。

退出した際に市来に忠告を与えた。

「失言が命取りになることもある。気をつけよう」

「すまじきものは宮仕えですね」と市来は返した。

城下町の南は田畑が続き、人家があっても百姓家ばかりである。守備の手薄な南部を上陸地に選んだとみて守備隊を南部へと移した。

桜島台場からの報せは皆を驚かせた。英国艦隊は砲撃を避けるために着弾距離の外に出たが、逆に桜島砲台の射程距離内に入って一隻が被弾したという。英艦は拿捕《だほ》した藩船三隻に火をかけて焼いたが、船長二人を捕虜にして連れ去ったとも聞く。一方、南へ移動し七つ島海岸沖に碇泊した英国船から鉄板を叩く音が聞こえるという。修理ではないかとのことである。

七月四日、英国艦隊は破損の激しい一隻を海上で修理。次の日は曳航するための準備に一日を費やし、六日に単縦陣形を組んで南下して湾外へと去った。

被害状況を集約して、英国側が複数の死傷者を出していることが分かった。湾外に去ったことを逃亡と見て藩は勝利を宣言した。避難していた人々が町に戻ったが、病中の母は本家の看病の甲斐なく避難先で亡くなっていた。十分な手当てができなかったことが悔やまれる。本丸に行き総大将を務めた藩主に対して、下関戦争の経緯とその被害状況を詳細に語り、再来に対し万全の備えが必要と進言した。

帰宅するために御楼門を出た時、みすぼらしい恰好をした男が堀端に佇んでいるのを見た。城の正門前を町人は通らない。近寄って誰何《すいか》すると、自分は捕らえられた藩船の船長の一人であると名乗った。

「五代才助と松木安右衛門は英国船に捕らえられました。急に乗り込まれ鉄砲を突きつけられて、どうにもならず、面目ございません。家で沙汰を待つとお伝えください」

憔悴《しょうすい》しきった姿を見て、藩船を奪われた責任をとって腹を切るつもりかもしれないと思った。

「明日巳の刻（午前十時）、この場に来てくだされ。ご家老に直接会って、その時の模様を話していただく」と言うと、ほっとした表情をみせた。

七日、被害状況の詳細な把握のために造士館学生が集められた。学生に指示を出したところに二の丸から使いが来て、「お花園の東屋にて待て」との久光公の言葉を伝えた。池の傍に建つ東屋は密命を伝える場所である。躑躅《つつじ》の植え込みの中に座って久光公の独り言を聞くのだが、斉彬公亡き今、そんなことをする必要があるのであろうか。

久光公は家老同伴で現れ、予想される英国側の今後の動向を聞いた。

「当方が回答を与えていない以上、他国艦隊と一緒に再来するのは間違いないと思います。ここ鶴丸城は海から近く格好の砲撃目標となりましょう」

戦闘に備えて城の機能を他へ移すことを進言しようとしたとき、久光公は話を遮って言った。

「和議を結ぶ。ただし、極秘のうちにことを進めよ。子細は家老より聞くべし」

久光公は家老を残して消えた。青天の霹靂《へきれき》と言うべきか、雷《いかずち》に撃たれたと喩えればよいのか。頭の中は空白となって言葉が出てこない。家老は当方の困惑に関係なく平然と言った。

「同行者が決まり次第、仕度金を渡す。出立は明日か明後日、目立たぬように藩内は二人で行動し、藩外に出たところで支藩の二人と合流する。長崎港に英国船が碇泊していないときは横浜に行け。行先は家族にも言うてはならぬ」

「このことを知る者は」

「限られた者だけだ。直ちに帰宅して旅支度を」

家老も必要なことだけしか言わなかった。

久光公は、英国艦隊の猛攻を目にして気が変わって方向転換をしたのだ。武家の焼失家屋百六十戸、民家三百五十戸、焼けた寺社も多いと聞く、これらの復興が頭を過ぎったに違いない。しかし、これまでの尊皇攘夷思想を急に正反対の開国思想に変えれば当然混乱が起きる。この件が外に漏れると、奈良原喜左衛門や海江田信義ら生麦村で英国人を斬った藩内攘夷派から命を狙われることになる。なにしろ、この二人は英国人を斬ったあと、生麦から引き返して英国公使館を焼こうと久光公に迫った連中である。この筋金入り攘夷派の眼を逃れたとしても、今度は藩外の攘夷派から狙われることになる。気をつけるべきは水戸と長州の攘夷主義者である。命がけの仕事である。家老の言った旅の準備は、身辺の整理をして死に備えよと言ったに等しい。

父に出張を伝えると、「身体に気をつけて行け」と歯の抜けた顔で返した。これから先、父親は老いてゆくばかりである。突然、ウミとヤスの姿が浮かんだ。ウミは働き者であった。ヤスは可愛い盛りであろう。南国の眩しい空と紺碧《こんぺき》の海、足を踏み入れるのも躊躇《ちゅうちょ》する白い砂。西郷の言葉のように、島で過ごした読書三昧の日々が至福の時であったのかもしれない。死を覚悟したとき心に浮かんだのは、島に置き去りにしたウミとヤスの姿であった。

次の日、家老に呼び出され二の丸の外で会った。

「同行者は佐土原《さどわら》藩家老樺山久舒《ひさのぶ》と用人能勢直陳《なおのぶ》の二人と決まった。阿久根《あくね》でそなたを待つ」

佐土原藩は薩摩の支藩である。たまたま用務で鹿児島に来ていた二人は、前之浜戦争で祇園之洲台場に配属されていた。家老は、当方の当惑に関係なく続ける。

「講和は支藩の名で結ぶこと。それから、高崎猪太郎をそなたの補助役としてつける。そなたたちのことは高輪屋敷に伝えておく」と。

七月二十三日、高崎と一緒に出水筋を北上し、阿久根で佐土原藩の家老樺山久舒と用人の能勢直陳と合流する。出水港からは島原を経て長崎へと向かったが、その長崎港に英国艦隊の姿は無く、外国艦隊が鹿児島を襲うという噂が飛び交っていた。直ちに、『英国は報復のために米仏艦隊を加えた二十数隻を鹿児島に派遣する模様』と記して飛脚便で国元へ報せた。英国が他国と組んで鹿児島を襲えば間違いなく城下町は焼け野が原になる。とにかく急を要する。長崎奉行に神奈川まで官船を出してくれるように頼むが、関わりになるのを恐れるのか引き受けようとしない。止むを得ないので自分たちで探すことにして湊へ急いだ。

「長崎街道を行って肥前を突っ切って小倉で船を探す方が早いのでは」と高崎が言う。

「陸を行けば刺客に狙われるかもしれんのだぞ。和議の件を知る者は限られてはいるが、中には不承不承従っている者もいる」

「そのとおりです。私も和議には反対です」

「家老にそう言ったのか」

「言えば口封じのために斬られるのが落ちでしょう」

「では、ここから帰れ」

「帰れば命令違反で死罪でしょうから、このまま連れて行ってください」

「では、わしらの邪魔をするな。よいな」

「勿論です、誓います」

「では、湾内に碇泊している異国船の船籍を奉行所で聞いて来てくれ」

「なんのためですか」

「蒸気船で横浜へ行くためだ」

「なるほど、そこまでお考えだったとは。さすが学者は違う」と高崎は納得して引き返した。

「大分、御調子者のようですが、逃げたりはしないだろうか」と樺山が心配気に言う。

「中途半端な者に付いて来られては、かえって迷惑。逃げてもらった方が有難い」

「なるほど、そういうお考えでしたか」と能勢が感心した。

高崎は意に反して帰って来た。

「今、碇泊しているのは普魯西《プロシア》国の船で、文久元年に日普修好通商条約を結んだそうです」

「でかしたぞ。あの船で行こう。乗組員はやがて街から帰ってくる。それを待つ」

「先生は、異国の言葉が分かるのですか」

「向こうは日本語通詞を連れているはずだ」

見物がてらの買い物か、袋詰めの荷を肩に五人の異人とひとりの日本人が帰って来た。沖の母船に手旗信号で合図する。

「我らは薩摩藩の者でござる。通詞役の方とお見受けしたが」

日本人が頷いた。藩名・役職・姓名を言って相手を安心させてから用件を話した。

「我が藩は異国船の購入を考えているが、試乗を兼ねて横浜まで乗せてもらえないか。そのための費用は勿論出す。蒸気船購入の是非は藩が決めることなので即答はできないが、船中で操舵の方法などを教えてもらいたい。勿論、そのための金も出す。こういう条件で良ければ乗船させてもらえないだろうか」

通詞が船長と思しき者に伝えると、プロシア国人はためらうことなく了承した。

八月一日、長崎を出港。佐土原の二人は手際の良さを誉めたが、もっと値引きさせるべきであったと高崎は言う。航海中は高崎ひとりが、蒸気機関の構造や操舵の方法から大砲銃砲の取り扱いに至るまで講習を受けた。高崎は上機嫌である。

五日、横浜に着いた。短艇《ボート》を下りると高輪藩邸の二人が待っていた。桜と名乗った方は洋通詞らしく短艇に乗り込んで母船へと向かった。残った男は江尻と名乗った。挨拶を交わして居るとき二人の侍が横を通った。

「今のは幕府の役人です。生麦事件以降、ああやって我ら薩摩人を見張っています。あそこの松林の辺りで話しましょう」

松林の中に座ったが、ここに来るまで江尻は周囲の人の動きに絶えず気を配っていた。

「近年の攘夷派の動きと東禅寺の殺傷騒ぎについて、事前に耳に入れておくようにとの指示で参りました」

と言って、江尻は英国公使オールコックの着任が文久元年五月であったことを陳べてから、公使館に係わる殺傷事件を語った。

一、下野の浪人、公使館の日本人通訳を殺害。

一、十四人の水戸浪士が、殺害を企んで公使を襲撃。
一、公使館護衛の松本藩士、就寝中の公使を襲う。
一、長州藩士十三名、御殿山に建築中の公使館を焼く。
「英国公使館は高輪藩邸の近くに建つ東禅寺に置いてありました。生麦事件が起きますと、攘夷派は薩摩が弱腰の幕府に鉄槌《てっつい》を下したと大喜びでした。おそらく、天子様からいただいた叡感《えいかん》（お褒めの言葉）の勅書が攘夷派を勇気付けたのでしょう」

叡感には、『皇国の武威を海外に輝かすべし』と書いてあったという。

佐土原藩の二人は終始無言を通した。自分たちの名を署名すれば、最初に命を狙われるのが誰であるか分かっているからであろう。


さすが横浜である。人の往来が激しいし異国船が数多く碇泊している様は長崎の比ではない。米国人ペリーが浦賀に現れたのが嘉永六年（一八五三）、翌年には神奈川条約を結び、五年後に日米修好通商条約を結んで、その翌年に横浜を開港した。わずか五年余で、鄙びた漁村は軍港の町と化した。一方で次々と外国の要求を呑む幕府への反発は根深いものがある。

神奈川宿は旅籠や商家が海に面して軒を並べ人の往来が多く賑やかである。五十八軒の旅籠は二階から海が眺められるように一様に同じ造りになっている。近くの成仏寺《じょうぶつじ》は安政六年の横浜開港の時、米国人宣教師の宿舎に、慶運寺《けいうんじ》はフランス領事館として使われたと説明する。西国の大名行列はこの東海道を往復する。大名が泊まる本陣が二軒、家屋数は約一千五百軒と聞いた。奄美の静寂に慣れた身には眼が廻る景色である。

「英国艦隊の人質になった船長ふたりは高輪の藩邸に居ります。英国船が横浜港に入った時のどさくさに紛れて脱走し藩邸に逃げ込んできたという噂です。名は五代友厚《ともあつ》と寺島宗則《むねのり》です」

「寺島とは面識がある。蕃書調所《ばんしょしらべしょ》という洋学研究所で蘭学を教えながら英語を学んだ男だ。斉彬様の侍医を勤めたこともある」

高崎が首を傾げながら言った。

「二人は、これからどうするつもりなのかなあ、生き恥晒して帰国はできないと思いますよ」

「帰国は適わずとも別な道がある。江尻さん、五代某はもしや英語を喋るのでは」

「長崎伝習所で航海術を学んだとか」

「それなら蘭語が使える。開国が進む以上は外国語は必要だ。高崎、そなた、通詞にならぬか」

「私は仏門に入ろうと思っています」

冗談めかして言ったが、この場から逃げたいのが高崎の本心であろう。開国派が攘夷派から「天誅」を加えられていることを長崎で聞いてから、すっかり臆病になってしまった。

久し振りの高輪藩邸だが郷愁に浸っている暇はない。まず、外国奉行のところに出向いて交渉時の立ち会いを求めた。外国奉行は、話を逸らし回答を引き伸ばそうとする。

「文久二年（一八六二）八月に起きた生麦事件に対し、幕府は既に賠償金十万ポンドを英国に支払っている。幕府としての義務は果たした」と言って突っぱねたが、このまま引き下がるわけにはゆかない。さらに粘ると、今度は書類に難癖をつけ始めた。

「ほう、英国人を斬った者は佐土原藩士でしたか。なに、成約は支藩の名でやる。薩摩には知恵者がいらっしゃる。このような妙案を考えたのはどなたですかな」

人をばかにした対応である。これ以上の進展は無いと判断して、人を入れ替えることにした。薩摩藩江戸家老格の岩下左次右衛門を正使、重野安繹を副使、補佐役に樺山と能勢、雑事掛三名と筆記役一名を書いて交渉開催の了解を取り付けた。

まず論点整理に入った。六月末に英艦七隻が鹿児島湾に来航し、七月に前之浜いくさ（薩英戦争）が起きた。英国側の被害は死傷者六十、大破艦船一隻・中破二隻。薩摩藩の被害は戦死一、負傷九、汽船三隻拿捕と焼棄。市街地の一割を焼失した。当方としては、汽船拿捕と船長の拉致の非を突くことにして談判に臨むことにした。談判は隔日開催、会談場所はその都度変える。初回は高輪屋敷で開かれた。

幕府側出席者は、外国方調役鵜飼金助、立会人徒士目付田中某、蘭語通詞一名、英語通詞二名。英国側は、駐日代理公使ジョン・ニール、蘭人通詞二名、補助役日本人一名である。

英国側は事前の予測どおり生麦事件の非を長々と陳べた。回答は準備してある。

「わが国の決まりは、大名行列の前を汚す者は斬って良いことになっている。たとえ幼子でも斬る。実際に三歳の子を斬った藩が在る。気の毒だが、法を曲げるわけにはゆかない」

岩下が正使として発言した後に、眼で『言え』と合図を送った。

「拙者、重野安繹と申す者にござる。最初に汽船略奪と船長の拉致についてお聞きしたい」

鵜飼がニールに伺いを立て、鵜飼が立ち上がって答えた。

「西洋には交渉を有利に進める手段として相手の大切な物を押さえることが認められている」

「押さえるではなくて、盗むと言うべきではないか」

岩下の強い声に蘭人の通詞が強い口調で返す。

「私ガ間違ッタト言ワレマスカ」

鵜飼が扇子で『止めよ』と合図を送る。

双方が言い負かされぬように力むので、声は次第に高くなった。

「そのように怒鳴りあっていては何時まで経っても解決には至らぬ。もっと譲り合いの心を」

「当方に譲歩せよと言われるか」と今度は岩下が怒鳴り返す。

「落ち着け、という意味だ」

鵜飼の言葉遣いも乱暴になってきた。

初日は争点を確かめることで終わった。言質を取られまいと気を配るので一日で疲れてしまった。散会後、佐土原の二人を岡の上に広がる洋式庭園に誘った。高輪藩邸は、袖ヶ浦の浜から岡の上まで続くなだらかな東向き斜面に在る。庭園の椅子に座って品川の海を眺めているだけで心が和む。樺山も能勢も黙って夕景を眺めている。二人とも初めて来たと言うので説明をすることにした。

「ここは代々藩主の座を退いた方が住む隠居屋敷でな」

「お国には帰らないのですね」

「そういう決まりではあるが、贅沢に慣れた身に田畑の広がる景色は耐えられないと思う。二十五代薩摩藩主であった島津重豪様は、四十三歳で隠居して八十九歳で亡くなるまでの四十六年のうちの三十八年をここ高輪屋敷で過ごされた。娘の茂姫が将軍家斉に嫁いで御台所となると、高輪屋敷を訪れる大名が増えた。すると、大名を接待するに相応しい調度品などが必要となる。客を迎えるための館、部屋を飾る豪華な美術品、贈答品等々のために惜しまずに金を使った。また、早くから西洋の文化に興味を持っておられた。オランダ商館長と親交を結び、オランダを通じて諸国の珍品を蒐集した。袖珍宝庫と名付けた土蔵には、ヲルゴル楽器・南蛮剣・紅毛砂時計など蒐集し陳列してある。領地鹿児島には、造士館（学問所）・薬草園・医学院（医師養成所）・明時館（天文学研究所）など多くの施設を作り、「鳥名便覧」や「南山俗語考」など多数の図書を編纂し刊行し、藩の子弟教育にも力を入れた」

「ご聡明な方だったのですね」と今度は能勢が言った。

「ただ重豪様には、出ずるを制すという考えが無かった。文政末年の藩債は五百万両に達し、大坂商人は薩摩藩への貸付を断わり始めた。そこで、どうしても財政改革が必要になる。それを命ぜられたのが調所広郷という方だ。何をやったかご存じかな」

「奄美大島の黒砂糖のことは聞いております」

それで十分である。島の疲弊につながったと言えば藩政批判と受け取られるので、ぎりぎりのところで言葉を呑んで島の窮状を各自の想像に任せるのである。奄美の弥四郎は、この手法を卑怯な方法と評したが、これ以外に島民の苦悩を広く知らせる方法は無い。

二回目の話し合いは、薩摩側で話の口火を切った。

「遺族保証金の件は貴国の言うことが理にかなっているので反論はしない。今日は汽船拿捕の件について話し合いたい」

ニールは納得して了解してくれた。

「まず、汽船を盗んだことについて説明を求めたい」

「交渉を有利に進めるために相手方の重要な物を差し押さえることは、万国共通の考え方であります」

「海事公法と言う」と、鵜飼が補った。

「質種を取るのは卑怯と考えるが、その公法とやらの詳細を御教示いただきたい」

ニールは頷く。

「その前に相談だが、通詞を私どもの用意した者に変えてもらえないか。そちらの通詞では、たどたどしくて話が円滑に進まない」

面目を潰された幕府通詞は苦虫を噛み潰したような顔でこちらを睨み、鵜飼は急な申し出に戸惑っている。

「では、薩摩通詞のお手並み拝見といきますかな」

鵜飼の余裕の表情は、引き戸が開くと同時に驚きに変わった。

ニールが叫んだ。「おお、テラシイマ」と。

懐かしげに手を取り合って双方が笑顔で語り合っている。

「待て、待て、待てぃ」と鵜飼は机を掌で叩いて話を止めさせた。

「重野、その男は何者だ」

答えも聞かずに、鵜飼はニールと寺島の歓談に苛立ち、「今、何を喋った。通詞、訳せ」とまた怒鳴る。通詞は小声で言った。

「久し振りに会えて嬉しいとニール殿が言うと、この男は船中での扱いについて謝意を述べていました」

「船中の扱い」の詳細を聞かれた寺島は言った。自分と五代はニールの乗る船に移されたが、ほとんど客人扱いであった。尋問も礼儀正しく、英国は大人《たいじん》の国と思ったと。

それを聞いた鵜飼は、今度は寺島を睨むようにして尋ねる。

「そなたは何者だ。姓名と身分を陳べよ」

「後ほどこの者の身上書を提出いたします。先に海事公法についての講話をお願いしたい」

鵜飼は、しぶしぶ申し出に応じた。以下はニールの言葉である。

海事公法とは、多くの国で認め合った船舶に関する決まりである。先ごろ長州藩が馬関海峡を封鎖したのは、航行の自由を認めた決まりに違反するからであり、敵の船長を客人扱いにしたのも海事公報のひとつである。

捕虜の扱いについて話す中で意外なことを知った。英国艦七隻のうちの一隻は、大砲を撃つことなく敵船を拿捕するためだけに動いたこと。船を焼棄した行為の妥当性については触れなかった。

「ニール殿、薩摩の前の殿様はフランスから軍艦を購入しようとして失敗しました。英国艦船の艦砲の正確さに驚きました。英国の持つ高度な技術を我が藩の若者に教えていただきたい。艦船も一隻欲しい。お世話いただけますかな」

和やかな雰囲気のまま話し合いは進んだ。

「遺族への保証金は出すのだな」

「最終的には京に滞在中の久光公の了解が必要だ。京へ行って殿のお考えを聞いて来るので、我々が帰るまでしばらく休みにしていただきたいのだが」

「吉報を待つ」と鵜飼は満足げな表情を見せた。

早駕籠で京へ行き久光公の考えを聞いた。以下は公の言葉である。

『我が名を表に出さないこと。慰謝料や賠償金という言葉を使わずに遺族養育料とすること。和議は支藩の名で結ぶこと。この三条件でことを収めよ。和議成立後に大久保を派遣する。遺族養育料を幕府から引き出すためである』

早駕籠を乗り継いで江戸へ帰った。問題は遺族養育料七万両の調達方法である。既に岩下が老中板倉伊州と会い交渉準備金として十五万両の借用を申し出たが、言下に断わられた経緯がある。そこで、今回は大久保以下、岩下・重野・樺山・能勢を交渉委員として臨んだ。

大久保が七万両の拠出を願い出ると案の定断わってきた。

「騒動を起こした薩摩が払うべきではないか。なぜ出し渋る。無ければ自藩で造ったらどうだ。

贋金作っているのではないか」

――市来四郎の鋳銭所を知っているとは驚きであった。

「金を惜しんで戦争になっても良いのですか」

「英国の敵は薩摩であって、ここ江戸ではない」

「外国勢は報復として連合艦隊派遣を決めております。そうでなくとも、品川沖から薩摩屋敷に大砲が撃ち込まれると江戸の半分は火の海となりますが、それでも良いとお考えですね」

板倉伊州は腕組みをして考えていたが、長い沈黙の後に言った。

「七万両は出してやる。ただし、貸与だ」と念を押した。


十一月一日――

「我々は貴国から軍艦を購入し、貴国に学生を派遣し高度な技術と文化を学びたい」

寺島に言わせた言葉に、鵜飼の表情が曇った。

「重野、当方の許可も無く勝手なことを言ってもらっては困る」

「ならば、取り消しましょう」

鵜飼はほっとした表情で座った。

「ところで、ニール殿、琉球と日向が薩摩藩の領地であることはご存じでしたかな」

ニールを含む英国側は一斉に頷いた。

「貴国は我が藩船三隻の他に琉球と日向の船も焼いた。これに対する保障を求める」

突然の申し出に驚いたニールは鵜飼を睨んで鵜飼の言葉を待っている。

鵜飼は目を丸くして立ち上がって怒鳴り始めた。

「重野、何ごとも事前に話し合うことになっていたであろう。話を振出しに戻すつもりか」

「いえいえ、彼らも本国に問い合わす必要があると思うので、この場で回答を貰うつもりは無い。では、署名をいたす」

鵜飼の手は微かに震え、能勢は既に静かに墨をすっていた。「では」と樺山が筆を握った。

一同の眼が筆先に注がれる。『佐土原藩家老樺山……』の文字が記されてゆく。「おっ、これは」と鵜飼が言いかけたのを、「しっ」と岩下が制した。鵜飼は事の次第が分かったのか、微かに頷き筆先を見つめている。強引ではあるが相手が納得すれば文句はでない。

漢字の読めない英国人に、薩摩と佐土原の違いは分からない。最後は手を握って西洋式挨拶をして和議の成立を祝った。

「わしの眼は誤魔化せないからな。重野、虚偽を記して武士として恥ずかしくないのか」

「私は武士ではない。商人郷士《あきんど》だ。気に入らなければ、最初からやり直しても良いが」

「呆れた奴だ」と呟いて出て行った。

これで一件落着である。しかし、和議成立のことは遠からず幕府側から広がる。藩邸に帰ると寺島と五代を呼び、今後の身の振り方を聞いた。今すぐ国元に帰れぬことは二人とも承知している。五代友厚は海軍伝習所時代の友人が居る長崎行きを望み、寺島宗則は安政五年に外国人相手の商人の手伝いをしたことがある横浜に居たいと言った。

問題は、和解の件を藩内にどう伝えるかである。これまでの藩是を覆すのである。強引に進めると桜田門のようなことになりかねない。ここは藩主代理としての江戸家老の腕の見せ所である。岩下が選んだ方法は、最初に上意であることを陳べて発言を封じ、それから和議に至る事情を説明することであった。平穏にことを納めるには、この方法しか思いつかなかった。大広間に江戸の各薩摩屋敷を代表する者が集められた。顔ぶれを見てある種の危惧を抱いた。座を占めて居るのは全員が上士である。上士は知識が豊かで理解力や判断力があるから、じっくり話せば分かってくれる。事実、岩下が最初に方針転換が上意であることを陳べてから説明に入ったが、驚きの声は上がっても混乱は起きなかった。

「言葉足らずのようなところがあったと思うので、少し重野に補ってもらう」

岩下に指名され、最初に長州藩の被害状況と外国の技術の高さを具体的に陳べた。次に、英国が前之浜戦《いくさ》の敗退を教訓に米仏など外国勢力を集めて鹿児島への報復再訪を計画して準備に入っていること、軍艦の砲門の数など装備のことも話した上で、もしも連合軍の襲撃を受けると軍事力の圧倒的差により鹿児島は塵灰《じんかい》に帰すと断言した。ここまでの説明で反対を唱える声は無かった。ほっとして座ったが、恐れるのは下士の言動である。彼らは論理よりも感情を重んじる。

「話は分かったが、一矢報いなければ気が収まらない」などと言いかねない。不意に井伊大老の一周忌の日に祝杯を挙げる西郷の姿が浮かんだ。

談判に係わった者で慰労会を持とうと、留守居役に話を持ちかけたところ、

「大丈夫か、外に出て。英国と和議を結んだことは広がっているんだぞ」

と言って難色を示した。

念のために門番に、「最近目立ったことは無いか」と聞くと、正体の分からぬ連中が屋敷の近辺をうろついていると言った。そんなある日、旧友の岡鹿門《ろくもん》が訪ねてきた。岡は仙台藩出身で六歳下、昌平黌では舎長を努めた尊皇攘夷論者である。

「横浜談判の話を聞いて飛んできた。和議は結果としてこの国の未来を誤らせる」

「英国の優れた技術力は見習うべきだ。大砲に刀剣で向かっても勝ち目は無い」

話は交わることはなかった。岡鹿門は不機嫌な顔で帰った。

困難な交渉をやり遂げたのである。やはり慰労会を持とうと、品川の酒楼に向かおうとしていた時、門番が駆け込んで来て小さく折り畳んだ紙片を渡した。

手紙に添えた簪は、これから出かけようとしていた酒楼の女主人の物である。

『長州藩士十二名が国賊を討たんと待ち伏せをしています』

冷水を浴びせられた気分で立ち尽くした。何処から話が漏れたのか心当たりが無い。しかも、今日の行き先まで。面会を求めて浪人が何度か訪ねて来たが、その度に断わって追い返していた。

酒楼に無事を伝えようと高崎を呼び、手紙に簪と損金を添えて使いに出したところ、出かけてすぐ青い顔をして帰って来た。

「長屋の裏口に浪人風の三人が居て」と、唇を震わせながら事の顛末を語った。その男たちは、自分たちは先生に教えを受けた者で、先生を呼び出してくれと言ったという。どことなく胡散臭《うさんくさ》く良からぬ気迫を感じたので、先生は、昨夜は品川宿に泊まったと嘘をついたところ、「また来る」と言って立ち去ったと言った。

事情を知った岩下は、交渉の席に居た全員を集めた。

「和議成立の話が広がるのは、かなり先と思っていたが、足元に火が付いた感がある。このまま江戸に居ては危ない。重野は報告のため帰国せねばならぬが、他の方々の考えを聞きたい」

「佐土原の藩邸で、しばらく様子をみます」と樺山は言った。

佐土原藩邸は薩摩藩上屋敷の西側にあって近い。安全は確保できそうだ。能勢は「老親が居るので帰国する」と言い、高崎は高輪藩邸に居残ることを希望した。樺山を昼のうちに駕籠で送り出し、急いで旅支度に取り掛かった。

能勢とふたり、早朝の薄暗いうちに藩邸を出る。途中は名を変えて泊まり、昼は顔を見られぬよう駕籠を使った。瀬田で駕籠を棄て京の薩摩屋敷に着くと、大久保の『刺客江戸を発つ。高崎無断出奔』を知らせる飛脚便が届いていた。

久光公は報奨金五十両を渡して言った。

「よくやった。急ぎ国元に帰り諸家老に報告せよ」と。

早朝に京を発って大坂の藩邸を目指す。雪が降り始めた。大坂からは船、十二月二十九日に豊後鶴崎着、鹿児島までは徒歩。一月四日に鹿児島城下に入り国家老喜入摂津に和議成立を報告して任務を終えた。実に慌ただしい一年であった。

久しぶりの我が家である。父は腰痛を患っていて杖が離せない。能勢は佐土原へ帰る途中、命を狙われたことを手紙で伝えてきた。藩内攘夷派の動きに用心して外出を控えて家に籠もっている。いざという場合は土蔵に飛び込むことにして。

二月、西郷が赦されて帰国したと聞いたので、赦免後の一年のことを書いた手紙を父に持って行ってもらった。驚いたことに西郷本人が旅姿で現れ、「これから軍賦役として京に行く」と言った。和議に至る話をしたいと言ったところ、「急ぐので」と慌ただしく出て行った。

入れ違いに小姓が訪ねてきて、長州探索を命じる家老の手紙を持って来た。「気ぜわしいのう」と父は呆れたように言った。

長州人に異国艦隊襲撃後の近況を聞くのが早道である。岩国で昌平坂学問所時代の知人を訪ねたが、その兄の口から英国と和議を結んだ張本人がいることが攘夷派に漏れ、急いで小舟を雇って海上へ逃れた。

帰国して報告すべきことの無いことを詫び、英国との談判で名が知れ渡って身動きが取れないことを理由に御役御免を願い出た。久光公不在のために即答は得られなかったが、身の危険を考えて外出禁止の謹慎扱いにしてくれた。再び菜園を耕し読書三昧の日となった。自分にはこの暮らしが合っているのかもしれないと思った。

第四章　妻子を迎えに奄美へ

二月に元号が変わって元治元年となった。

七月に入ってから正式に御庭方の職を解かれ造士館助教を命じられた。三十八歳で教授に次ぐ地位なので満足である。ここに来て藩内の攘夷派の動きが怪しくなってきた。家の中をしきりに覗く者や、通りの角に立って我が家を見張っている者もいる。とにかく、一歩も外に出ないことにしたが、居るとどうしても父の衰えが眼に付く。以前よりも動作が緩慢になっている。「ウミを迎えに行こうと思うのですが」と言うと、「近所の者が何と言うか」と言葉を濁した。島妻を連れ帰った者など一人もいない。連れて来たとしても、手の甲に浮かぶ薄青い刺青が周囲の冷たい眼に晒される。しかし、父は働き者のウミを気に入ってくれると思う。また、孫のヤスを見れば心も安らぐはずである。刺客を逃れるために、もう一度島に渡って身を隠そうと決めた。

十月に入って、修史のための支局を造士館内の一室に設けることが認められ、三名が局員として配属された。歴史叙述の方法に、国主の年譜が中心の紀伝体と、年月を追って記す編年体と事件中心の紀事本末体がある。水戸藩の紀伝体で書かれた「大日本史」を編年体に直すのが命じられた仕事である。修史事業が軌道に乗ったことの報告方々、身に危険が迫っていることを家老に伝えた。

「本日は造士館から学生を呼んで五人連れで二の丸裏口まで参りました。命を狙われ日々緊張の日々を送っております。もう一度島に行かせてもらえませんでしょうか。しばらく姿を隠したいと思います」

家老はしばらく考えていたが、

「それなら巡察人として行ってもらうことにする。出張ならば、食う寝るの心配は無用だ」

巡察人は地方役人の仕事ぶりを調べるのが仕事である。北風が吹き始める十月末から南島への下り便は出港し始める。今はその絶好の時である。


危険を脱した安心感とウミとヤスに会える期待感で胸は膨らむ。十月の空は澄んでいて遠くに見えるトカラの小島さえ、親しみを感じられる。今となっては流罪の日々が懐かしくさえ思い出される。砂糖積船の船団は奄美大島北端の笠利崎で左右に分かれる。左へ向かう喜界島行きは、樽を作るための板材（クレ木）を積んでいる。この島は平坦で山が無いからである。樽造りも百姓に課せられた仕事で、その作業を監督するのが竹木横目であった。使用済みの樽は糖分が染み出て表面が黒く汚れるので毎年新しい樽を作らせる。一つの仕事毎に役人の目が光る。そんなことも思い出となってしまった。船は大島の姿を左に見ながら南下し広大な笠利湾に入った。その中のある小さな入り江が龍郷湾である。西郷に会うために二十里の山路を歩いて来たことを思い出す。津口横目が乗り込んで来て、乗船者を確認し下船が許された。親司と一緒に徒歩で名瀬へ向かう。生温い空気が身にまとわりついて湿気を感じる。大島代官所は建材を鹿児島から運んで建てたと聞く。島政の拠点であるだけに見事な造りである。門番は親司と顔馴染みらしく笑顔で迎えた。書類を渡すと庭へ案内し、縁側に座らせてから奥へ消えた。目の前は背後の山を借景にして造った回遊式の庭園である。門番が茶を運んできた。

「御代官様は目下島内視察中のため、横目様がお会いになられます。先に宿を決めてから参られますので、今しばらくお待ちください」

言葉遣いが少々ぎこちない。おそらく島妻の子であろう。

詰め役の任期は二年、三月に新役人が赴任してきても南風が吹くまでは帰国はできない。その間、新旧役人は一緒になって島内を遊んで廻ると親司は言ってから、「名瀬の家に居るので寄ってください」と言った。この地に島妻がいるのだ。

横目は代官に継ぐ役職のためか、少々態度が横柄である。

「学者なら是非うちにと申す者がおりましたので、今宵の宿をトウユキの家に決めました」

「島は一字姓と聞いているが、トウユキという字はどう書く」

「同姓が多いので名前を付けて呼んでいます」

と言って、中空に指で藤由気と書いた。

藤由気の家は代官所から一里ほど南へ行った小宿《コシュク》にあった。海沿いの道を行くと海際まで押し出した山裾に家はあった。

「阿木名に居たとき、この家で茶を馳走になったことがある」

「そうでございましたか。我が家も流人をお預かりしたことがあります」

「名越左源太殿であったな」

「ご存じの方でしたか」

「面識は無い。ただ、お由羅騒動のとき名越家の野屋敷で家老暗殺の謀議を謀ったと聞いている」

「ご本人は知らずに貸したと言っておられましたよ」

「そりゃあ、そうだ。認めたら最後、切腹だ。拙者も斉彬様のお傍近くに仕えていたので、いろいろ知っているぞ」

「名越様も斉彬様のご家来であったと申されました。あの方は威張ったところの無い方で、私どもと対等にお付き合いくださいました」と懐かしそうに話す。

「一つ聞くが、何故、わしを泊める気になった」

「実は、家に読めない文書がありまして」と言って壁を指差した。

夕陽に照らされた桜島の絵が掛けてあった。

「実に器用な方でした。絵を描き、歌を詠み、弓を引いても負け知らず。これは、赦免状が来た日に、世話になった礼として戴いた絵でございます。ところが、この絵が仕上がると代官所に呼び出され、大島代官所付の島中絵図書調方という役職を命ぜられて」

「絵図面を作る掛と思うが」

「いえ、島の暮らしや動植物を絵に描くお仕事で、絵が上手いことが災いを招いたとおっしゃっていました。実は、この字の意味が分かりません」

と、落款の横の『欽斎』の文字を指差した。

「これは雅号というもので意味は無い。欽《きん》には慎むという意味があるから、流人に相応しい雅号と思われたのであろう。帰国は何時になった」

「安政二年（一八五五）夏でございました。流罪は三年のつもりでおられたので、それはそれは落胆されて」

「拙者も阿木名に六年居たが、そなた、島の南部に行ったことがあるか」

「あそこにはケンムン（化け物）が住んでいると聞いていましたので一度も行ってはおりません」

藤由気の妻が茶を入れてきた。以前、この家で茶を馳走になったと言うと、お見かけしたような気がしますと返した。夕食には魚料理が出た。新鮮で美味い。藤由気は酒が入ったせいか言葉が乱れ始めた。「あの短冊の下の句が判らんとです」と床柱を指差した。

別れてもわすれさりけり此の宿に　やすくそ住しちちの情けは
「そなたへの感謝の気持ちを表した歌だ。歌を詠み慣れた方と思う。他にもあるか」

「五十首くらい、名越様の日記の中にあります」

「他人様の日記を読んだのか」

「歌だけです、読んだのは」

「では、わしも歌だけ読む。見せてくれ」

藤は別室に取りに行って角盆に載せて現れた。『日誌』には、その日の天候・起床時刻・贈答品など実にこまめに記してある。特に贈答品の記録は詳しい。日誌と言うよりも「物品出納簿」の感がある。黙読していると、声に出して読んで意味を教えろと言う。

故郷を思ふもつらし独りすむ　柴の庵に袖はしほれて

「柴の庵は田舎の粗末な家のことで、この家のことだ。『しほる』は濡れる。故郷が懐かしくて涙で袖が濡れたという意味だ」

「そんなに女々しい方だったとは、知りませんでした」

「家族と離れての独居は寂しいものだ。女々しいなどと言うではない。少しばかり写させてもらうが、良いな」

藤は横を向いて黙った。暗黙の了解を得たと勝手に解釈する。

花の香や紅葉の色に増さりつつ　わか故郷のたよりをそ待つ

故郷の便りも今日や明日はとて　まつに日をふる心くるしき

やまと船真帆引きかけて来たれとも　われにはいかてたよりなからむ

孤独感と絶望感、望郷の思いや家族の便りを待つ心など、流人になった者にしか分からない。同じ思いをしていたと思うと親しみが湧いてくる。

別冊を手に取ると、表紙の周囲がひどく痛んでいる。日々手にするうちに傷んだと思われる。

『嘉永（亥）四年七月　由めを登めてき（夢を書き留めた）夢留　時行』

頁を繰ろうとすると、籐由気が声を掛けた。

「綺麗な絵を書く人が、なんでこんな穢い文字を書くのですかね。夢を書いたとあるのに、私には読めないんです」

「これは日記だ。日付を見ろ。亥ノ七月五日ノ夜夢・同六日夢・七日・八日・九日と続いている。人が毎日夢を見ると思うか」

「そういえば、そうですね」

一冊は、嘉永四年亥年七月五日～十二月二十四日の、二冊目は嘉永五年子年一月二日～十二月四日のことが記してある。十二月五日以降は散逸したと思われる。

「名越殿は何故、日記をこの家に置いて行かれた」

「龍郷発の船で帰国することになっていましたので、四月二日に小宿を出て、あの家この家と泊まり歩いて、船が出たのが六月十日で、取りに帰るのが面倒だったのかもしれません」

「鹿児島で大火があったので、島に残ったことは良かった」

「名越様は物頭という役職であったと聞いていますが、どのようなお仕事でしょうか」

「弓槍鉄砲隊の隊長だ」

都合が悪くなったのか、藤は話題を変えた。

「先生は、島に何しに来られたのですか」

「横目は、そなたに拙者のことを何と説明した」

「元遠島人であった学者としか聞いておりません」

「それで十分だ。他に名越殿の書かれたものがあるか」

「『見聴雑事録』というのを書いておられました」

表題から、島で見聞したことを記録したものであろう。そうであれば、島の風俗や島民の暮らしを知る上で貴重である。

代官所は、次の日の宿泊先として名瀬在住の柴工左衛門の家を指定してきた。代官所の下で働いている居付人である。夕餉の時、武士を捨てた理由を聞いた。流罪中に子が生まれ安穏に暮らすうちに、窮屈な侍社会に戻りたくなったと笑う。家族に囲まれて貧しくとも現状に満足しているようだ。仕来りや礼儀を重んじるのが武家社会である。その重圧から逃れ自由を満喫している様子は、ある種の羨望さえ覚えた。

横目は柴工左衛門の同伴を認め板付け舟を出してくれた。代官所の急ぎの書類は馬を使うが、今回は居船場の役人に書類を届けるだけなので工左衛門の同行を認めたと言った。島で漁や移動に使う板付け舟は、タブやユスの常緑の大木を刳り抜き、船体の横に板を張り足して大きくしたものである（長さ約五米《メートル》・横幅五十二糎《センチ》・高さ三十五糎）。今回の漕ぎ手は三人、柴が舵《かじ》取りとなって艫《とも》に座った。風が良い時は小帆も使う。島を囲む珊瑚礁の内側を岸に沿って静かに進む。名瀬から大和浜までは海上五里、短時間のうちに着いた。この港は大型船五、六艘の繋留が可能である。これから、柴の友人である医師の家を訪ねる。昨日の夕餉の席で、他の居付人について尋ねたところ、「島の医師のほとんどは居付人の子孫です」と言った。加計呂麻島に豊という医師がいたのに付き合いが浅かったことを後悔した。

心からの歓待は嬉しい。柴に言わせると、客を迎えることで島外の出来事を知ることができるので、何処でも島外からの客を歓待するという。

「先生のお噂は聞いておりました。家が近ければ子供を通わせたかった」と言った。

居付人になった理由を問うと、藩主の怒りに触れて遠島になり罪を許されずに島に捨て置かれたままになって、妻の家の姓を名乗って今日に至ると言った。床の間に「大和俗訓」「翁問答」「慶安太平記」「風俗文選」「大島規模帳」「十八史略」「論語」などが置いてある。いろいろ話すうちに心を許したのか、遠島になった理由を自ら語った。先祖は肥後近くの大口の地で要職に就いていた。親しい者が集まって肥後で流行っていた実学について話し会いを持っているうちに、良からぬ噂を立てられて島流しになったという。沖永良部に流された仲間の子孫は彼の地で医師をしていると言った。

大島海峡に入ると波が穏やかになり海の色が変わった。複雑に入り組んだ入り江、その奥に見える白砂の浜が美しい。海峡の本島側の最初の入り江が西古見《ニシコミ》である。二度目の西古見上陸である。前に平瀬新左衛門を訪ねたのは安政四年の大晦日であった。想像以上に髪は薄くなり顎鬚《あごひげ》も白さが目立つ。身体が一回り小さくなった気さえする。柴が名乗って居付人であることを告げると、初対面にもかかわらず二人は意気投合して旧知の友のように歓談する。「是非泊まっていってくれ。おーい」と家族を呼んで挨拶をさせる。娘たちも以前見た時よりも大人になっていた。「この魚は潜って突いて獲った」、海中にはこんなものもいると両手を広げ、銛《もり》を持ってきて見せる。新左衛門の肌の色は、日に照らされて百姓と変わらない。人が恋しかったのであろう。大いに笑う。「ここは極楽」と新左衛門は言った。

波の静かな海峡をさらに奥へと進む。板付け舟は古仁屋の港に入った。島は何も変わっていなかった。船着場から茂の家に至る道も、遠くに見える加計呂麻島の姿も。

茂の家へと向かう途中、通りがかった百姓が、「あれえ、先生じゃなかか」と頓狂な声を挙げた。顔は見覚えがあるが名は忘れた。「茂の家に行く」と言うと、連れが気になるのかじっと見ている。茂は柴の渡した書類を見もしないで、「また、遠島になったのですか」と言った。

「ウミを迎えに来た。まずは、書類を見てくれ」

「巡察人、これは何をする掛ですか」

「そなたたちの仕事ぶりを見に来た」

「いつもと変わりませんよ」

「遊びに来たのではない。島役人の仕事ぶりを見て三島方に報告するのが」

言い終わらないうちに茂は身体を強張らせ、「誰か馬を、鼎の家に行く」と声を掛けて飛び出して行った。茂の女房が茶を入れて現れた。

「本当に、ウミを迎えに来られたのですか」

「嘘を言って、どうする」

「あのう」と間を置いて、言いにくそうに言った。

「ウミはひとりでは暮らしが立たず、新しい夫の元に嫁ぎました」

何も言うことは無い。

「それは仕方が無いことだが、ヤスはどうした」

「ヤス加那は元気いっぱいです」

外が騒がしい。門の辺りに人が集まっている。

「なんの騒ぎだ、今頃」と聞くと、

「先生が座敷牢に入れられるのではと騒いでおります」

茂の女房はうろたえている。

「では、顔を見せに行こう」

出てゆくと門前に十人ほどの島民が集まっていた。

「島に居た時は世話になった。今回は仕事で来た」

「びっくりした」とか「良かった」とか言いながらも帰ろうとしない。

「茶でも飲んでゆけ」と茂の女房は村人を庭に入れた。

鼎の馬にヤスが横座りに乗せられてやって来た。馬から下ろそうと両手を差し出すと、「父上」と叫んでしがみついてきた。改めて部屋で挨拶を受けた。島の着物は膝丈しかない。ヤスの膝頭が可愛い。「大きゅうなったな」と声をかけると、身体を引き攣《つ》らせて泣き始めた。「母上は後で来ます」と涙声で答えた。

夕方、腹の突き出たウミが現れた。大八車に乗せられて来たという。新しい夫の子を宿した元の妻にかける言葉は無い。

「産み月は何時か」

「もうじきです」

「世話になった。元気で暮らせよ」

決別の言葉と分かったらしく、「有難うございました」と答え、突き出た腹が邪魔になるらしく首を少し傾けただけである。

「鼎さん、ヤスは新しい父親のもとでは遠慮もあると思う。鹿児島に連れて帰りたいのだが、どうだろうか」

「代官所が」と言葉を濁したのは、柴工左衛門の前で迂闊《うかつ》なことは言えないからである。

ヤスを呼び土産の黄楊櫛《つげ》を渡しながら聞いた。

「どうだ、父と鹿児島に行かないか。こうして時々は島に戻って来られる。父は仕事で加計呂麻島を廻るので、返事は上り便が出る時で良い。さあ、もそっと近くへ」

近くへ近くへと言いながら、自分の方から娘の所へいざって行った。ヤスの手を握ると小さくて柔らかく温かい。手の甲に刺青が無いことを内心喜んだ。もし刺青があれば、鹿児島では肩身の狭い思いをする。娘の人生に新しい道を付けてやろうと決めた。

柴とは古仁屋で別れた。これからは津口横目の茂が面倒を見てくれる。もう阿木名に行くことはない。

弥四郎と加計呂麻島の豊直隆が泊りがけで訪れた。

「わしが出てから、何が変わった」

「昔とちっとも変わりません」と弥四郎。

『大島語案内』の執筆は続いているかと聞くと、「先生がいないと駄目です」と、頓挫したことを匂わせた。

「なにごとも続けないと駄目だぞ。豊は島の風俗を調べたらどうだ。名瀬の流人で島の風俗を絵に描いた人がいる」

「先生、風俗ってなんですか」と、弥四郎が割り込む。

「暮らしぶりのことだ。どのような家に住み、何を着て、何を食べているかなどだ」

「へえ、そんなのが学問になるんですか」と、また弥四郎が横から口を出した。

「五十年後、百年後には立派な学問になる」

「何も変わらないと思いますよ」

「ものごとは、少しずつ長い時間を掛けて変わるものだ」

「たとえば」

「島役は何を身に着けている」

「広袖の長い着物に広帯と下駄です」

「百姓は」

「筒袖の膝丈着物に木綿の兵児帯《へこおび》、藁草履です」

「ヤンチュ（家人）は」と聞くと弥四郎が身を乗り出した。

「それは私のことだから、私が答えます。夏は裸足で裸。冬は木綿の着物に縄の帯。この家は莚敷きですが、ヤンチュは筵敷きの長屋住まい。昇さんの簪は銀、あたしのは竹ですよ」

「今、そなたが言ったことを文字にするのだ。豊は加計呂麻島の歴史を編んでみないか。旧家に伝わる古文書を調べると面白いと思うが。ただし、仕上げることが大切だぞ」

弥四郎に少々反抗的なところが見える。いや、学問そのものに興味を失っているようだ。

「これから加計呂麻島へ渡って旧家に伝わる書籍を調べる。豊に案内を頼みたいのだが」

「はいっ、喜んでご案内いたします」

「弥四郎に珍しいものを見せよう。代官所で写してきたものだが、この数字はヤンチュを売り買いした時の値段だ。男は黒糖千五百斤替え、女は千四百斤だ」

「ああ、ふき婆は、売られたのか」と弥四郎が呟いた。

ヤンチュが産んだヒザは個人の所有物なので、滅多に売り買いはしないと豊は言う。

「沖永良部島では黒糖ではなくて米で換えるそうだ。百姓の三割がヤンチュと聞いた。おそらくどの島も同じであろう」

弥四郎は黙り込んでしまった。

直隆に「見聴雑事録」のことを話すと興味を持った。左源太が大島北部を廻って調べたのであれば自分は南部を書くと言った。この言葉を待っていたのである。

鼎の許しが出たにもかかわらず、弥四郎は加計呂麻行きを断わった。ヤンチュの身で、豪農の家を泊まり歩くのはできなかったと思われる。

鼎の蔵書を見て島の知識階級がかなりの書物を持っていると考えたが、予想は的中した。
一、実久の与人・武《タケ》の蔵書
「近思録」・「小学」・「論語」・「孟子略解」・「唐宋八家文」・「商売往来」

一、同じ実久の医師柳の蔵書

「医事小言」・「療治茶談」・「医方大成論外」・「論語」・「孟子」「中庸」

柳の書籍の中で医療関係の物には朱の書き入れがある。中に読んだ形跡が無いのも在る。風干しも欠かさないらしく紙魚も付いていない。他家の書籍もそうであった。手垢の付いていない書籍は、琉球漆器や青磁の茶碗と同じように経済力を示す役割を担っていることに気付いた。「商売往来」は商売用語を集めた初学者向けの教本である。ところが、島には通貨も商店も無いのである。物々交換の島で、「商売往来」は全く不要な書物である。持ち主は、この書を見ていかなる感想を抱いたのか。保持することが目的であるのなら、中身など知る必要は無い。そんなことを考えているうちに、自分が無益なことをしているように思えてきた。

南の風が吹く季節になった。航海途中で時化に遭遇すれば、途中の島で潮繋りになるし、風に流されて何処の港に流れ着くか分からない。名越左源太の帰りの船は、横風に流されて大隅半島の志布志《しぶし》湾に入ったという。かつて帰国する砂糖積船が七島灘で遭難破船して満載した全ての黒糖樽を失ったことがある。一年間の百姓の苦労は、文字通り水泡に帰したことになる。それだけに、出港を判断する船頭の責任は重い。古仁屋港には黒糖を満載した三艘が出港を待っている。三人の船頭と津口横目の茂が浜に出て雲の流れを見ている。船頭からかしきまで顔を知る大徳丸に乗ることにした。出港が近いと言うのでヤスを呼んだ。

「どうだ、決めたか」

「父上とご一緒いたします」

島を出ることは故郷と母を捨てることになる。苦しい決断であったと思う。

「鹿児島から母に手紙を書こうな」

ヤスは力強く頷いた。

茂と鼎を呼んで、ヤスを連れて行くことを告げた。

「代官所への届だが、わしが無理に乗船させたのでヤスは西古見の沖で身を投げたことにしてくれないか」

「おっしゃるとおりにいたします。その代わりと言っては変ですが、お願いがございます」

「欲しい物は、なんでも言ってくれ」

「いえ、品物ではございません。英国が薩摩に攻めてきた話をお聞かせいただけませんか」

薩英戦争の噂は入港する砂糖積船の乗員から聞いたと言い、「この島にも来るのでしょうか」と心配そうに聞いた。

茂の屋敷の庭に筵や茣蓙が敷かれ、三々五々人が集まってくる。薩英戦争と城下町の火災を語り、子供には蒸気船と帆船の違いを語り、「やがて蒸気船の時代が来る」という言葉で話を終えた。

次の日、浜に見送りの人が集まったが、ウミは夫に遠慮したのか姿を見せなかった。ヤスは祖母に抱きついて離れようとしない。老人にとっては今生の別れになる。そんな思いもあるのであろう、祖父もヤスを引き寄せて泣いている。かつての弟子たちは今夜からは水小屋に泊まって出帆を待つ。浜に流木や枯れ枝で小さな櫓《やぐら》を組んだ。鼎と茂の両家が準備した重箱と焼酎甕《びん》を若者たちが船に運んで、水夫を交えて酒宴が始まった。船頭や舵取りは盃片手に雲の流れをしきりに見ている。夕闇が降りる頃、船頭は居残った若者たちに下船を命じた。若者たちは、「元気でな」とか「貧乏、すんなや」などとヤスに声をかけて、艀に乗って船を離れた。ヤスは笑顔を作って島の言葉で応えていた。水夫たちは甲板を行き来して、荷崩れを心配して縄の締め具合を確認している。ヤスは泣き疲れたのか無言である。

「どれ、下に行って休もうか」

「もうしばらくここにいます。父上、ほら、星が」

雲は薄く流れ、空に星が瞬き始めた。

帆を挙げる水夫の掛け声で眼が覚めた。船体が胴震いをして少しばかり傾いだ。急いでヤスと艫に廻った。朝靄の中に水際に横一列に並んだ若者たちが松明《たいまつ》を持って並んでいた。

イキュンニャカアナー、ワキャクトゥワスレティ、イキュンニャカアナー、……

島の別れの歌が聞こえてきた。ヤスも声を合わせて歌っている。

『行ってしまうのか、ウヤスよ』と青年たちが歌い掛けると、

『別れて行くのは、とても淋しいのよ』とヤスは歌で返す。

ヤスは、突然、「アンマー（母さん）」と叫んで泣き崩れた。男たちの声が遠ざかって行く。左右に大きく振る松明の灯りが朝靄の中に小さくなってゆく。船が西古見の沖にさしかかった時、遠くで吹く法螺《ほら》貝の音を聞いた。弥四郎であろう。

「きっと母も何処かで見送っているぞ」

気休めに言った言葉ではあったが、ヤスは信じて「うんっ」と力強く頷いた。流れる涙を拭こうともせずに姿の見えない母に手を振っている。再婚によって遠い存在となった母であったが、故郷を離れる自分を何処かで見送っていると思いたかったにちがいない。それがいじらしく身動きできぬほど強く抱き締めてやった。琉球の洋通詞牧志は、将来への道が開きかけたとき故郷の海に身を投じて死んだ。彼も家族と離れ独り鹿児島へ向かう途中であった。拷問に耐えた強い心の持ち主が、故郷を捨てる悲しみに耐えられなかったのだ。ヤスも同じ気持ちでいるに違いない。ヤスの嗚咽《おえつ》が収まるのを静かに待った。聞こえるのは帆綱を切る風の音だけである。順風に帆を膨らませた大徳丸は、船足を速め鹿児島へと向かっている。

家を空けた間に町の雰囲気が大きく変わっていた。これは全ての藩士が攘夷論だけで国を護れないことを悟ったからであろう。問題は、男手一つでヤスをどう育てたら良いかであった。ヤスの寂しさを紛らすために、ヤスを連れて泊りがけで本家に遊びに行った。年齢の近い娘たちもいたし、なにより箱三味線がヤスを慰めた。そして、ヤスは本家で貰った箱三味線を伴奏に島唄を歌って聞かせるようになったのである。華美を戒め質素を旨とする薩摩藩は、三味線を贅沢品として民が持つことを禁じた。しかし、人々の三味線を弾きたいという気持ちは抑えることはできない。その代用品として板張りの箱三味線ができたのである。撥《ばち》が箱に当たる音から、ゴッタンの名が付いたという。奄美の蛇皮線は幼い時から身近にあったので、習熟するのに時間はかからなかった。ヤスは故郷を思い出して島唄を口ずさむ。哀調を帯びた声は自立できぬ島民の悲泣の声に似ている。島唄に決まった歌詞は無い。『母さん元気かーやー、爺と婆は何をしているのかやー』などと、その時々の思いを曲に乗せて歌う。哀調を帯びた裏声は淋しさを際立たせ、母親を必要とする時に鹿児島に連れて来たことは果たして良かったのかと思い悩む。新しい父親の下で肩身の狭い思いをするだろうという大人の考えは、ヤスにとっては迷惑であったのかもしれない。ヤスは母へ便りを書くという目的があるので学ぶことに熱心である。既に平仮名を覚え簡単な漢字なら書ける。幼ない子供の眼の輝きを美しいと思う。ヤスと祖父が手をつないで歩く姿は微笑ましい。家事のために本家から手伝いをもらってはいるが農繁期には人手が要るので帰って行く。ここらで身を固めようと決めた。

薩英戦争の後処理が終わり、これからは落ち着いて書が読めると思っていたが、なんとなく気持ちが落ち着かない。それは大久保が顔を合わす度に政治の世界へ誘うからである。昌平黌時代の学友は今や幕府の要職に就いているので、大久保の狙いは当方の持つ人脈にあると思っている。囲碁で久光公へ接近したのを知るだけに、利用されたくないという気持ちが先立って拒否し続けていた。しかし、ここに来て江戸に惹《ひ》かれる気持ちが疼き始めたのである。江戸は学問の中心地であり、鹿児島では得られない人脈と環境がある。

英国との和議成立後、大久保は幕府外国方調役の鵜飼と顔を合わすことが多かった。鵜飼は大久保に言ったという。「開港の件で交渉の場に何度も立ち会っているが、重野ほど堂々と自国の立場を主張した者はいない」と言って誉めたという。「政治の世界に入る気はないか」と大久保は誘う。そのたびに、「漢学の世界の方が自分の性に合っている」と答えていたが、最近は、「もう少し考えさせて欲しい」と言うようになった。

大久保は久光公の右腕として薩摩と京の間を何度も往復する忙しさである。落ち着いて話ができたのは、大久保の母親の通夜の晩であった。このとき、元治元年（一八六四）七月に起きた「蛤御門の変」や、将軍家茂の死、徳川慶喜の十五代将軍就任、王政復古など中央の動きを教えてくれた。そして、自分に「時の感覚」が大きく欠落していることに気付いた。流罪によって中央から切り離されていた間に起きた事件を言われても、容易に時が現在に繋がらないのである。

江戸に出た年と、大島遠島と赦免状が来た年は、はっきり覚えている。それ以外のことは靄の中に在るようなものである。科学好きであった斉彬公に対し、久光公は歴史が好きである。「皇朝《こうちょう》世鑑《せいかん》」の編纂を命じられたのは、赦免の翌年の元治元年（一八六四）であった。長い時間でものごとを考える時、元号が短期間で変わることに不便を感じている。天皇中心の紀伝体で書かれた水戸藩の「大日本史」を、中国の歴史書「資治通鑑」に倣って年月の順に起きた出来事を記す編年体に直すことを命じたのである。造士館内に「皇朝世鑑」編纂のための「史局」を設け、三人の補助役を付けて便宜を図ってくれたので仕事は順調に進んだ。近々「皇朝世鑑」四十巻を刊行するところまで進んだ。仕事に目鼻が付いたところで身を固めることにした。

慶応元年（一八六五）、井田藤兵衛の次女くまを妻に娶り、親戚の重野安居《やすい》の娘尚《なお》を養女に迎えヤスの妹とした。くまはウミよりは色白であるが働き者らしく日焼けしている。

「少しばかり相談事があるのだが」

「少しと言わず何でもお言いつけください」

「そなたの名付け親は誰だ」

「爺様と聞いています」

「男子は成長に従って名を変えるが、知っているか」

「そんな遠回しにおっしゃらないで、こうしろとはっきり言ってください」

「では言おう、くまという名を変えて欲しいのだ。北国に牛よりも大きな真っ黒な四ツ足がいて、その生き物の名を熊と言ってな、人を襲って喰うと聞いたことがある」

「ご覧になったことがおありですか」

「北国の生き物ゆえ見たことはないが、大名屋敷の玄関で皮になったのを見た」

「何が悪いのですか」

「名は体を表すと言うから、わしはそなたに喰われるのではと心配になって」

笑うと思っていたが顔は真剣そのものである。悪い冗談を口にしたと反省していた時、

「花の名前はいかがでしょう。例えば、梅とか菊とか、……」

「おお、菊はどうだ。重野菊だ」

「あなたが気に入ったのなら、菊でよろしいですよ。その代わり爺様の墓参りに一緒に行って欲しいのですが」

どうやら『くま』の方がよかったらしい。

慶応二年夏に英国艦隊を薩摩に迎えることが決まり、西洋式歓迎の仕方について調べることになった。このとき、造士館を洋学専門の学問所に変えてはどうかという案が出た。意見を求められたので、漢学を捨てるなど暴挙に等しいなどと反対意見を陳べたために、寺社方取次に役替えとなった。顔に不満の色が現れたのを家老は見逃さなかった。「此度の改名の件は久光様のお考えだ。次の呼び出しがあるまで福昌寺で静かにしておれ」と命じた。鶴丸城の北に、大伽藍を備えた真言宗玉龍山福昌寺がある。ここは島津家の菩提寺であり学問所としての役割を持つ大寺院であったが、この五月に国のため有害無益として廃仏廃寺の命が発せられた。寺院廃合取調掛に市来四郎が任ぜられ、国家老以下、寺社奉行・勘定奉行・文書奉行などの総がかりで藩内の寺院が整理された。福昌寺もその例に漏れず屋内はがらんどうである。盗難に備えて警備の下士がいるだけで敷地内は自由に歩き廻れる。寺院奥の山裾に、第六代から二十八代島津斉彬までの藩主と家族の墓石が並んでいる。鬱蒼《うっそう》と茂る楠の大木が南国の直射日光を遮って昼でも涼しい。墓石の裏に刻まれた文字を読み解くのは実に楽しい。

六月十七日、英国軍艦プリンセス・ロイヤル号が二隻の軍艦を従えて鹿児島湾に入った。町の人々は海岸に押しかけ、福昌寺周辺は静かである。遠くから大砲の音が聞こえてきた。城の正面の前之浜波止に碇を下ろすと同時に台場から十五発の祝砲を撃つことになっていたから、その砲声である。今日は、応接掛長西郷隆盛率いる歓迎団が、英国艦船に乗り込んで挨拶を交わすことになっている。明日は駐日公使・出師《すいし》提督・士官らが歓迎所に向かい、明後日は藩主の艦内訪問と祝宴が計画されている。前之浜戦《いくさ》から三年も経っていない。多くの藩船や民家を焼失したことを考えると、愚かな戦をしたと思わざるを得ない。久光公の鶴の一声で薩摩藩は攘夷思想を棄て開国へと向きを変えたが、納得できずに不満を持つ者は未だに藩内にいる。開国論と攘夷論が交錯しせめぎ合う中、その混乱を収める方法として浮上したのが公武合体論である。これは宮中と幕府を一体化して幕藩体制の強化を狙うもので、薩摩藩などが主張する運動である。ところが国事を決める際に宮中の意向を無視することができなくなった。その不備をついて、有力大名で政治を行おうとする公議政体論や幕府独裁論、さらに再度倒幕論が現れて混乱に拍車をかけ、またもや先行きは不透明となっている。

九月に入ると京都護衛のために約一万の藩士が鹿児島を発つと、城下で目にする侍は財政担当の役人と久光公親衛隊と老人ばかりである。

慶応三年（一八六七）、長男が誕生する。紹一郎と名付けた。「紹」には受け継ぐという意味がある。父親の跡を継いで欲しいという気持ちを込めた。

明治編

第一章　大久保に招かれて江戸へ

一

慶応四年九月八日に元号が変わって明治元年（一八六八）となった。

久光公より先祖の事蹟を調べるようにとの命を受け、大坂の藩邸を本拠に京や奈良に出向いて島津家と縁の深い近衛家の文書を調べている。

一月の鳥羽伏見の戦いで薩長軍は旧幕府軍を破り、二月には官軍の先鋒となって東征へと向かった。その後も、補充兵が大坂藩邸を経由して北上して行き、華々しい戦果が次々と藩邸にもたらされる。三月、官軍は江戸郊外に達し翌月には江戸城を接収。閏四月には越後に転戦。五月、奥羽列藩が激しく官軍に抗戦。七月十七日に江戸が東京と名を変えた。八月、官軍は会津に進撃し、庄内・米沢・秋田に転戦。そして、米沢・仙台が降伏し奥羽地方を平定した。目まぐるしく世の中が変わるが大坂の藩邸は静かである。漢学者重野安繹の名を慕って他藩の者が教えを請いに来た。最初は質問に答える程度のものであったが、一人を受け入れたところ相次いで希望者が出てきて塾の様相を呈してきた。

留守居役は、戦時のどさくさに紛れて金儲けを企んでいるとでも思うのか不機嫌である。

「藩兵は命がけで戦っているんだ。少しは遠慮したらどうだ」と渋面を作る。

こういう時は姿を消すに限る。収集した近衛家関係の資料を鹿児島へ送って師走の大坂を後にした。

なんと言っても故郷は懐かしい。垣根越しに餅を搗《つ》く音を聞きながら家路を急いだ。しばらく見ぬうちにヤスの背が伸びている。尚が来てから笑顔が絶えないのは精神的に安定したせいであろう。

二十九日巳の刻（午前十時頃）に大久保に呼ばれた。正月の準備が終わって一杯やろうという誘いと思って出かけたところ、税所篤《さいしょあつし》・吉井友実《ともざね》・伊地知正治《まさはる》、木場伝内が神妙な顔で座っている。居並ぶ面々は藩の重要人物である。面倒なことに巻き込まれたくないという思いが先に立つ。

「戦費調達の件でしょうか」と聞いたのは、官軍が遠い東国奥地まで攻め入ったことを知っていたからである。九州の南端から本州の北端までは気の遠くなりそうな距離である。

「下士が待遇改善を申し出てきてな」と大久保は渋い顔で言ったが、まるで自分が下士でなかったような口ぶりである。以下は、大久保が語った内容である。

官軍を勝利に導いた薩兵は、その誇りを胸に先月中頃から故郷へ帰って来た。勝者として故郷に錦を飾った下士の鼻息は荒く、方限《ほうぎり》（町）毎に祝勝会が催され、その流れで寺社の境内で焼酎を飲み、さらには家々を廻って武勇談に花を咲かせた。そのうち戦場での手柄話は上士への不満に変わり、我らが命がけで戦ってきたにもかかわらず島津家一門の人々や上士は藩の要職を占めて優遇されている。「我らこそ優遇に値する」・「藩は我らの努力に報いるべし」など、藩政批判を口にして騒ぎ始めたという。このような動きに対し、藩の上層部は『下士の酔った勢い』と軽く見て何も手を打たなかったために、下士の不満はますます募り集団で騒ぎ出して放置できないところまで来ていた。

「戊辰の戦役を一緒に戦った者の提示する改革案なら受け入れられるだろうという家老の発案で、こうして下士の不満を抑える策を練っていたところだ。出来上がった文章の不備を正してもらいたくて呼んだ」

軍奉行であった伊地知は、戊辰戦争では大きな功績を挙げている。福島の白河口の戦いでは七百の薩摩兵で多勢の幕府軍を打ち破った。その伊地知の名で下士の不満を抑えようというのが家老の考えであった。その日は深夜まで、翌日は夕刻までかかって、「薩摩藩政体規則」を作り上げた。ところが、提示された規則を見た下士は満足しない。以前なら首謀者を遠島にすれば騒ぎは収まったが、下士の不満はますます募り収拾がつかない。「他藩の実情を探れ」との久光公の命を受けて大久保とともに京へ向かったが、藩主と下士という極端に立場の違う両者を満足させる策などあるはずもなく、何処の藩も下士の突き上げに解決策を見出せずに困っていた。父が脳卒中で急逝した報せが届いたが、引き続き京に居て調べよという命である。帰郷が許されなかったのは、下士の勢いが一片の通達で収まらないところに来ていることの証である。

鹿児島に呼び戻された大久保は、三月十日過ぎに京へ帰って来た。話を聞くと、川村純義《すみよし》ら小隊長経験者とともに久光公に建白し、門閥打破と下士からの人材登用という二つの要求を願い出たという。身分の低い者が集団で藩主に要求書を出すことなど前代未聞のことである。下士に肩入れし過ぎると藩の存立は危うくなる。それを分かっていて下士の要求を認めたということは、島津家一門の権威の失墜を意味する。この結果が今後の政局にどのような影響を及ぼすかは全く分からない。

明治二年（一八六九）三月二十三日、薩長土肥の藩主は版籍奉還を天皇に申し出て六月に聴許された。「版籍」は土地と人民を意味し「奉還」は元へ戻すこと、つまり、四藩の藩主は率先して土地と人民を天皇に返還することを申し出たのである。明治政府はこの四藩以外の藩にも奉還を命じた。ということは、この国から「藩」が消えることになる。久光公が「藩祖事蹟取調」を命じたのは、このことを予見して島津家の祖先の足跡を残そうと考えたと思われる。藩が消えると収入の道は絶たれるので、藩命には従いつつ自活の道を探ることにした。自分にできることは漢学の指導だけである。幸い漢学者としての名は世間に知られている。漢学塾の経営以外に家族を養う手段は無い。

明治三年（一八七〇）三月、大坂藩邸の留守居役に呼ばれた。

「相次ぐ派兵のために藩の台所は苦しいと言って来たが、黒糖の収穫量を増やす手立ては無いか」

「長年砂糖黍だけを育てているために地力が落ちて、急に収益を上げろと言われても、そのような安易な方策などありません」

「島に居たそなたが言うのなら間違いあるまい」

と言ったまま留守居役は黙り込んだが、納得したのか諦めたのかはわからない。

そんなことより、大坂藩邸の留守居役が藩の台所を心配するのは道理に合わない。藩は奄美支配と搾取の手は少しも緩めてはいないので、定免制で毎年入る収入は変わらないはずである。調所が溜め込んだ金は軍艦の購入で底をついたのであろうか。島津家の求心力と威厳は地に落ち、藩政の主導権が下士に移りつつあるのは確かである。それが証拠に大坂の藩邸の者で勝手に国に帰った者が出て周囲を驚かせた。留守居役は口では帰るなと言いながら黙認している。薩摩という国は箍《たが》が緩んだ桶のようになってしまったのである。間違いなく陽は傾き輝きが消えつつある。これから先を考えて、塾を開く準備に取り掛かることにした。京は千年の都と言われているが昔から政争の地である。それに比べると大坂は静かである。公武合体が実現すれば新しい都は大坂になると大久保は言った。とりあえず、大坂に漢学塾『成達書院』の看板を掲げ、しばらく世の動向を見ながら将来を考えることにする。「成達」は目的を達成する、「書院」には私塾の意味がある。

明治四年（一八七一）一月、鹿児島の家を整理するために帰郷すると、大久保が昨年十二月十八日から年末にかけて鹿児島に滞在していたことを知った。それも、勅使岩倉具視を伴って久光公に会うために来ていたという。先の「藩政改革」が余りにも下士の意向に添ったものとなったので、大久保は久光公に嫌われている。久光公の口封じのために勅使を伴ったのかもしれない。とにかく、勅使を交えた会談で久光公と鹿児島県大参事西郷の上京が決まり、藩兵を政府直属の兵とすることに合意して岩倉・大久保・西郷の三人は一月七日に鹿児島を発って山口へ向かったと聞いた。大久保は家族を連れて行ったというから故郷を捨てるつもりであろう。犬猿の仲となった久光公と顔を合わせたくない気持ちは分かる。

他人のことはさて置いて、問題は漢学者重野安繹の取るべき道である。鹿児島に居ては井の中の蛙となって学問の世界は広がらない。しかし、正式に免職になるまでは動きは取れない。片足は鹿児島に置いておき、大坂と鹿児島の二重生活も視野に入れて辞職願を出すことにした。二月、久光公に慰留されるのではと心配したが全く無視されてしまった。確かな証拠が見つかるまでは、島津家初代家久は源頼朝の御落胤《ごらくいん》という説は棚上げにしておくとした「藩祖事蹟取調」の報告が久光公の気に入らなかったとみえる。憶測や自分の家の都合で真実を曲げるわけにはいかないというのが歴史学者としての考えである。これで島津家との紐帯は完全に切れたことになる。三月末に再度帰郷して身辺整理と荷出しを終えた。鹿児島を離れる際に、中央の動きを知らせることを条件に故郷の動きを教えて欲しいと今藤に頼むと、快く引き受けてくれた。

六月、大蔵卿大久保利通から大坂の家に一通の手紙が届いた。薩英戦争の戦後処理の手腕を見込んでの申し出と断わった上での外務省への誘いである。気が進まないので、学問の世界は奥が深く未だ初学者の域に達せずと書いて送った。誘いを断わった真の理由は、市来四郎から聞いていた東京の町の不穏な状況にある。市来は、明治二年二月に武器弾薬食料などを前線に届ける輜《し》重《ちょう》隊宰領（監督）として蒸気船豊瑞丸に乗っていたが、函館からの帰りに東京に寄港した時に見聞した町の様子を書いて来た。

『旧幕臣悉《ことごと》く各所に流離し邸宅空虚葎棘の藪となり諸侯大小の邸宅も皆な荒廃草棘軒を覆ひ壮麗を極めたる大名小路も悉く廃墟と変し、市街の過半転去して小民飢餓に陥れり』

廃屋に得体の知れぬ者が住み付いて乱暴を働いて住民を苦しめ、旧幕臣で気骨ある者は薩長の者を殺そうと狙っていると記してあった。そんな物騒な土地では家族は安心して暮らせない。手紙を貰って二年近く時は経ったので少しは改善されたかもしれないが、用心に越したことはない。とは思うものの、東京は学問の上では魅力のある町である。返事を躊躇していると、今度は『月俸七十円の八等官で文部省に迎えたい』と身分と俸給を具体的に書いてきた。手紙によると、明治四年七月に太政官布告により学術教育を担当する文部省が湯島聖堂内の昌平坂学問所に設置されたとある。湯島聖堂が重野安繹を呼んでいるように思えてきた。すると心の臓が勝手に激しく打ち出した。神田は若き日を送った場所である。もう四十五歳である。残る人生を腰を据えて学問ができれば言うことはない。そんな気持ちを書いて受託の返事を送ると、歓迎の意を表した上で経歴書を送るように言って来た。

子を持って知る親の恩とはよく言ったものである。漢学者として名声を得られたのは、己を犠牲にして勉学の機会を与えてくれた父のおかげである。

重野安繹・通称厚之丞、文政十年（一八二七）十月六日の生まれ、生国は薩摩国鹿児島郡坂元村。十三歳で藩校造士館に入学、十六歳で句読師助寄《くとうじのすけより》、二十一歳で句読師助、……

こうして学歴を記してゆくと過去が鮮やかに蘇ってきた。父は野水という号を持つ趣味人であった。一人息子の成長に期待をかけ、七歳で町医者を師に付けて習字と素読を習わせ、囲碁と謡も一流の師に付けてくれた。六段の囲碁の師匠は跡取りにしたいと言い、大蔵流小鼓の腕を見込まれて御能方にと誘われ、久光公が三郎君と呼ばれていた頃に手習いの相手として召し出されたこともある。昌平坂学問所に私費留学生として入学したのは二十二歳の時であった。二年目から藩費留学生に認められたが、それでも家から出てゆく金は並大抵のものではなかったと思う。父は惜しみなく息子のために金を使い学問の世界へと導いてくれた。そのことを思うと感謝の気持ちで胸はいっぱいになる。

七月十四日、政府は廃藩置県の命を発した。これにより二百六十一藩が消え、政府は日本全土を直接統治下に置く中央集権体制を作り上げたことになる。元藩主や家臣たちの動揺は言うまでもない。東京に邸宅を構え妻子を住まわせている藩主を地元に留め置こうと藩を挙げて懇願したり、県知事として治世に当たるように引き止めたりと、東京と地元の綱引きが始まり世の中全体が妙に落ち着かない状態になった。鹿児島県は下士出身の大山綱良《つなよし》が県参事（県知事）になった。一遍の相談もなく廃藩を決めた大久保と、度々藩命を無視する西郷に対する久光公の怒りは爆発寸前にあった。大蔵卿大久保利通が絶大な権限を掌握する一方で、旧藩主は不服ながらも新政府に従わざるを得ないのである。久光公にとって、西郷と大久保は忘恩の徒であり、この二人に唯々諾々と従わなければならないことは屈辱以外の何ものでもない。世が世であれば切腹を命じることができるが、今はそういうわけにはいかない。そこで、政府の近代化政策を批判し、西郷と大久保を政府から排除するように迫ったが、いずれも久光公の徒労に終わった。薩摩藩は鹿児島藩と名を変え、そして鹿児島県となった。

市来も今藤も鹿児島の様子を報せてくる。

『今や門閥家は片隅に追いやられ、下士が県庁の要職を占めている。天と地が逆転してしまったようだ』と。

経歴書を送ってすぐ、大久保から手紙が届いた。相も変わらず気忙しい男と思ったが、開封して返事を急がせた理由が分かった。政府の遣外使節団の一員として洋行するという。

『横浜出発は秋、二人の息子を連れて行く。米国のサンフランシスコまで約二十日の船旅である。米国大陸を横断して東部へ行き、そこから大西洋を渡って欧州に行く』と。

文面から外遊の準備に多忙な姿が伝わってくる。長い雌伏の時を経て世界に雄飛する機会を得たのである。収穫の多いことを願い道中の安全と健康を祈ると返信に書いた。

九月、いよいよ大坂を離れて東京へと移転することになった。大久保に比べると小さな雄飛ではあるが、奥の深い漢学の世界に浸れるので満足である。「成達書院」の塾生であった岩崎弥太郎・弥之助兄弟が起こした三菱汽船会社の紅葉丸で東京へ移動する。そして、弟子であった肥前の鍋島氏が屋敷内に住む場所を与えてくれた。

上京の翌日、家族を同伴して大久保の官舎を訪ねた。明治に入ってからは大久保も鹿児島を留守にすることが多く、家族は往き来して助け合って暮らしていた。大久保家訪問をヤスが喜んだのは、両家を繋《つな》ぐ架け橋となっていたからである。医師稽古に鹿児島に出た大島出身の青年は、聞こえよがしに「シマジン」と言われても我慢するしかなかった。ヤスもまた何処かで同じ目に遭ったと思われる。身の程を知ったヤスは進んで下働きに精を出した。身体を動かしていた方が物事を考えずにすむと言ったこともある。大久保家への使いにも進んで出かけていたので、大久保の家族とはヤスが一番近いところにいたことになる。久しぶりに顔を合わせた両家の女たちは笑い合い、大久保の息子たちも談笑に加わった。

「本来なら当方が出かけていって頼まなければならぬところだが」

と奥を気にしながら大久保が話し始めた。

「男は身分が無くなったが、女の世界には未だ身分の上下があってな、伊地知の細君は上士の家柄で我が家は下士だ」

「西郷家があるのでは」

「それが、何故か気が合わんのだ。そこで頼みがある。わしの留守中、鹿児島の時と同じように助けて欲しい。それから、品川に別邸がある。たまには生き抜きに使ってくれ。広いぞ。緑が豊かだ。珍しい物を見せる」と言って四国産の白砂糖を出し「まあ、嘗《な》めてみろ」と匙《さじ》の上に載せた。黒砂糖と違って爽やかな甘さである。このサラサラした白色の砂糖が国内に流通すると、湿気を帯びると表面が濡れたようになる黒砂糖の利用は確実に減る。黒糖の消費量の減少は鹿児島県の税収に響き、ひいては奄美島民の暮らしに影響を与える。

東京に出て来て驚くことばかりが目に付く。ひとつは、薩長土肥出身者が官界の要衝を占めていることである。『薩長土肥にあらざれば人にあらざる』という風評が町を覆っている。「ツテ」を求めて終日歩き回っても職を得られない他藩の出身者は、「薩摩の芋の世」を憎み、「薩摩の芋蔓（人脈）」に反感を示す。逆に、同郷の者同士は気心が分かっているから安心して付き合える。何も言わなくても相手に心が通じるところが利点であろう。

大久保のところで市来四郎と会った。大久保の伝《つて》で文部省に入ったことを言うと、市来は薩摩の人脈の実態を語った。甲は薩州人脈を通じて開拓使七等に、乙は川村純義を介して兵部省へ、元桑名藩士丙は伊地知正治を介して司法省へ、丁は大久保に頼んで大蔵省七等出仕になったと。薩長閥以外の者が東京で生きてゆくには厳しいことを知った。市来の大久保訪問の理由を聞いて、また驚いた。信州や上州辺りで製糸業を興し、これを日本国第一の産物に育てて富国の源とすることを大久保に進言したという。もしこれが実現すれば、日本に於ける官立洋式製糸業の走りとなる。この数年で世の中が音を立てて変わった。大久保と市来の共通点は常に数年先を見据えて行動していることである。

十月八日、岩倉使節団の渡航目的と渡航者名簿が発表された。目的は江戸時代に結んだ不平等条約の改正と先進十四ヵ国の視察。団員は以下のとおりである。

特命全権大使は右大臣岩倉具視、副使は木戸孝允（参議）、大久保利通（大蔵卿）、伊藤博文（工部大輔）、山口尚芳《なおよし》（外務少輔）。書記官は一等から五等まで十名、理事官・随行員・留学生を含めると総勢百七名となる。大久保は十三歳と十一歳の息子を連れて行く。

同行を誘われたが、予備知識が無い状態で行っても得るところは無いと言って断った。

アメリカの太平洋郵船会社がサンフランシスコ・横浜・香港を結ぶ定期航路を開設したのは慶応二年（一八六七）十二月だが、その後の近代化は目を見張るものがある。横浜に日本人による英語塾ができ、翻訳業を生業とする日本人が現れた。西洋の革靴は明治初年から流行し始めたが、今では輸入品に代わって日本人が作った靴が幅を利かせている。万延元年に咸臨《かんりん》丸を日本人が「運転」して太平洋を横断したことは知ってはいたが、慶応二年には江戸と横浜間を日本人経営の小型蒸気船が定期運航していたことなど全く知らなかった。自分が井の中の蛙であったことを痛感したのであった。

「一年以上も留守にして、政局への影響は出ませんか」と大久保に聞くと、

「維新の最大の功労者である西郷は残る。あの団栗眼で睨まれると相手は何も言えないさ」

と言って大久保は豪快に笑った。

留守を預かるのは、太政大臣三条実美と参議筆頭の西郷隆盛、参議の板垣退助と大隈重信である。西郷は大蔵卿大久保の代理であり、宰相（総理大臣）として決定権を持つ。最高権力者西郷の背後に磐石の薩摩閥が控えている。そこに絶対の安心があった。

大久保は王政復古によって誕生した新政府の中心にいる。慶応三年に参与隣《となり》、明治二年に参議となり、今年六月、大蔵卿となって東京遷都と版籍奉還という大改革を成し遂げて国の土台を作った。ところが、かつて幕府が諸外国と結んだ条約が現状と合わなくなって何かと障害になってきた。この条約を改正するのが使節団派遣の最大の目的である。これに異を唱える者はいない。

岩倉使節団横浜出港の様子を、新聞は大きく伝えた。

『日本使節ハ今朝アメリカ船ニテ出立ス。此時日本の兵隊三百人波止場迄護送セリ。……今般黒田開拓次官周旋にて、女学生五名亜墨利加《アメリカ》国留学として、同国全権公使ロングの妻に託し、十一月十二日横浜港出帆、ニューヨーク府へ差送れり』

人々の興味は十九発の祝砲よりも、この女子留学生派遣にあった。黒田開拓次官とは、薩摩出身の軍人あがりの政治家黒田清隆のことである。あの黒田が女子留学生派遣の世話をしたとは驚きである。男尊女卑の鹿児島では女は家にあって炊事洗濯など家事をするのが使命で、学問することなど思いも寄らぬことである。

新聞には「東京府士族津田仙弥娘、梅子」ら五名の氏名と年齢が記され、『右の者同月九日宮内省に召させられ、皇后の宮より茶菓並びに紅縮緬一匹宛下し賜り、左の御書付御渡しありたり。その方女子にして、洋学修行の志誠に神妙の事に候、追々女学御取建ての儀に候えば成業帰朝の上は婦女の模範となるよう心掛け日夜勉励すべき事』とあった。女子が学問に励むことが奨励されるのが新時代の到来の象徴と言える。

西郷は東京を留守にすることが多く、落ち着いて話を交わす機会がない。たまに東京に帰ってくると、官舎の門外にまで面会者が並んでいる。大久保は寡黙で部下に対して厳しく、休日以外も太政官に出仕して内務省で事務を執る。噂では大久保が出勤すると庁舎内は静まりかえるという。一方の西郷には鷹揚《おうよう》なところがあり、それが人を惹き付ける魅力なのかもしれない。この明治政府の中心にあって活躍する二人は、久光公にとっては許すことのできない謀反人である。久光公が刺客を東京に送ったという噂まで飛び交っている。

十二月二十六日、鹿児島に帰る市来四郎が挨拶に来た。東京丸という船で国に帰るという。鹿児島から東京まで徒歩で往復したことを考えると隔世の感がある。

この日、文部省八等出仕と編輯寮地誌局勤務が決まった。大久保の推挙があっての昇進である。五十歳を前にして官僚の地位を得たことになる。辞令を貰うと、真っ先に外務省の寺島宗則に会いに行った。彼とは斉彬公時代からの旧知の間柄であり、身分は同じ郷士出身である。漢学と蘭学という学ぶ目的は違っていても、自己を高めようとする心は同じである。

「お久しぶりです。何年ぶりでしょうか」と西洋式に手を握って挨拶した。

外務省創設の明治二年秋から外務省で働いていると言う。五歳下の寺島は若さに溢れ、外交の第一線で働く自信に満ちた表情を見せている。

「役所では私的な話ができませんので、後日我が家で夜を徹して話しましょう。今、地図を描きます」

帰り際に「お待ちしています」と念を押したところをみると、外聞を憚る話があるのかもしれない。是非来て欲しいと言っているように感じた。幕府は横浜など五港を開いたが、大阪と東京だけは「町」を外国人に開放した。つまり開港ならぬ開地である。旧幕府時代の開地の一角に寺島の家は在った。

寺島の医師名は松木弘安である。天保三年（一八三二）に肥後近くの出水で郷士の次男として生まれた。家督は長男が継ぐので、次男以下は養子先を見つけたり手に職を付けなければならない。寺島にとって幸いであったのは、子の無い伯父が五歳の宗則を養嗣子に迎えてくれたことである。医師の伯父に付いて長崎に出て蘭学を学び、十五歳で家督を継いだ。この年に江戸遊学の命を受けたが、藩が与えた一ヵ月一斗の扶持米と金一両の待遇は破格のもので、藩医として将来を嘱望された人物である。ペリーの黒船来航時は、斉彬公の父斉興公の御広敷医（大名の邸内医）として鹿児島に居た。斉彬公は西洋の科学を取り入れたが、その際に蘭書の翻訳に当たったのが寺島である。安政元年（一八五四）一月に斉彬に供奉して江戸へ、安政三年に幕府の洋学研究所である『蕃書調所教授手伝』に通い、次の年から斉彬公の侍医として江戸の薩摩屋敷に居た。

ペリーが七隻の軍艦を率いて浦賀沖に現れたのが安政元年正月であった。来航の目的は、前年に渡してあった開港要求の返書を受け取るためであった。それまで鎖国政策を固持してきた幕府は、この年の三月三日に日米和親条約を結んだ。一国を認めた以上、他の西洋諸国を排除できなくなった。善後策を講じるために幕府が召集した洋学者の中に寺島宗則がいたのである。老中井伊直弼の殺害後に開国反対を唱える攘夷派が闊歩する中、寺島は『蕃書調所』で蘭語を教えながら自身は英語を学んだ。そして、文久元年（一八六一）八月に幕府遣欧使節団の医師兼翻訳方に選ばれ、十二月二十二日に英国軍艦で品川沖から英国に向けて出帆し、仏・英・蘭・露国を廻って一年後に帰国したという。

安政五年（一八五八）に締結された欧米五ヵ国との修好通商条約で東京の外国人居留地が築地鉄砲洲と決められた時から寺島は築地に住んでいた。緑に囲まれた静かな屋敷で、外務省外務大輔が住むに相応しい家屋敷であった。なぜなら、この地は蘭学発祥の地であり、安政五年には福沢諭吉が蘭学塾を開いた場所でもあったからである。

長崎に行った五代の消息を聞くと、グラバーという商人の下で働いていると言った。

「前之浜戦《いくさ》のとき、今藤と通詞として乗り込んだが相手側には日本語を話す混血の若者がいて我らは全く役に立たなかった。最後通告書を翻訳したのは、ひょっとして」

「ええ、訳したのは私です。実は開戦前から城中に居て、久光公と若殿に英国の国力について話をしておりました」

寺島は薩英戦争直前に遡って話し始めた。

幕府遣欧使節団の帰国は文久二年十二月で、翌年帰藩命令が来て帰郷後すぐに船奉行に任ぜられている。

「英国艦隊が横浜を出たとの報を受け、私は久光公と若殿に英国の国力や技術力の高さを進言していました。英国艦隊が入港しても絶対に先に大砲を撃たないこと、先制攻撃を加えると交渉が面倒になることもです。世間知らずの若殿が認めた作戦が西瓜売りでした。私は呆れて物が言えませんでした。なにより我慢ならなかったのは、私が英国に通じている間諜（スパイ）と疑われたことです。大金をはたいて購入した三隻の西洋船を湾奥に退避させるように進言しましたが、これも無視されました。負け戦になれば、英国の間諜と疑われている私と五代は間違いなく切腹になります。そこで乗り込んで来た英国人に頭を下げ、横浜まで連れて行って貰ったという訳です」

寺島は、英国の植民地で産すという紅色の茶を勧めた。「植民地」と言う言葉の意味を聞いて、まさに奄美が薩摩藩の植民地であることに気付いた。

寺島は意外なことを口にした。薩摩藩は幕府に隠れて戦勝国イギリスに薩摩藩留学生を送ったが、その橋渡しをしたのが寺島と五代であったと。幕府と攘夷主義者に知られぬ必要があったにしても、留学生の受け入れを最初に打診したのは誰であろう、この重野ではないか。大名にとっての家臣は、その場その場で役立てば良いだけの捨て駒に過ぎないのか。胸中にふつふつと怒りが湧いてくる。

寺島は薩摩藩の英国留学生派遣に至るまでの経緯を詳しく語った。長崎潜伏を続けていた五代友厚はグラバーという貿易商人と懇意になり、その商人を通じて海外の情勢を知った。そこで、西洋技術の摂取の必要性と若者の人材育成策を認めた上申書を久光公に送り、これが認められて留学生派遣が決まった。藩が選出した四名の視察員と十六名の留学生は、薩摩半島西端の串木野の羽島《はしま》で英国船オースタライエン号の到着を待った。そして、慶応元年（一八六五）春に留学生一行を乗せた船は最初の寄港地の香港へと向かい、同行した寺島は翌年五月に羽島近くの阿久根に帰って来た。この密航は幕府には全く知られなかったと言い添えた。

「そなたが帰国したら、留学生は言葉に困ったのでは」

「いいえ、英国には日本人が結構いましたので」

「他にも密航者がいたのか」

「幕府派遣の使節団のことをご存じないのですね。これまで、四、五回は派遣していますよ。最初が万延元年です」

「万延元年は井伊直弼が討たれた年ではないか。大老はそこまで準備しておられたとは知らなかった」

「あの年は攘夷運動が盛んで、私は横浜の幕府運上所（税関）から江戸の蕃書調所に移ったばかりの時でしたので、毎日が緊張の連続でした」

寺島の話によると、幕府は万延元年に米国、文久二年に欧州、そして、仏国には文久三年と慶応三年の二回も使節団を派遣したという。万延元年の第一回海外派遣使節団にとっては全てが初めてであった。約百七十名の日本人は米国が迎えに出した軍艦ポーハタン号と幕府軍艦咸臨丸に分乗して太平洋に乗り出した。副使に継ぐ「監察」は小栗豊後守忠順《ただまさ》が命じられて米艦に乗船、勝麟太郎が船将（船長）を務める咸臨丸には、通弁方に中浜万次郎が、軍艦奉行従者として福沢諭吉が乗船していたという。

「今回の岩倉使節団の書記官の多くは当時の幕臣や留学生ですよ。彼らが通訳として活躍していると思います」

「そなたが行った時の遣欧使節団の人数は」

「四十名でした。私は翻訳方として乗りました。福沢諭吉も一緒です。六ヵ国を廻りました」

そして、長崎・香港・シンガポールと寄港地の名を挙げ、ロンドンまでを語った。

十二月十四日、寺島はウィーン万国博覧会御用掛を命じられた。早速、祝意を陳べるために外務省へ出向いた。聞きたいことは山ほどあるが、そもそもウィーンという都市が何処にあるかを知らない。来年が安政五年に結んだ日米修好通商条約の改正の年に当たる。外務省は明治三年に築地から虎ノ門近くにある福岡藩黒田家上屋敷跡に移転したが、その頃から改正のための準備に入っていたという。

「太政官府という看板は見たことがないが」

「そういう官庁があったのではなくて、赤坂仮皇居の中で仕事をしていました」

これは明治四年の廃藩置県後にできた制度という。いつの間にか新しい役職ができている。天皇が臨んで判断を下すのが正院、各省庁の長が集って審議する右院、諸立法の事を議する左院、これら三院の中心は正院にあり、天皇を輔弼《ほひつ》する最高責任者が太政大臣や参議という。自分が時代遅れの人間であることを自覚すると同時に、漢学が今の世に必要とされていないことを知った。あのまま鹿児島に居たら、井の中の蛙は御山の大将となっていたかもしれないと思った。

明治五年三月、遣欧副使の大久保利通と伊藤博文が、条約改正のための全権委任状を取りに一時帰国した。忘れ物を取りに帰ったという噂である。持参すべきものを忘れたとは呆れたものよと、準備不足を嘲う声が水面下で広がっている。往復の船旅で使う無駄な時間は約六ヵ月である。その間、アメリカ居残り組は物見遊山で気楽に過ごしているだろう。『国費の無駄遣いではないか』と批判の声は大きくなるばかりである。そのことを大久保に伝えると、「全てが初めてだ。そこは大目に見てもらおう」と全く意に介していない。

「先は長い。家族をよろしく頼む」と頭を下げ、大久保の留守家族を応援していることへの礼を述べた。

四月、条約改正取調御用掛となった寺島宗則は、大弁務使（外交官）として英国勤務を命じられた。祝意を述べに行くと大まかな予定を教えてくれた。横浜港出発は五月、太平洋を渡ってサンフランシスコ、アメリカ大陸を横断してニューヨーク、そこから大西洋を渡ってロンドン、任地到着は夏頃になるという。彼の口からは、すらすらと外国の都市の名が出てくる。世界で活躍する若者を羨ましく思った。

思いがけなく鹿児島から二通の手紙が届いた。一通は加計呂麻島の豊である。苗字を豊島に変え医師稽古に鹿児島に出ていたが蘭医を目指して長崎へ行くことになった。二人の弟も医師を目指すという。これも新時代の到来を予感させる出来事であった。他の一通は弥四郎からのものである。内地の変わりようを噂で聞くが島は何も変わっていないと嘆き、相も変わらず不平不満を書き並べてあった。

二

西郷率いる留守内閣は、国の基礎となる政策を次々と打ち出してゆく。士族階級の特権が民を苦境に追い込んでいるとして身分制度を撤廃し、農民の職業選択の自由や人身売買の禁止などを打ち出した。この階級破壊を喜ぶ者がいる一方で、一介の市民とならざるを得ない武士階級の怒りは激しい。上野戦争の後、幕府が瓦解してからは薩長の兵が空家などに駐屯している。廃屋の木材が壊されて湯屋の薪となって売られてゆくのを見て、「国破れて山河あり」と吟じながら行く江戸っ子を官軍の兵は冷ややかに嘲笑っている。これから、警察制度・徴兵制度・戸籍調査・教育制度の創設など新法が出番を待っている。中でも家禄を失った旧武士階級の暮らしは貧しく、憤懣《ふんまん》やる方ないという状況にある。従順であった農民さえ暴動を起こしかけた。政府は、いかなる反対勢力にも力で抑える体制で臨んでいる。

一方で、人々を喜ばせた文明開化の産物は多い。今年になって品川と横浜間に陸蒸気が開通した。江戸から神奈川宿まで徒歩で八時間近くかかったところを、たったの五十三分で行くのである。さらに東京大阪間の電信開通は人々を驚かせた。長崎で朝起きた事件の報告は、その日のうちに東京に届くという。鹿児島で投函した手紙が迷わずに東京に届くのは、明治四年に出来た郵便制度のおかげである。人力車の流行も文明開化のおかげと人々は歓迎する一方で、次々と出てくる新制度に戸惑い不満を漏らす者は多い。

西郷は明治天皇の西日本巡幸に随行責任者として従うことになった。随行員は弟の陸軍少輔西郷従道《つぐみち》、海軍少輔川村純義ら薩摩閥を中心とする七十余名である。五月二十三日に軍艦九隻で東京湾を出港、大阪・京都・下関・長崎を廻って六月二十二日に最終目的地鹿児島に入った。天皇を擁してのお国入りは西郷にとっては最高の誉れである。ところが、久光公は天皇に対し西郷と大久保を政府から除くように直言したのである。この久光公の反政府行動も留守政府にとっては頭痛の種子である。黙認すれば同調する者が現れ、その力が結集すれば大きな反政府運動に発展しかねないからである。西郷は久光公に遠慮したのか、謹慎の意を表すためか、鹿児島に籠もったまま動かない。無責任な西郷の行動に困った三条実美太政大臣は、ヨーロッパ滞在中の岩倉大使に手紙を送り、大久保と木戸の帰国を命じたのであった。

留守政府は、多くの問題を抱えていた。予算編成に関しての大蔵省と各省庁との対立や、台湾と朝鮮との外交上の問題等である。台湾問題とは、明治四年十一月に台湾に漂着した琉球の漁師五十四名が原住民に惨殺されたことへの対応である。交渉過程で紛争が起きた時は西郷従道が軍を率いて進攻することは決めてはあるが、背後の清国の存在は無視できない。困難の最たるものが朝鮮問題であった。江戸時代の朝鮮との関係は、徳川将軍と朝鮮国王との「通信（交際）」という形で行われ、対馬藩がこの仲介により朝鮮貿易を独占してきた。明治元年に対馬藩が、政権が交代したことを伝え親善関係の継続を申し入れたとき、朝鮮は書類不備を理由に拒否した。交渉は外務省に引き継がれたが、朝鮮側の態度は硬く進展は全く見られない。武力による解決も考えられている。

この五月に立法について審議する左院勤務となった。これを機に転居を考えることにした。場所を神田駿河台に絞ったのは、かつてこの台地の本郷側に昌平坂学問所があり、藩の留学生として学んだ町であったからである。小さな道筋まで知っていることは故郷に似た懐かしさがある。駿河台は、元は旗本の居住地で徳川家直属の家臣が住んでいた。この地の一角に、幕末に外国奉行を務めた小栗忠順の屋敷があった。小栗忠順は文政十年に旗本の子として駿河台に生まれ、嘉永六年のペリー浦賀来航後に異国船取締り警護役を勤めている。当時の幕府の軍船は四十挺の艪《ろ》で漕ぐ関船《せきぶね》で、機動力は蒸気船に到底及ぶものではなかったので幕府は開国の要求を受け入れざるを得なかったのである。小栗は、安政七年、つまり万延元年に、日米修好通商条約批准のためにポーハタン号でアメリカに渡り、帰りは大西洋を渡って欧州経由で帰国している。つまり、岩倉使節団よりも先に世界を一周してきたのである。帰国後に外国奉行になり海軍力の増強のために製鉄所建設に着手し、陸軍力増強のためにフランスから軍事顧問団を招いた。小栗は幕府による国家統一を願っていたので、戊辰戦争の際は幕府軍にいた。彼を捕らえた官軍は翌日に斬首の刑に処したが、もし小栗の見識が岩倉使節団に生かされていたら全権委任状を持たずに出国する失態は起きなかった。

最近の洋学重視と漢学軽視の傾向は少々気になる。我が国で言う学問は漢学のことであり、漢学者はその学問を以て政治に係わり法令も漢文で記してきた。つまり、この国は漢字で知識を学び漢学を通して制度や規則を作ってきたのである。寺島宗則や尾崎三良《さぶろう》は、漢学で培った知識の上に英語を積み重ねた。漢学を捨てることは、日本国の文化や歴史を捨てることにならないか。洋学一辺倒は避けたいという思いは漢文で育った者の誰にもある。そこで、勉強会を催して研鑽《けんさん》に励んでいる姿を世間に見せることになった。漢学者が月に一度集って詩文を創って相互に批評しあう会を東京の町のあちこちに作る計画である。

ヤスの表情が明るくなった。「東京が気に入ったか」と言うと、「ここでは、いろんな国の人がいて面白い」と答え、「奄美大島の人も東京に出てくれれば良いのに」と加えた。ヤスの言葉は、東京では島差別の冷たい視線に遭わないことを意味している。尚は末っ子のせいか我《わ》が儘《まま》である。

十一月、政府は太陰暦を改め太陽暦採用を決めた。明治五年十二月三日が、明治六年一月一日となった。暦が二つあるようなものである。閏月が無くなって面倒は無くなった代わりに季節感が新暦と合わず、暦まで改める政府のやり方に人々は戸惑いを隠せない。さらに一月十日発令の徴兵令は武士階級の存在そのものを否定するだけに、旧士族の政府に対する反感は不穏な様相を呈してきた。五月五日に旧西の丸跡の仮皇居が炎上し赤坂の紀州邸跡を仮の皇居とすることになったが、徳川の忠臣が江戸城に火をつけたという噂が流れ人々の不安は募るばかりである。政府に対する不満は百姓にまで及び、ついに備前岡山地方で農民一揆が起きた。

第二章　大久保と西郷の反目

一

明治六年五月二十六日、大久保利通は欧州から一人で横浜港に帰って来た。出発時の派手な見送りが人々の記憶にあるだけに、単独の帰国に対し政府内には様々な憶測が飛び交っている。昨今の世情不安や政府内の動きなどを耳に入れておこうと思っていた矢先、大久保の方から呼び出しを受けた。小使が届けた手紙には半切の言伝用紙も付いていた。大久保の伝言は『今宵一局』とあり、小使は「お俥《くるま》を手配するとのことでした」と言う。東京に出てきてからは多忙で碁石を握ったことが無い。喜んで対戦することにした。小使を家に走らせ、今夜は大久保の家に泊まることを伝えた。

「ここは静かですね」と小使は驚いて言った。確かに他の省庁と比べると文部省は人の出入りが少ない。中でも『歴史編纂修史部』は事務作業場のようなもので、中の人間は黙々と書類に目を通している。維新後最初の歴史局は明治二年五月に昌平黌に置かれ教授陣が編修を担当したが、今は文部省に移され史局総裁三条太政大臣下で「古事記」以降「文徳実録」まで時の政府が編んだ史書（六国史）の誤りを正し文章の適否を確かめるという地味な仕事をやっている。

大久保の手紙は帰国時の船中で認めたものであった。以下は大意である。

『視察の状況は幾人かには報せたが、厚之丞には帰国後に直接話すつもりでいたので手紙は書かなかった。今回の旅はアメリカと欧州諸国に我が国の手本になる国を求めてのものであったが、多くは国造りが終わっていて参考にする国は無かった。ただ、かつて欧州の後進国であったプロシアが大国になったことを考えると、現在の大ドイツ帝国を手本にするのが最も良いと思っている。宰相ビスマルクに会って話を聞いた中で、国造りの基本は鉄と血であったと語った言葉が印象に残っている。鉄は兵器、血は兵隊のことであろう。我が国も幕末から明治維新にかけて多くの血が流れた。……』

俥は品川の元の薩摩藩上屋敷に向かう途中から脇道に入った。夕方の淡い光の中に風格のある門が見えてきた。何処かの小藩の屋敷跡と思われる。眼の位置が高いので崩れた築地塀の間から雑草に覆われた庭が見え、軒にも屋根にも草が生えている。

四十日間の船旅は身体に負担を与えたらしく少々痩せている。玄関で迎えた大久保は、「挨拶は抜きだ。さあ、中へ」と背を向けた。畳の部屋に緞通《だんつう》を敷き円卓と椅子が置いてある。

「実は、知恵を貸してもらいたくて呼んだ。話の前に珍しい物を見せる。これはフランス国で写した写真絵というものだが、この中に知った者がいるか」

裏を返すと、『明治六年三月佛国巴里府ニ於ケル鹿児島県人会』の文字が記してあった。

写っている十六名の中に一人だけ見た顔があった。

「これは、西郷さんが藩に無断で喜界島から連れ出した村田何某《なにがし》では」

「そうだ、村田新八だ」

西郷が島から上がった日に、この男を連れて挨拶に来たので顔に見覚えがあった。鹿児島県人会なのに大久保の二人の息子が写っていない。聞くと、アメリカに留学生として置いてきたと言う。使節団の何人かは息子を随行員として船に乗せたことは知っている。しかし、留学生として異国に置いてきたことが分かると地位利用を糾弾されるかもしれない。

「吉之助とは会うただろうな」

「ほとんど東京には居ませんよ。今は岡山で百姓一揆の取締りに当たっているはずです」

戊辰戦争の際に西郷が朝敵追討の任に当たってくれたからこそ、大久保は新政府樹立に精力を注ぐことができたのだから今や最も信頼の置ける友人である。

「留守政府の最高責任者が役所でのんびり茶を飲んでいてもらっては困る。走り廻ってこその西郷だ。ところで今日こうして呼び出したのは、留守中のことについて、いろいろ聞いておきたいことがあってな。勿論、役所で報告は受けた。しかし、久光のことについては言葉を濁した。政府を困らせているそうだな」

大久保がかつての主人を呼び捨てにした。ということは、大久保の中で上下関係が逆転したことになる。

「久光公の示威運動のことですね」

「かなり人目を引いたそうだな」

「とにかく、異様というか珍妙と言うか、風変わりな行列でしたよ」

島津久光公が旧藩士二百五十名を率いて東京に現れたのは先月の二十日頃であった。全員が月代を剃って髷を結って刀を腰に差していた。政府が太政官布告で礼服を洋装と定めてから、国民の洋装化は一気に進み、今や漢学者でさえ洋服を着ているのである。髪結いと研屋は喜んだかもしれないが、腰の刀は人々に恐怖を与えた。高輪応接所（外務省）の門前に屯《たむろ》する馬車の御者も洋服を着ている。総髪に袖なしの外套と蝙蝠《こうもり》傘に革靴が定着していて、丁髷《ちょんまげ》を結っているのは相撲取だけである。新時代に出現した旧時代の薩摩人を東京人は奇異な眼で眺め、辺境の地にあるために時代に遅れたとして薩摩人を憐《あわ》れむ者さえいた。これが反政府の意図を持った示威運動である以上、政府は勝手な動きを無視することはできない。三条公がドイツ滞在中の大久保と木戸に帰国を命じた理由のひとつが、この島津久光の政府に対する利敵行為であったから三条公が大久保の帰国を喜んだのも納得できる。

「そうだ。大事なことを言うのを忘れていた。この度、尾崎三良という男が外務省に入ることになった」

京生まれの三十二歳、親が三条家の召使であったので、慶応四年に三条実美《さねとみ》の嫡男公恭《きんあや》のイギリス留学に従者として渡り、一緒に英語を学んで大学の聴講生となって法律を学んだ男であると説明した。

「使節団の米国滞在中、条約改正が時期尚早であることを告げに、わざわざ欧州から米国に駆けつけてくれた男だ。この度、木戸孝允《たかよし》公の要請で太政官に入った。これから法制整備の任に当たる」と告げた後、彼の妻は英国人であると付け加えた。

異人の娘を娶る日本人がいることに衝撃を受けた。

「ところで、欧州に居残った木戸公はどうなりました」

「ロシア訪問を済ませ、今頃はオーストリアかスイスに入った頃だろう」

「三条公は、命令違反のことをなんと言われました」

「帰国後に罰すると言ったが、あれは強がりだ。お公家さんは全てに対して弱腰だから、できるはずがない」

「三条公が帰国命令を発した理由は、それ以外にもあったのでは」

「大まかなことは聞いている。それについての重野の考えを、今夜は聞きたいのだ」

「私は政治に関しては門外漢ですよ」

「だからこそ、公平な見方ができる」

「私も留守番政府が直面している問題は聞いてはおります」

「待て、留守番政府ではない、留守政府だ」

「しかし、実質は留守番では」

「それも一理ある。留守の間は単独で何も決めるなと言ってあったにもかかわらず、西郷隆盛を朝鮮出兵の大将に、弟の西郷従道を台湾出兵の大将に決めてあった。使節団の帰国までに、善後策を講じておきたいのだ」

「では、出兵案には反対なのですね」

「当たり前だ。今の日本に戦争をする力は無い」

「大久保さんの考えに賛成する人は」

「今のところ少数だ。西郷兄弟には報せてある」

「大久保案に賛同する者を集めるのが先かと思いますが」

「それもそうだな、明日にも加治屋町の連中に声をかけよう」

鹿児島城下の加治屋町は戸数約七十戸の下士の町である。新政府樹立に貢献した者が多く、今は政府の要人として活躍している。

七月二十三日、もうひとりの使節団副使である木戸が一人で帰って来た。大久保と別れてからの二ヵ月、ウィーン万国博覧会に出席し欧州諸国の名所旧跡を見て廻ったという。大久保は木戸と入れ違いに旅に出たので、顔を会わせたくなかったに違いないとの憶測が流れた。一方の木戸は帰国挨拶に各省庁を廻って自慢げに名所旧跡を語っているが、国費で見物して廻ったと噂されていることを知らない。

留守政府は、朝鮮との外交問題がこじれて身動きが取れない状況に陥っていた。対馬藩が明治維新によって体制が変わったことを伝える国書を送って従来の関係を求めたところ、真っ向から拒否された。後を継いだ外務省が開国を求めても、印形や書式が従来のものと違うことを理由に受諾を拒否して鎖国を貫いている。この朝鮮の態度を非礼として、留守政府は武力行使も止むを得ずと判断したのであった。武力行使を強く主張したのは、西郷隆盛と板垣退助の二人である。

八月十七日の閣議で西郷は言った。

「出兵の前段階として自分が使節として朝鮮に赴く。自分が捕らえられた時に戦端を開けばよい」と。

「殺されたらどうなる」という問いに、「武人として本望である」と答えたという。結論は岩倉の帰国後に出して欲しいと、大久保が粘りに粘って全てを先延ばしにしてあった。

「なんとしても戦争は避けたい。思いはそれだけだ」

大久保は負けず嫌いの性格を顕わにして言った。


九月十三日、留学生六十名を除く使節団一行は意気揚々と横浜港に帰って来た。解団式には大久保・木戸を含む四十六名が壇上に並び、これまでの経験を国家建設に役立てたいと決意を陳べて終わった。出発時の派手さは一切見られなかった。

閣議終了後に大久保に呼ばれた。

「閣議の模様を話すので記録を頼む」

「公式の記録掛が居るはずですが」

「自分自身のためのものだ」と不機嫌に言った。

以下は、大久保が話した閣議の模様である。

木戸は体調不良を理由に会議を休んだという。それを聞いた留守政府の席から、「長旅で、お疲れのことでしょうな」と皮肉めいた声が聞こえたので、

「木戸公の欠席を物見遊山疲れなどと言ってもらっては困る。我々は各国の議会や産業など見るべき物を見てきた。いずれ日本に役立つ時が来る」と、大久保は怒鳴ったと言う。

「あの連中が意図して我らの悪評を流しているような気がしてならんのだ。わしの留守中に、壮

士風の男が現れて女房を呼び出し、『金は有り余るほどあるのに、世の貧乏人を助けるつもりは無いのか』と怒鳴ったという。これをどう思う」

「守秘の義務があるにもかかわらず、使節団の手当額を意図的に外に漏らした者がいると言いたいのですね」

「そのとおりだ」

「正直言いますと私も驚きました。特命全権大使の支度金は九百両、それに別段手当六百両が加わった上に、月々の手当額は五百両。これは重責のある者に対して当然と思います。勿論、官位が下がれば手当額も下がりますが、それでも四等書記官の支度金は百八十両でしょう。加えて給与の他に別段手当が七十両。この渡航者に対する厚遇が非難につながったのかもしれませんね。このことは後にして、会議の模様を続けてください」

「約束を違えた留守政府を糾問した上で、内治を優先し強力な統一国家建設を目指すべしと声を大にして言ってやった」

「その時の西郷さんは」

「西郷は朝鮮征伐を一貫して陳べ、わしは国を固めるのが先と何度も言うた。だがな、西郷は聞く耳を持たんのだ。ホンニビンタノカテオトコヨ（本当に頭の固い男よ）」

薩摩弁が出るのは興奮している証拠である。

「本日の会議は物別れと記しますが、良いのですね」

他のことを考えているらしく反応が無い。

中空を彷徨《さまよ》っていた瞳が正面を見据えて止まった。

「木戸が仮病かどうか確かめてきてくれないか。己への非難を避けて、休んだのかもしれん」

人力車を走らせて木戸の邸宅を訪問すると、大久保の使者と知って自ら玄関へ出て来て会ってくれた。顔色は悪く、ひと目で具合が悪いと分かる。病気と言うより長旅の疲れであろう。

「次の会議は万難を排し出席する。そう伝えてくれ」と言って奥へ消えた。

十月十四日、いよいよ朝鮮出兵問題に決着をつける日である。

征韓派は、西郷隆盛（薩摩）・板垣退助（土佐）・副島種臣《そえじまたねおみ》（佐賀）・江藤新平（佐賀）・後藤象二郎（土佐）の五参議である。これに対して内治優先を唱えるのは、大久保利通（薩摩）・右大臣岩倉具視（公家）・大隈重信（佐賀）・大木喬任《たかとう》（佐賀）・木戸孝允（長州）の五参議である。

午後一時、大久保が自室に帰って来た。顔が上気しているところを見ると、今日も激論が交わされたようだ。「記録を頼む」と乱暴に言ってから会議の模様を語り始めた。

征韓派は八月十七日の閣議決定の実行を迫り、外遊派は留守政府の約定違反と内治優先を説いた。太政大臣三条実美は、双方の考えを聞くだけ聞くという態度で終始黙って座っていた。西郷は朝鮮の非礼を懲罰するのが先と言い、懲罰を終えたら貴公らの思うとおりに動くとも言ったという。大久保は国内が政治的に不安定な状況では戦争はできないと繰り返し、産業を興して強固な国を造ることが先であると外国の例などを挙げて説得に努めた。

「朝鮮と台湾は、国土は狭いが背後に巨大な清国が控えている。出兵すれば両国とも必ず清国に助けを求めるであろう。軍艦や大砲を借りて外国の力を頼る方法もあるが、勝てば多額の金銭を払った上で向こうの要求に答えねばならぬ。これが重なると国力は弱体化して大国の植民地になりかねない。欧州の帰りに石炭補給のために寄港した都市は、みな大英帝国の植民地であった。コロンボ・ペナン・上海・香港などは、薩摩藩における奄美群島と考えれば良い。

「事実、貴君は島民のために島役人と対峙したではないか」と言ってやった。すると、

「ここで討議しているのは国家の問題であって地方の問題ではない」と江藤が切り返した。

「我々は植民地の住民の暮らしの実態をこの眼で見てきた上で発言している。戦争に勝ったとしても失う物が多い」

話し合いは堂々巡りを重ね、結論は次回の閣議で出すことになったという。

「次回は必ず結論を出すことになったが、木戸と大隈は向こうへ傾いている。数の上では絶対に負ける。この状況を覆す策を考えてくれ」

「内政の実権を握った留守政府が外遊派から外交の実権の奪還を狙っているとは考えられませんか。つまり、西郷さんを利用して薩長閥の分裂を企んでいると」

「肥前土佐佐賀閥が勝つと確かに薩長閥は分裂を余儀なくされる。なるほど、厚之丞は、そう考えたか。よし、明朝、大隈と木戸に会ってくる。留守政府に傾きかけている二人を引き戻す」

「できますか」

「できる。絶対にできる。先進国を見てきた目的を改めて問う。我が国の近代化をここで中断すれば、我々が播《ま》いた近代化の種は結実することなく枯れてしまう。我々の手で育てて成長を見守らなければ、外国を見てきた甲斐は無い。……もし説得が不調に終わった場合、どうすれば良い

かも考えておいてくれ。念には念を入れておかねばならん」

事が順調に進むように事前に各方面に話をつけておく大久保を策謀家と決め付ける勢力があるが、最後まで諦めずに努力する姿勢は立派である。


十月十五日の閣議も激論が続いたという。

「粘りに粘って結論を先送りに持ち込んだ。だが、これ以上は延ばせん。今宵、泊りがけで別邸に来てくれ。大西郷（隆盛）の説得は小西郷（隆盛の弟従道）に頼んである。なにより実弟の説得なので納得してくれると思う。説得が不調に終わった時に備え、黒田清隆を呼んである」

黒田と西郷の弟に会うのは初めてだが、互いに名前は知っていたので初対面のぎこちなさは無かった。黒田清隆は今朝も大久保家に顔を出したというから、大久保の意を受けて走り回っているに違いない。しかし、西郷従道は元気がない。おそらく、兄隆盛の説得が不調に終わったと思われる。

西郷従道は、明治二年（一八六九）から翌年にかけて渡欧して軍制を調べ、明治四年から陸軍少将の地位に付いている。一方の黒田清隆は、明治三年に樺太開拓次官としてロシア人と接触し、明治四年には米国と欧州諸国を廻って今は開拓使の頂点にいる。つまり、二人はともに世界的視野を持っている。その西郷従道が、「重野を呼んだ理由」を大久保に尋ねた。商人上がりの郷士が同席することに違和感を抱いたと思われる。大久保は「重野は、この大久保の知恵袋だ」と言ってくれたが、西郷従道が納得したのかは分からない。この機会を捉え正史編纂事業について説明をした上で、それが大久保とどう繋がるかを説明した。

「簡単に言えば、歴史を昨日の終わったことから考えるのではなくて、今日を取り込んで考えるということです。分かりやすく言えば、大久保さんは明治の歴史を作る人です」

「それは分かる」

「それでは、私が大久保さんの傍に居る理由を話しておきましょう」

この際、歴史を記録することの意義を説いて理解を求めておくことにした。明治政府が身分制度の撤廃を決めたが、厳しい身分制度下にあった薩摩藩の下士は郷士が同席するのを良しとしないと思ったからである。

国が作る歴史書を「正史」といい、日本には「日本書紀」を含む六つの歴史書がある。ところが、武家の世になり群雄割拠の時代になると正史編纂事業は捨て置かれた。明治二年（一八六九）に天皇が『修史御沙汰書』を出して、室町時代から江戸時代までの時の空白を埋めるよう命じられた。これにより史料編輯国史校正局が政府内に置かれ、幕府崩壊までを担当する組と明治維新以降を担当する組とに分かれて事業を進めている。自分は後者の組織に属し、こうして大久保の傍近くいると説明した。

話が一段落したところで大久保が割り込んだ。

「では、閣議の模様を話す。大西郷は、言うべきことは言い尽くしたとして今日は欠席し、『朝鮮御交際之儀』と題する始末書を三条太政大臣に提出してあった。これが、その写しだ。読むぞ。『朝鮮国は数々の無礼を働き候儀これあり。近来は人民互いの商道を相塞ぎ、倭館詰居りの者も甚だ困難の場合に立ち至り候故、御拠所なく護兵一大隊差し出さるべく御評議の趣き承知致し候につき、……』」

大久保は朝鮮使節派遣の延期を主張したが拒否されたという。多勢に無勢、次の閣議で「派遣」が決定するという。

「明日、参議辞任を申し出る。そのことについて貴君らの忌憚《きたん》の無い考えを聞きたい」

「我々だけの考えではなく、薩州人脈を集めて意見を求めてはどうでしょう」

西郷従道は膝を叩いた。

「重野に賛成だ。加治屋町の連中に声を掛けよう」と、奈良原・得能・森・三島・伊地知らの名を挙げ、薩長閥の分裂を狙う勢力が兄隆盛を巻き込んで裏で動いていると結論付けた。

小西郷の言葉を聞いて大久保は大きく頷いた。

「我々使節団は各国の造船所や製鉄所など諸産業の工場を見てきた。フランスでは大統領ティエールに、ドイツでは宰相ビスマルクに会って話を聞いた。欧州で見聞したことは大西郷と吉井友実には手紙で報せてある。だから、大西郷は産業振興の必要なことは十分に分かっているはずだ。分かっていて反対を唱えるのは、面子を潰されたことへの腹いせと思う」

大久保に賛同する声は無かった。

十月十六日は休日であった。かつての軍奉行伊地知正治は、小西郷と黒田とともに加治屋町の外にまで枠を広げて人を集めた。

十月十七日は金曜日であった。大久保が辞職を三条に申し出た上で、出兵反対派全員は閣議を欠席する。閣議は征韓派だけで持たれ、西郷隆盛の案を閣議決定とした。西郷は天皇への上奏を急ぐように求めたが、三条は当日の上奏を見送った。理由を問われた三条は、「上奏の際に留守政府だけで決めたと言えるか。一日余裕を持とう」と言ったという。

十八日朝、三条公が倒れたとの噂が政府内を駆け巡った。今回の件で苦悩の余り精神を病んだと言う声と「例の手よ、仮病よ」と言う者もいる。

大久保に呼ばれた。

「聞いたと思うが、この後、どうするかだ」

三条を心配している様子は全く見られない。

「まずは、噂の確認を」

「仮病に決まっている」

「では、仮病と重病に分けて考えましょう」

「ということは、厚之丞は重病説を取るのか」

「当然のことです。天皇に対し仮病を使ったことが分かれば、不敬を理由に三条公の政治生命は終わります。そうなれば、政局はますます混乱し政府は甚だしく苦境に陥ると思います」

「確かに厚之丞の言うとおりだ。そこまでは考えなかった。もう一度薩摩閥に召集をかける。すまんが、また、今夜から別邸に詰めてくれ」

十九日夕刻、松方・小西郷・岩下・黒田と一緒に、三条の見舞いから帰る大久保を待った。

大久保は興奮して言った。

「精神錯乱とみて間違いない。眼の焦点が定まっていなかったし、場違いな言葉も口にした。まずは三条太政大臣の代理を立てねばなるまい。宮内省の吉井のところへ行って岩倉を推薦しようと思うが、誰か一緒に行ってくれぬか」

「いや、ひとりの方が良い。目立っては駄目だ」

大久保は皆の言に従った。

宮内少輔（長官補佐役）吉井友実は、同じ加治屋町出身で大久保とは幼少の頃からの友人である。三条は連日の激務で倒れしばらく休養が必要と吉井に報告し、吉井を通じて岩倉具視を太政大臣代理とするように天皇に奏上して欲しいと頼んだ。

二十日、天皇は岩倉具視を太政大臣代理に命じた。

二十二日、西郷らは岩倉私邸を訪れ閣議決定を天皇に上奏するように求めた。

二十三日、岩倉具視は閣議決定を覆して朝鮮への使節派遣反対を上奏し天皇の裁可を得たことを告げた。征韓派にとっては寝耳に水の話である。西郷は岩倉に経緯を訊ねると、岩倉は天皇にこう奏上したという。『三条の見込みは天下の為に然るべからず、岩倉の見込みは天下の為に然るべし（岩倉案の方が天下の人民のためになる）』と。西郷は激怒し椅子を蹴って部屋を出て行ったという。大久保は西郷の天皇への直訴を恐れたが、西郷は胸痛の患《わずら》いを理由に辞表を出して姿を隠してしまった。

二十四日、西郷は陸軍大将の肩書きを残して参議と近衛都督（総大将）の辞任を申し出る。

同時に西郷を支持した板垣退助・江藤新平・後藤象二郎・副島種臣も参議を辞して内閣を去っ

た。

二十五日、大久保が十七日に出した辞表は撤回され再び参議に任ぜられ外務卿（外務省長官）となる。大久保は直ちに岩倉と二人で新参議の人選に入った。参議兼外務卿に寺島宗則。参議兼海軍卿に咸臨丸を「運転」して米国に渡った勝安芳麟太郎。外国を知る二人を内閣に入れたのは、これからの対外政策を考えてのことである。伊藤は工部卿、大隈は大蔵卿を兼任する。一人二役の少数精鋭主義内閣を造ったことになる。


十一月一日、大久保の執務室に呼ばれた。西郷が別れの挨拶に来るので隣の書庫で話を聞いていて欲しいと言う。執務室と薄暗い書庫を隔てる扉の上に明かり取りを兼ねた空気抜きの小窓がある。声は、そこから聞こえてくるはずである。十一時、西郷とお付きの者の靴音が執務室に入った。大久保は椅子を勧めたが二人が座る気配はない。西郷は無言である。従者と思しき者は野津某と名乗った。

「オイは陸軍大将の肩書きを返上して、国に帰ることにしもした」と西郷の声がする。

「国に帰って何をするつもりですか」

「百姓をやろうと思うておいもす。オイが勤めの最初は百姓相手の小役人でごわした」

西郷は大久保に対し薩摩弁の敬語で答えている。これは取りも直さず、大久保との間に心の距離を持ったことになる。

「留守政府が発した法令は未だ完成の域に達していない。後始末もせずに帰郷するのは政治家の恥ではないか」

　扉越しに大久保の声が響いた。

「言いたいことは山ほどごわすが、今日は何も言いもはん（言いません）」

　その後、野津が口を開いた。

「西郷帰らば我らもと近衛兵が騒いでおりますが、我らが扇動したものではないことだけは承知しておいてください」

「こいは、おはんから貰った手紙でごわす。百姓には不要のものなのでお返しする」

　それだけ言うと、二人は静かに部屋を出て行った。

「どう思うか、意見を聞かせてくれ。置いていった手紙は、欧州の各地で西郷に出したものだ。西郷に世界の情勢を教えようと思って」

「欧州の今を記した手紙をつっ返したのであれば、西郷さんは二度と東京には出てこないという覚悟を示したと考えて良いのでは」

「一時の気の迷いかもしれん。西郷は田舎で終わる人間ではない。必ず上京してくる」


　翌朝、出勤前の大久保邸を小西郷が訪れ、近衛隊の帰国を阻止しようと説得したが無駄に終わったと報告したという。

　十一月十日に内務省が新設され二十九日に大久保が初代内務卿を兼任することになった。

　内務省は他の省庁よりも上に位置するので、大久保は宰相（首相）になったことになる。薩摩藩の下級武士であったことを考えると夢のような出世である。西郷を慕って帰郷した近衛兵や警察官は六百名を越した。近衛少将桐野利秋・近衛局長官篠原国幹《くにもと》・宮内大丞村田新八ら、ひとかどの人材も大久保の下を去った。村田と大久保は一緒に米国と欧州を見て廻った仲である。その見識を日本の将来に役立てるべきと説得した大久保に、「西郷さんには喜界島から救出してもらった恩があるので」と答えたという。

「西郷隆盛に対する個人的怨嗟《えんさ》でないことは、弟西郷従道を通じて本人は知っているはずだ。西郷は田畑を耕して終わる人間ではないので、しばらく経てば必ず上京して来る」

と、大久保は友を失うことにあまり心配はしていない。

十二月、使節団に理事官として参加した田中不二麿《ふじまろ》編修の「理事功程」が発行された。これは、米欧諸国の教育制度の調査報告書である。視察団帰国後の一年以内に報告書が出たことは、「国費の無駄遣い」という批判を正すのに大いに役に立つと外遊組は喜んだ。

欧州に居るはずの寺島が一人の男を伴って文部省に顔を出した。

「病気静養のために特命全権公使の辞職願を出しに来たところです。ところで、尾崎三良の名はご存じですか」

「名前は、大久保さんから聞いている」

「これが尾崎三良君です」

尾崎は二等書記官編輯課長として、これから政府の法制の整備に当たるという。精悍な顔付きをしているのは、異国暮らしが長いせいであろう。寺島や尾崎の意識の中で、欧州各国は隣国の近さにある。世界を渡り歩く若者に軽い嫉妬を覚えた。

二

明治七年一月十四日午後八時、赤坂の仮皇居から退出する岩倉具視を、堀端の闇に潜んでいた高知県士族が襲った。岩倉は濠に飛び込んで難を逃れたが、この事件を機に政府に不満を持つ旧士族の反発の動きが怪しくなった。

十七日、下野した江藤・後藤・副島・板垣を含む八名が、「臣等伏して方今政権の帰する所を察するに、上帝室に在らず、下人民に在らず、而も独り有司に帰す」で始まる『民撰議院設立建白書』を左院に提出した。「有司」は役人のことで、水面下で動いた大久保と閣議決定を独断で覆した岩倉を指している。役人への権力集中を止め、法案は国民の選挙によって選ばれた議員で作る「民撰議院」で審議を尽くすべきと呼びかけたものである。

大久保は直ちに四人を呼んだが、現れたのは後藤ひとりであった。

後藤は立ったまま大久保と対峙する。

「この建白書は江藤が作成したと思うが」

「そのとおりだ」

「何故、顔を見せぬ」

「既に十三日に佐賀へ発った。副島・板垣も国に帰った。我々の主張は建白書に書いたので読めば分かる」

喧嘩腰の物言いが怒りを表している。

「後始末を我々に押し付けたまま故郷へ帰って良いのか」

「参議を辞めた以上、ものを言う立場に無い」

「それは言わさぬ。何事も外遊組に相談なしに決めぬという約束があったはずだ」

「…………」

「ほう、都合が悪くなると黙秘か。ならば、諸君らが定めた政策に違反する者は、諸君らに代わって当方で厳しく罰することにする。そう江藤に伝えよ」

後藤は挨拶もせずに靴音を響かせて出て行った。

「厚之丞、そなたの考えを聞かせてくれ」

「警戒すべきは、鹿児島の西郷さんと佐賀の江藤、それに高知に帰った板垣の動向ということになりましょう」

「確かにそうだ。彼らが手を結んで政府を転覆させることも考えられる」

「囲碁には先手必勝という言葉があります。彼らの動きを封じるには先に動くしかないと思いますが」

大久保は岩村高俊を佐賀県権令に任命し鎮台兵を連れて赴任させた。佐賀県民が、軍隊を伴って赴任してきた権令に脅威を感じたのは当然といえる。

二月、一万二千の佐賀士族は大久保の挑発にのって江藤新平を担いで反乱を起こした。こうなるように仕向けた大久保は、九州に赴いて陣頭指揮を執って反乱を抑えた。

政府軍に敗れた江藤新平は鹿児島へ逃れ、西郷を担ぎ出そうとしたが失敗。さらに土佐へと逃れて捕らえられ、四月十三日に斬首された。

大久保は政府に反対する者は絶対に許さないという強硬姿勢で政治を推し進める。佐賀の乱が収まると、今度は台湾征討問題が持ち上がった。朝鮮派兵に反対した大久保は、今度は賛成派に廻った。『征韓を阻止しておきながら征台を推すのは道理に反する』と誰もが言ったが、「雑音は一切無視する」と言って、自分を通した。征台派は大久保・大隈・西郷従道である。大久保は四月に台湾征討を承認、西郷従道は兵三千六百名を率いて台湾に渡り五月に平定した。

八月一日、清国の抗議を受け、政府は大久保を全権弁理大臣として清国北京へ派遣することを決めた。大久保の留守に備えて、新しい人事が発表された。大木喬任・伊藤博文・勝海舟・寺島宗則に、伊地知正治・黒田清隆・山県有朋を新参議に加えた陣容である。清国との交渉は難航したものの、殺害された沖縄漁民への賠償金として五十万両を引き出して交渉は妥結した。大久保は不平士族に睨みを利かしつつ、政敵は自らの手で討伐するという強硬姿勢で日本の国造りに邁進する。

明治八年四月、大久保は文部省の歴史課を修史局として独立させ、重野安繹を修史局副長に命じた。もちろん、大久保の論功行賞である。四十九歳という年齢を考えると既に人生の峠は越えたと思わざるを得ない。ここで史官の道に専念できることは天与の好機と考えた。

久し振りに市来四郎から手紙が届いた。『島津家事蹟』調査を命ぜられたので、調査の進め方について教えを請うものであった。久光公は中断していた『島津家事蹟』の続きを市来四郎に命じたことになる。この事蹟調査は自分が担当して結論は出ている。確かな証拠が出てこない以上、不明なものは不明として置くべきであると返事を書いて送った。再調査を命じたのであれば、自分の気に入るように事実を曲げようとしていることになる。そのような不正こそ止めるべきである。それよりも気になる一文があった。

『西郷派の人々が次々と帰郷し、大久保が西郷を騙《だま》したと言っている』という報せである。この度の顛末《てんまつ》を正確に鹿児島に伝える必要があると考え、明治六年の政変の概要を書いて報せた。つまり、大久保の言動は国の将来を考えてのものであって、西郷個人を貶めるものではないと。

一ヵ月後に届いた市来の手紙には、想像もしなかった鹿児島の動きが記してあった。

『大久保利通、奈良原繁、川路利良など東京に在官し少しく名ある者の家屋は、住民によって悉く破却されました。……其の破却者は出軍者家族の幼男及び母や妻で、老年者は下男下女を率いてやって来て竹木又は刀剣・斧・鋤を持って白昼各家に闖入《ちんにゅう》し破却せり。警吏出でて制すも頑として屈せず、怒罵悪言《どばあくげん》を浴びせて刀剣を構えて之を拒み、其の兇威《きょうい》当たるべからざるものあり。其の際は四方より見物人も集まり声援も飛ぶ始末。中でも大久保家と奈良原家は、三日の間に家屋を粉韲《ふんさい》するに至れり』と。

西郷の野屋敷に出かけた時のことも書いてある。

『鹿児島城の南に位置する田上村に市来家の野屋敷はある。そこへ行く途中の武村に西郷家の野屋敷が建っている。西郷氏は温泉に出かけ不在であったので留守番の老爺と話したという。

「農業しながら余生を送るのが西郷さんの夢でした」と告げると、西郷を慕って帰郷した者と思ったらしく、「茶でん飲んで行かんな（お茶でも飲んでいきませんか）」と縁側に招き、暫《しばら》く世間話で時を過ごした。老爺の話では、西郷は一緒に下野した元近衛兵や警察官の暮らしを心配し、彼らの生活の安定に尽力しているとのことであった。武士の身分を失った者に生活の手段を与えることは、旧薩摩藩は他藩に比べて士族の数が多いだけに容易なことではない。それを助けたのが旧友の県令大山綱良で、県庁職員を元下士から採用し町を治める区長・副戸長まで全て私学校党員を当てた。

その後に来た今藤の手紙には、明治七年六月に西郷が鹿児島城の厩《うまや》跡に私学校を作ったことが記されてあった。学校は二部に分かれ、銃隊学校は元近衛兵六百人のための、砲隊学校は旧砲兵二百人のためのものという。教育課程は、午前中は座学で午後は軍事訓練である。私学校経営には、藩から県庁に引き継がれた積立金を充てている。吉野には定員百五十名の農学校を作り、昼は耕作をさせ夜間に学科を教えている。そして、自分は上官養成の学校の教官として勤務している。『島津家の人々は、城を出て玉里や重富の別邸に移った。島津家の人々は西郷党が我が物顔に跋扈する世を嘆いているにちがいない』と結んでいる。

「このままでは、県税を国庫に納めない鹿児島県は、軍事力を持つ独立国ということになる。重野、どうすればよい」

「納税の義務に背く県を特別扱いするわけにはゆかないでしょう」

「それは分かっている。西郷に話を持って行った場合、西郷はどう応えるであろうか。それよりも、取り巻き連中の動向が気になる」

鹿児島出身の大久保は苦しい立場に陥った。鹿児島県は独立国ではない。力ずくでも鹿児島県を明治政府の支配下に取り込まなければならない。


明治九年一月、大久保の木造洋館建ての家が完成する。大窓を備えた瀟洒《しょうしゃ》な白塗り二階建てである。口さがない者は勝手なことを言うが、外国人賓客を迎える公館を兼ねるものである。

――言いたい者には言わせておけばよい。我は我、わが道を行く。

物事を改めようとする時、必ず現状を維持しようと反対する力が働くものである。政治で難しいのは、前進を阻む勢力の扱いである。小さければ無視できるし、出る杭は打ち込まねばならぬ。国内と国際上の摩擦や衝突はあって当然のこと、これらにいちいち振り回されていては国政は沈滞するどころか後戻りしかねない。何が何でも強い力で押し切って行く。これが大久保の信念である。


大久保は、鎖国政策を取り続ける朝鮮に、開国を迫るための弁理大臣黒田清隆を派遣することを決めた。二月十日、黒田は六隻の軍艦を率いて朝鮮に向かい、江華島に銃装備の儀仗《ぎじょう》兵（警備兵）二百名と砲兵隊四十五名にガトリング砲四門を曳かせて上陸させた。これは、かつてペリーが日本に開国を迫った時の手法である。これに倣って日朝修好条約を締結する。

十月、熊本神風連の乱（二百名）・福岡秋月の乱（二百三十名）・山口萩の乱（三百名）と、立て続けに不平士族の反乱が起きた。さらに年末にかけて、茨城と三重で農民暴動が起きた。いずれも軍隊の力で抑えたが、これらの出来事が西郷信奉者に「力」を与えては困る。鹿児島には海軍造船所と陸軍火薬庫がある。政府打倒の気運の高まりを警戒した大久保は、大警視川路利良に鹿児島探索を命じた。川路は鹿児島出身の警部や巡査二十余名を休暇扱いにして潜入させたが、私学校側は逆に彼らの動きに眼を光らせていた。

第三章　西南戦争勃発

一

明治十年の年明け早々、鹿児島私学校党の不穏な動きを間諜が報せてきた。危機を察知した政府は、陸軍省保管の武器弾薬を大坂へ移送しようと三菱汽船を鹿児島湾に派遣し、備蓄されている火薬と武器の搬出を夜間に行おうとしていた。このことを察知した私学校党は、一月二十九日から三十一日にかけて海軍省造船所と陸軍火薬庫を襲撃、捕らえた間諜に激しい拷問を加えて西郷刺殺の陰謀を嗅ぎ付け政府打倒の声を挙げた。大隅半島の山中で猟を楽しんでいた西郷は急遽《きゅうきょ》鹿児島に帰り、私学校幹部と今後の方針を話し合った。幾つかの案の中で大勢を占めたのが、西郷を頭立てに挙兵する案であった。大軍を進めるには、それにふさわしい大義名分を掲げる必要がある。そこで考え出したのが『政府筋への尋問在り』という文言である。つまり、大久保と川路に対して西郷暗殺を命令したかどうかを糾すというものである。

西郷は下野して三年、鹿児島県から一歩も外に出ていない。明治二年九月に始まった英国製電信機を使った電信事業、その電信線が隣県熊本まで延びていることを西郷軍は知らなかった。鹿児島に潜入した間諜は熊本に密書を送り、熊本から電信を使って東京へ伝えていた。明治新政府は一時間後には鹿児島の動きを把握していたのである。

熊本からもたらされる暗号電文を電信室で受信し解読するのが、太政官大書記官兼法制局大書記尾崎三良の仕事である。政府内の薩摩出身者は、電信室に顔を出して西郷軍の動向を聞くのが日課となった。

二月七日　午前十時三十分　　東京川路大警視宛　　河内書記官発

『鹿児島イヨイヨ穏ヤカナラズ　不日（近日中）暴挙ニイタルベキ勢イアリ』

同　日　午前十一時十五分　　北島長崎県令殿　　河内書記官発

『鹿児島県ノ士族西郷桐野ヲ将トシテ不日暴発スル模様アリ』

二月十二日　　大久保参議殿　　川村海軍大輔

『上陸不可。県令大山ヲ船ニ呼ビ詳細ヲ糾ス。大山曰ク、鎮定スルコト困難、原因ハ中原尚勇（猶介）警部ガ川路利良大警視ノ命ニヨリ西郷ヲ刺殺セントシタ事ニアリ』

鹿児島に派遣された海軍大輔川村純義は西郷隆盛との面会を求めたが果たせなかった。代わりに県令大山綱良を船に呼んで聞いたところ、騒ぎを抑えることは不可能と答えた。その原因は、川路利良大警視が西郷刺殺を命じたことにある。これが電文の要旨である。

二月十二日　午前九時四十五分久留米分局発　警察署長殿　　小島正一

『鹿児島イヨイヨ切迫ノ勢ヒ　政府ソノ他ヨリ入リ込ミシ探索人二十余名縛セシ由　不日事アル

ベシ』
二月十三日、午前一時二十分　　　伊藤参議殿　　　長崎県令
『鹿児島既ニ背キタル上ハ大軍ヲ出シ一ハ熊本鎮台ヲ援ケ一ハ長崎港ヲ守リ一ハ鹿児島ヲ突キテハ如何』

西郷が大隅の山中で狩をしていたのであれば、鹿児島の暴発は桐野利秋の扇動によるものと政府は判断したが、「政府への尋問」が何を意味するのかが分からない。

大久保は真意を問うために鹿児島出張を閣議に願い出た。

「西郷には三年間の空白がある。直接会って国の将来について話せば必ず分かってくれる」

「鹿児島全体が暴徒化しているので、死にに行くようなものです」

周囲は猛反対し鹿児島行きは実現しなかった。そこで、大久保は内務省の仕事を前島密《ひそか》と松田道之に任せ、大坂に移動して政府軍の指揮を執ることにした。


二月十五日、『暴徒海陸二万五千人鹿児島ニ集結』と『西郷挙兵、雪ノ鹿児島ヲ出立』の電報が大久保の元に届いた。明治七年には佐賀で、九年は熊本・福岡・山口で不平士族の反乱が起きている。軍隊を出動して鎮圧はしたものの残党が西郷軍に加われば厄介なことになる。政府の総力を挙げて、この動きを阻止しなければならない。少なくとも西郷軍を九州の外に出してはならぬ。九州内で殲滅《せんめつ》させねば大事に至ると判断した大久保は急遽東京に帰った。

二月十九日、征討軍が編成された。

総督　有栖川宮《ありすのがわ》熾仁《たるひと》親王　　（四十三歳）
参軍　陸軍中将　山県有朋（四十歳　○）
参軍　海軍中将　川村純義（四十二歳◎）
参軍　陸軍中将　黒田清隆（三十七歳◎）
第一旅団司令長官少将野津鎮雄（四十三歳◎）
第二旅団司令長官少将三好重臣（三十八歳○）
（○は山口県出身者、◎は鹿児島県出身者）

政府軍は有線電信隊一千名で戦いに臨んだが、さらに建築技手・通信技手など百十六名の追加を決めた。

二月二十一日　十二時二十分熊本分局発　福岡県令殿　近藤一等属
『薩賊徒三千人昨夜川尻着　今日熊本ニ押シ寄スベシ　台兵（陸軍兵）厳重ニ守ル』
二月二十一日　午後一時二十分　伊藤参議殿　熊本電信分局発
『タダ今戦争始メ候　大砲シキリニ放ツ』

二月二十五日、政府は西郷・桐野・篠原ら三名の官位を剝奪《はくだつ》した。

戦闘の模様は次々と電報で東京へ届く。西郷軍は熊本城を攻めるも堅牢なために叶わず、一隊を城攻めとして残して東京へ向けて出発させたが、政府軍に阻止されて田原坂へ引き返す。西郷軍の九州内殲滅の方針にもとづき、政府は艦船を使って応援部隊を次々と長崎や小倉に上陸させた。


三月二十日、田原坂ノ戦闘、西郷軍大敗ヲ喫ス。

四月二十七日、官軍、軍艦三艘ニ巡査千人ヲ乗セ鹿児島湾ニ入港、兵ヲ各町内ニ配置シ防備ヲ厳ニス。

五月三日、島津忠義・久光両公、桜島へ避難。

破竹の勢いで進攻した西郷軍であったが、六万の官軍に押し戻されて傷病兵を置き去りにして敗走し、故郷城山の洞窟に籠城する。官軍は城山を囲んで動かない。

五月五日、交戦数旬ニ亘レリ。官兵ハ旧城下ノ甲突川ヲ限リテ防備ヲ設ケ川以外ノ民家ハ挙ゲテ一炉ニ付シタリ。住人ノ焼失家屋増エ無一物トナル者多数。

五月七日、官軍上之園町ヲ焼ク　狙撃ヲ恐レテノコトナリ
六月二十六日、西郷軍敗レテ日向方面ヘト退却ス。

九月一日、西郷軍鹿児島ニ再来。政府軍鹿児島湾ニ艦船ヲ派遣ス。

九月二十二日、薩軍の辺見十郎太と河野主一郎、官軍参謀川村純義に会って西郷救出を願い出るも「時既に遅し」と一蹴された。

九月二十四日　午後三時三十分　加治木局発　熊本県令殿
『本日官軍ハ鹿児島城山へ総攻撃ヲ始ム　賊魁《ぞくかい》西郷隆盛桐野利秋ソノ他討チ取リ候』

九月二十五日　午前十時五分　熊本局発　渡辺県令殿　乃木中佐

『本営ヨリ左ノ通リ報知アリ　昨日官軍城山ヲ攻メ八時戦イオサム　西郷桐野村田辺見別所池上以下巨魁悉ク死シ当地全ク平定ス』（西南戦争終結、西郷軍の死者一五九名）

尾崎三良が修史局に顔を出して、「終わりましたよ。行きませんか、上野に」と言った。

一瞬、何のことか分からなかった。それを察した尾崎は「博覧会ですよ」と付け加えた。

「第一回内国勧業博覧会」は、西南戦争の最中の八月二十一日から上野で始まっている。初代内務卿・大久保利通の提案により内務省主導で開催された博覧会である。目的は殖産興業の推進と輸出品の育成。場所は広大な面積を持つ上野の森一帯である。先に見てきた者の話では、寛永寺表門には大時計が置かれ、東照宮前から公園にかけて数千個の提灯が下がり、人出も多く賑やかであるという。

「電信機を最初に作ったのは、確か薩摩藩でしたよね」

西郷との縁を知らない尾崎は笑顔で話しかけた。尾崎の言うとおりである。日本で初めて電信機を作ったのは、元薩摩藩主の島津斉彬公である。蘭書をもとに試作機を完成させ、本丸と二の丸の間に電線を張って通信を試みた。急死した斉彬公の後継者である若い藩主は、藩の金が出て行くのを惜しんだのか、子供の遊び道具とでも思ったのか、蔵に投げ込んで放置したままであった。

「電信機も軍艦も持たずに戦うのは余りにも無謀と思うのですが、西郷はどんな人物でした」

「部下に自由にやらせ、その代わり責任は自分が取るという考えでした」

これが西郷信奉者が多かった理由であるが、今回はそのような連中に取り込まれて抜け出ることができなかったのであろう。

「上命下達の大久保さんとは大違いですね」と言った。

確かにうまく言い当てている。大久保には冷徹な指導力があった。それに比べると西郷には下の者に心を寄せるところがあった。

その夜、重野は大久保の家に駆けつけて声をかけた。「大乱が終わったことを国のために喜ぼう」と言うと、「戦乱で苦労するのは一般人だからなあ」と応じた。

鹿児島県令大山綱良（正円）は、県費十五万円を西郷軍に拠出した責任を問われ、九月三十日に長崎で斬首された。享年五十三歳であった。青年時代、危うく切腹になるところを救ってくれたのが西郷と大山である。二人の冥福を心の底から祈った。


明治十一年（一八七八）四月十日、内務卿大久保利通の邸内に一通の封書が投げ込まれた。

『吾々近日君の首を頂戴せん。然れども暗夜街上にその不意を襲撃して行跡を隠匿する如き卑屈漢にあらず。故に先ずこれを予告す』と達筆で記してあった。

相談を受けた大警視川路利良は言った。

「石川県の不平士族の仕業と思われますが、彼らの動静は既に警視庁が摑《つか》んでおります。襲うとすれば岩倉公の時と同じ夜間であろうと思います。御心配には及びません」と。

岩倉使節団の一員であった川路の渡航目的は諸外国の警察制度の調査にあった。帰国後、日本に警察制度を創設し、大久保に認められて東京警視庁の長となった人物である。西南戦争では警察部隊を率いて西郷軍と戦い政府軍の勝利に貢献した。今は大久保の絶対の信頼を受け腹心として政府にとって無くてはならない存在である。その大警視が押した太鼓判を疑う者はいなかった。

五月十四日午前十時、政府庁舎内に伝令の声が走った。

「大久保利通卿が暴漢に襲われて亡くなられたそうです。皆様、会議室にお集まりください」

一瞬の静寂のあと人々は廊下に飛び出した。書記官以上の者の集合のはずが会議室の外にまで人が溢れ、庁舎内は重苦しい空気に包まれた。巡査部長の声が響く。

「これまでに判明したことを申し上げる。本日、すなわち、七月十四日午前八時十分、大久保卿は明治天皇に謁見《えっけん》するために、麹町三年町裏霞ヶ関を出て赤坂仮皇居へ向かわれた。同行者は御者中村太郎と従者芳松の二名」

伝令は一呼吸置いてから続きを話し始めた。以下は、その概要である。

大久保卿は雉色の二頭立ての箱馬車に乗って出勤するために館を出発した。赤坂見附を右折して土手に沿って馬車を走らせた。紀尾井《きおい》坂にさしかかった時、兵児帯姿の男二人が空き地から飛び出して来て進路を塞いだ。馬が総立ちになった弾みで中村が後ろへ飛び降りた。このとき、抜刀した六人の男たちが馬車へ向かって突進してきた。一方の芳松は、襲いかかる刃の下をかい潜って北白川宮邸に駆け込んで急を知らせ、その足で警察と宮内省へと走った。報せを聞いて紀尾井坂に集まった人々が目にしたものは、脇差三本と長刀一本が喉に突き刺さった大久保卿が仰向けに倒れ、傍に御者中村太郎の喉に刀が突き刺さったまま横たわっている姿であった。

大警視川路利良は人前も憚らず泣いていたという。彼の涙は暗殺を防ぎ得なかったことへの自責の念と、警察機構の頂点に押し上げてくれた恩人大久保への謝罪の涙でもあった。

もうひとり大久保の死を知って慟哭《どうこく》の声を挙げた者がいる。それは酒癖の悪かった黒田清隆である。三月某日の深夜、泥酔して帰宅した黒田は妻の出迎えが遅いことに腹を立て、遅れた事情を説明する妻を問答無用と斬殺した。政府高官という地位が、元旗本の妻の実家に泣き寝入りさせた。口を封じられ面と向かって抗議ができない父親は、事の顛末を新聞社に密告して世間に流布させて娘の仇《かたき》をとった。毎週土曜日発行の週間誌「團團珍聞《まるまるちんぶん》」四月十三日号が、黒田の妻殺害を風刺する絵を掲載した。当時としては珍しい凸版印刷の風刺画で、若い女性を組み伏した男の背後の屛風には意味不明の文字が筆太に書かれている。これを一番上の文字を右から左へと読むと『黒開拓長官』となり、男の剣の先には犀の顔をした若い女の亡霊が恨めしげに立っている。「犀」はサイと読む。同音の漢字「妻」を暗示させる手法である。人の口に戸は立てられぬとは良く言ったものである。余りの噂の拡大に黒田は辞職して家に籠もった。伊藤博文と大隈重信は、大久保に黒田の処罰を求めた。それに応じた大久保は、川路に遺体の再調査を命じた。川路は検死の医者を立ち会わせて墓を暴き、検死官よりも先に「遺体に他殺による傷無し」と大声で言って周囲を黙らせ、黒田を無罪放免にしたのである。黒田の涙には、自分を救ってくれた恩人への深い哀悼の気持ちが込められていた。責められるべきは投げ文を軽く見た川路である。しかし、川路を信頼しきって無防備でいた大久保にも油断があったと言わざるを得ない。

「厚之丞、……」と、大久保に呼ばれたような気がして重野は眼が覚めた。床に入っても凄惨な現場が目に浮かんで眠れぬ夜が続く。闇に苦痛に歪む大久保の顔が浮かぶのである。幾夜となくうなされ、そのたびに大久保の名を呼んだらしい。妻の菊は寝室を別にすると言い出し、今はひとり書斎で寝ている。また、夜中に声を上げたらしく、ヤスが障子の外から声をかけた。大久保を失った怒りと悲しみを、どう言い表せば良いのか分からない。焼け火箸を背に当てられたような、背中の皮を剝がれるような痛みと言えば大袈裟であろうか。茫然自失、何も手につかなくなってしまった。襲撃犯に対する怒りは片時も消えることはない。大久保が国造りで果たした功績は極めて大きいとはいえ、あらゆる面で未だ道半ばの状態にある。これからの十年、その先の十年と、大久保の頭の中には明確な計画があった。新しい世を求めながら、それを頓挫させられた大久保の無念を思うと、激しい怒りが湧いてくる。犯人に対する憎悪が眠りを妨げる。言論には言論で立ち向かえば良いではないか。暗殺という卑怯な手段で大久保の命を絶った犯人は絶対に許せない。今夜も闇の中に憮然とした表情の大久保が浮かんだ。燕《つばめ》や雀のような小鳥には、天空を翔《かけ》る大鳥の志は分からない。中国前漢時代の史家司馬遷《しばせん》は「史記」を人物本意の紀伝体で記したが、明治政府の記録としては事実を時の順に並べる編年体で書かねばならない。しかし、編年体では大名も下士も百姓も同格となって個人の姿が文字の中に埋没してしまう。なんとしても大久保の政治への思いを書いて残そう。そう決めた日、大久保は闇の向こうへと去った。

襲撃犯六名は斬奸状を手に自首してきた。そこには大久保が犯したとする五つの罪と、好ましからざる政府高官の名が記してあった。警察は威信をかけて探索に当たり関係者三十名を特定した。襲撃犯は石川県元士族五名と島根県元士族一名で、中心人物は石川県の島田一郎という男であった。持参した斬奸状には、『有司（役人）専制の五罪』を記し、大久保の他に岩倉具視・伊藤博文・黒田清隆・川路利良の名前が記してあった。この事件を契機に、政府は高官に護衛を付けることにした。

十七日、大久保の葬儀が大久保邸で行われた。弔問客は政府関係者を含め千余名と新聞は報じた。国葬に順ずる葬儀であった。十日後に犯人の六名は斬罪となった。警察はさらに犯人に連なる者を探し出し、快哉《かいさい》を叫んだ石川県人にまで懲罰を加えた。

大久保の死を喜ぶ者は、大久保の故郷鹿児島にもいたのである。

市来四郎は手紙に書いてきた。

『鹿児島県民の男女老人から幼児に至るまで皆が快哉を叫び、道で会う人ごとに互いに祝の言葉を掛け合い、西南戦争で死者を出した家は赤飯を炊いて報復がなったことを祝った』と。

燕雀いずくんぞ鴻鵠《こうこく》の志を知らんや。「史記」の中にあった言葉が浮かんだ。大久保の遠大な志を後世に伝えるのも史家の使命であろう。紙に書いたのでは散逸し消滅する。石に刻めば永久に残る。巨大な墓碑になるかもしれないが功績を石に刻して永久に残したいと思う。

大久保の死後、長州閥の伊藤博文が内務卿となり、大蔵卿に佐賀藩出身の大隈重信がなって、薩摩閥は政府の中心から離れてしまった。大久保には強い意志で反対派に向かってゆく鉄の心があったが、伊藤にはその迫力が無い。そこに勢力争いが生じるかもしれないが、そのようなことはもうどうでも良い。勢力争いに終始する政治の世界は見るも聞くもうんざりである。

十月、岩倉使節団の公式報告書『米欧回覧実記』全百巻・五冊が発刊された。私費で購入して書斎に置いた。所々に記載された異国の風景や建物の銅版画が嬉しい。外国は石造りの建物ばかりと大久保から聞いている。描かれた建物は何世代にも渡り時代を超えて人が住むと聞くと、また違った美しさが見えてくる。第一編は『米利堅合衆国ノ部』で、使節団員の横浜県庁集合の日から記載されている。大久保の案内で旅に出た気分で読んでいる。

翌明治十二年一月、大久保利通の腹心であった大警視川路利良はフランスに警察制度の視察のために横浜を出港した。旅の初日に船中で原因不明の病で倒れ、航海中もパリ滞在中も病臥し、帰国の船内で昏睡状態に陥って、上陸四日目に亡くなった。不平士族に毒を盛られたという噂が飛び交った。

『木戸孝允・大久保利通・岩倉具視、是れ最巨魁たる者。大隈重信・伊藤博文・黒田清隆・川路利良もまた許すべからざる者。その他三条実美等の姦吏《かんり》に至りては、……』

これは大久保刺殺の際の斬奸状に挙げられた名前である。姦吏として名指しされた者が肝を冷やしたのは言うまでもない。

二

奄美群島は未だ郵便網が整備されていないのか、弥四郎の返事はいつも忘れた頃に配達される。冒頭に弥四郎が詠んだ五言律詩が載っていた。漢詩を詠んだことには感心するが、前半は明代初めの中国の詩人高青邱《こうせいきゅう》の五言絶句「尋胡隠君《こいんくんをたずぬ》」を真似たもので、押韻など漢詩の決まりを全く無視している。島で漢学を講義したが、塾生が好んだのは文字数が少なくて意味が取りやすい漢詩であった。決まりを強調し過ぎると意欲を失うので自由に作らせていた。弥四郎を責めるわけにはいかない。そんなことを考えながら読んでいくと、拙劣ではあっても弥四郎にとっては苦しい現実を詠んでいることに気付いた。弥四郎にとっては精一杯の労作であったのだから、模倣を非難することは止めよう。真似たのは、前半部の四句である。

渡海復渡海　看島還看島　夏風海上路　不覚至父家

弥四郎の父は鹿児島から奄美に派遣された寺師某という役人で、母は洗濯女として父が娶った島の娘であった。夫の任期が終わって鹿児島に帰ると妻子は島に捨て置かれ、再び黍畑に戻らなければならない。しかし、一度支配者側に身を置いて贅沢な暮らしを送った者に対する周囲の憎しみは深く、共同作業の多い製糖作業など仲間に入れてもらえず孤立することが多かった。弥四郎に武士の誇りを教えて育てた母親であったが、やがて生きる気力を失って自ら死を選んだ。男子は十五歳から畑地を与えられ黍を育て公租を納めなければならない。孤児となった弥四郎は、進んで鼎のヤンチュとなって糊口《ここう》を凌いだ。明治になって束縛を解かれたのを機に、父に会いに帆船に乗って出かけたものと思われる。蒸気船と違い帆船は途中の島で風待ちをしたりするので長い航海となる。トカラの島々や薩南諸島を遠くに見て船は鹿児島湾を遡り、父の家を訪ねたのであろう。

『海を渡り、また海を渡る。島を見、また島を見る。夏の風吹く海上の路。いつのまにか父の家に着いていた。』

はやる心を抑えながら鹿児島へと向かったことであろう。父に会ったら何を話そうか、まずは母の死を伝えねばなるまい。いろいろ考えながら歩いたはずである。詩の前半からは父に会える期待と喜びがしみじみと伝わってくる。そして、詩の後半は意外な展開で終わる。出自を陳べ父に会いたい旨を伝えると、応対に出た異母兄たちに袋叩きにされて追い返されたのである。無念の思いを胸に海辺に佇み、故郷奄美の方を眺める情景で詩は終わっている。弥四郎の素直さや学問好きを見て豪農の子供たちと一緒に教えたが、抱え主の鼎の息子にとっては面白くなかったのであろう。陰に陽に弥四郎を苛めていたとは後で聞いた話である。模倣であっても形式が整っていなくとも、思いを詩に託した意気込みは誉めてやりたい。漢詩が好まれたのは、身近な生活上の苦しみや為政者に対する批判など心の内を詠むことができるからである。弥四郎が詩を詠もうという気になったことは、心にゆとりが生じた証かもしれない。身分解放運動が山を越したと思いたい。鹿児島県庁が大島商社の廃止とヒザの解放を正式に決めたと前の手紙に記してあったが、支配を受けた年月が長いだけに完全な解決に至るまでには相当な時間がかかると思っている。

返事には、こう書いた。

『そなたの悲しみや無念の思いは十分に伝わった。わしは涙が出たぞ。幼児は真似ることによって言葉を覚える。模倣は学問の入り口、多くの漢詩文を読むことを勧める』と。

明治十四年（一八八一）七月、北海道開拓長官黒田清隆が同じ薩摩閥の政商五代友厚に格安で官有物払い下げを行ったという「郵便報知新聞」の記事が政界に波乱をもたらした。大隈重信が払い下げ金額が不当に安すぎると糾弾する構えを見せたところ、伊藤博文は「この件は反政府運動に発展しかねない」と大隈を政府から追放して実権を握った。

翌明治十五年、伊藤博文は憲法調査のために西園寺公望《きんもち》と岩倉具視を伴って欧州視察へ出発する。今回留守を預かるのは、参議で参事院議長を兼ねる山県有朋である。西南戦争以後、政府の強硬姿勢に圧倒されて地方は平穏にはなったが、大警視川路利良の不審死のような不穏な動きもある。放置すれば反政府運動に繋がりかねない。そう考えた山県有朋は、かつての紛争の地に巡察使を派遣することを決めた。巡察使とは地方行政監察官のことであるが、残存する反政府勢力の芽を摘むことに目的はあった。

六月二十二日、参事院議官補となった尾崎三良が文部省に現れ、山県に沖縄と熊本の出張を命じられたことを伝えた。沖縄県は、かつて日本と清国に属していた琉球王国を軍隊と警察の力で日本に帰属させた経緯があり、熊本は明治九年に起きた「神風連の乱」のお膝元である。

「沖縄に行く途中、鹿児島と奄美大島に寄港しますが、見所があれば教えて欲しいのですが」

「鹿児島の市街地は西南戦争のとき政府軍が焼いたので見所など全くありませんな」

被災した町の様子は自分の目で見ているが、市来四郎は手紙文で町全体に触れている。

『五月の西郷軍の帰鹿で上士の住居地である上町に三日に及ぶ大火が発生した。六月の火災では街の中央部にある呉服町から出火して二千戸を全焼、九月の最後の戦闘の日に焼け残った家々は焼かれた。五月以来の火災で焼失した民家はおよそ一万軒、鹿児島は焼け野が原である』と。

「西郷さんが最後に籠もった洞窟を見てみたいのですが。京から大宰府に向かうとき、西郷さんと同じ船で行ったことがあります。あれは大政奉還の時でした」

「城山麓までは人力車で行き後は山道を登ることになりますが、夏の鹿児島は暑いですぞ」

「実は、西郷札を刷った工場や戦費として幾ら準備したかを知りたいのです」

西郷札を高値で売った大坂商人がいたという噂を聞いたことがある。

「武器調達のために進軍途中で発行したものと思います。むしろ熊本で調べた方が分かると思います」

「奄美大島は、どうでしょうか」

「島の八割は森林なので、ここも見るに値するような所はありません。遠目には美しく見えてもハブという毒蛇がいて、咬《か》まれると必ず死ぬという厄介な蛇です。島民は藪や草むらを避けて通ります」

「島主に相当する人物はいますか」

「名瀬に基俊良《もといしゅんりょう》という分限者がいるので、その者の家に泊まると良いでしょう。昔から藩の出先機関的存在でしたから島の全てを知っているはずです。基に会うのなら、かつて農奴として黍畑で働いていた者にも会って貰えませんか。支配した者と支配を受けた者、両方の声を聞いてこそ島の実態は分かると思います」

「なるほど、さすが学者だ」と妙に感心して、これから会う沖縄関係者の名を挙げた。

沖縄県令上杉茂憲《もちのり》、琉球処分に携わった松田道之、松方正義大蔵卿、井上馨《かおる》外務卿、琉球処分後に東京に連れて来た旧琉球国王尚泰《しょうたい》・中城王子尚典・与那原《よなばる》親方である。事前調査にこれだけ力を注げば、現地に行って見落とすことはない。彼の手法に感心したのは、流罪地を父の言に従って辺鄙な大島南端に決めたことを思い出したからである。代官所の在る伊津部を選んでいたら、違った流人生活が待っていたかもしれない。島政の中心地なので寄港する船の数も多く、それなりに学識のある人物と交流できたかもしれない。父に任せたことを悪いとは言わないが、もっと調べて自分の頭で考え自分で決めるべきであったと今になって思う。後悔先に立たず、まさに至言である。

尾崎は大型の帳面を持って現れた。そこには調査目的が記されている。

「薩摩藩は贋金を造っていたという噂を聞きましたが」

「時々、市来四郎という男が上京して文部省に顔を出しますが、藩政時代の彼の役職は鋳銭局総裁で、彼の下で琉球では通用させない『琉球通宝』を造っていました。私が手配しますので鹿児島で市来に直接会って話をお聞きください」

「次にお聞きしたいのは、薩摩藩が琉球を通じてフランスの軍艦を購入しようとしたことです」

「市来が責任者として那覇に渡って取り組んだ仕事です」

「次に、斉彬公の夢というか野望というか、そこらへんを知りたいのですが」

「斉彬公は自国で軍艦や大砲を造るつもりでおられました。ところが、次々と異国船が日本近海に現れるので間に合わないと判断して、フランスから軍艦や武器を移入しようと考えられたわけです。軍艦購入を命じられたのが市来四郎です。念のために言っておきますが、市来の贋金造りは斉彬公没後のことで十九歳の藩主の後見となった久光公の世になってからの話です」

七月四日、尾崎は沖縄出張の挨拶に来た。事前調査の際の沖縄県出身者の反応を聞くと、旧琉球王国の国王尚泰と中城王子尚典は「思い出しても不快」と言って、与那原親方に応対させたという。藩政時代は薩摩藩の支配を受け、明治になって強制的に日本に帰属させられたのだから、尚家にとっては屈辱の記憶であろう。尾崎は神戸出発時に電報を打つことを伝えて部屋を出た。さっそく市来へその旨の電報を打ち、弥四郎への連絡を依頼した。

翌日、尾崎の第一報が届いた。三菱汽船玄海丸千四百噸《トン》で横浜を出港し、神戸で琉球航路の赤竜丸三百噸に乗り換え鹿児島へ向かうと。

七月十四日夕刻、赤竜丸、鹿児島港に着岸。

七月十五日、市来の依頼を受けた二人の案内で城山に行く。西郷が立て籠もった洞窟を見た時の感慨を次のように打電してきた。

『西郷以下十年戦死ノ墳墓ヲ弔ス　慨嘆涙禁ゼズ　尾崎』

十一月十六日、尾崎はおよそ四ヵ月の出張を終えて、秋風の吹く東京に帰ってきた。山県有朋公に帰京の挨拶をし、その足で文部省に顔を出した。南国の陽に焼け手の甲まで色が黒い。

「市来氏は不在であったが、後事を託された高橋縫殿・江夏十郎の二氏に案内をいただきました。一席設けてくれたのですが、食べるのを忘れて軍艦話に聞き入りました。当事者であっただけに話は尽きず、面白かったですなあ。あれこそ歌舞伎にすべきですよ」

鞄《かばん》から日誌を取り出して、勘違いや誤りがあれば正していただきたいと言った。

『七月十六日午前十一時、大島郡名瀬港着岸。鹿児島より百余里、名瀬港は大島第一の港なり。戸数六百、ただし、家屋は皆二間四方許《ばか》りの茅屋のみ。宿は基俊良宅。基は奄美第一の富豪なり。家屋は内地の中流の住居と変わらず。島の言語ほとんど理解できず。女は髪を結い長い簪で留め手甲に入れ墨をなす』

「言葉は全く通じませんでしたが、あれは日本語ですか」

「琉球語の一方言と考えれば良いでしょう。ただ、島ごとに微妙に違いますし、同じ島でも地域によっても違います。ところで、弥四郎は訪ねて来ましたか」

「基家で門前払いを食わされたそうで、町の見物に出たときに声をかけてきました。基の下男が見ていたので、次の日に裁判所で聞くことにして、その日は別れました」

「昔のことは触れて欲しくないことばかりでしょうから、基の気持ちは分かります」

「聴取は治安裁判所で行いました。話は鹿児島商人の姦計《かんけい》に陥ったことが中心でしたが、世に金銭通貨があることを島民が知らされていなかったことには驚きました。さらに驚いたのは、島民が明治になってからも商品を一度黒糖の価格に換算してから品物を購入したことです」

「島民は利息の意味が分からなかったと聞いています」

「奄美の黒糖による収入は藩の収入の何割を占めたか、具体的な数字を知りたいのですが」

「鹿児島から運んだ櫃（箱）の一つに、家老調所広郷の秘書を勤めた海老原清凞の言葉を書き抜いたものを入れた記憶があります。報告書の提出は何時でしょうか」

「十日後です」

整理をしようと思いながら、多忙に紛れて手をつけていなかった。今となっては、島民の窮状を証明する重要な証言となる。

目的のものは納戸の中の櫃の底にあった。

『奄美三島の黒糖の専売制を財政改革の柱に置き、藩本土からの収入が米六千両と菜種二千両とその他二千両の計一万両であったのに対し、奄美の黒糖からの収益は二十三万五千両である』

文政期の薩摩の借金は五百万両、気の遠くなるほどの高額の借金であった。大坂の金主の貸し渋りにあって、当時の藩主が御側用人調所広郷に財政改革を命じたのが文政十年（一八二七）であった。わずか十三年で営繕用途金二百万両と備蓄金五十万両を貯めたのだから、百姓への取立ての厳しさは想像できる。調所は財政改革の成功者として賞賛されたが、島民の犠牲があったことは意外と知られていない。一将功成りて、万骨は枯れ果てたのである。

「西郷の島妻に会ったことは手紙でお知らせしましたが」

「あれは偽者です」

「偽者、まさか、政府の役人を騙すとは考えられませんが」

「西郷さんは鹿児島では神様です」

尾崎が沖縄視察を終えたのは九月下旬であった。台風接近のために船は龍郷湾に避難したが、このとき龍郷に住むかつての西郷の島妻に会いに出かけている。その日の記録を開いて見せた。

『九月二十九日、台風接近のために龍郷湾に寄港。龍郷は名瀬より道程五里、大島第二の港で人家は二百軒以上在り。此処は昔英雄西郷の謫居《たっきょ》せし所にして、其妾玉鶴なるもの存在せりと聞き之を招きて一面したる所、玉鶴の優美の名にして且つ英雄西郷の愛せし婦人なれば定めて美形ならんと憶想せしが、案に相違し只見る一蛮婦五十位の醜面、しかも全くの島風の衣服、手には入墨し足は裸足にて来る』

「西郷の島妻の名は愛加那です。土地の豪農の娘ですので、客と会うのに裸足で来ることはあり得ません」

「これは一本やられましたな。しかし、政府の役人を騙すとは、けしからん奴らだ。県に連絡して罰してもらいましょう」

「琉球王府は開国を迫る異国に対し、架空の役職を持った人物で対応しました。これは揉め事が起きたときは知らぬ存ぜぬで危機を乗り越えるためです。まあ、問い合わせても糠《ぬか》に釘ですよ」

「市来四郎はトカラ国のイチラという医師に化けてフランス人の宣教師と交渉したと聞いた。確かにトカラという国は無い」

尾崎の怒りは有耶無耶《うやむや》のうちに消えてしまった。

弥四郎への礼状の最後に次の文章を添えた。

『そなたが尾崎氏に訴えた藩政期奄美の窮状は間違いなく政府に届いた。そなたは島のために有意義な仕事をしたことになる。今後に期待する』と。

強権政治が功を奏したのか、世の中は落ち着きを取り戻しつつある。上京して来た市来四郎が、街が安全になって途中の景色を楽しむ余裕ができたと言った。鹿児島の復興の状況を聞くと、西南戦争後五年経っても町の復興は遠いとのことである。

市来の上京の目的は、久光公下命による『西南戦争史』編纂のための資料集めであった。東京にあって鹿児島に無い資料を探していると言ったので、最初に電信室に案内した。この部屋の『西南戦争録』には、西郷の帰郷直後からの鹿児島での動向を知らせる電文が綴《つづ》られている。市来は一枚ずつ丁寧に読んでいる。熊本城を包囲して兵糧攻めに移った西郷軍を背後から襲ったのは、大量の武器弾薬と兵員を八代に運んだ陸軍卿山県有朋率いる政府軍であったと知ると、徴用された船の数を尋ねた。

「三菱から徴用した船舶は四十隻余りと聞いている」

「そんなにですか」と驚いた様子であった。

海軍省に行けば九州の何処の港に何名の兵を上陸させたかが具体的に分かる。陸軍省にも顔を出せ。そうすれば完璧な『西南戦争史』ができると助言する。市来は、西郷軍の敗因を電信と艦船を持たなかったことと結論付けたが、全てに於いて西郷軍は劣っていた。たとえば鉄砲、政府軍は元込め式で西郷軍のそれは先込め式であった。一事が万事、近代化の遅れが敗因となったといえる。市来は改めて斉彬公の先見の明に驚き、自分は良いお方にお仕えしたと涙ぐんだ。おそらく、フランスからの軍艦と武器の購入に当たった時の記憶が胸に迫ってきたものと思われた。

弥四郎から分厚い手紙が届いた。

『藩庁が県庁になり三島方が大島商社になったことを、島民は単に名前が変わっただけのことと考えていました。なぜなら、黒糖は従前どおり大島商社に納め、生活物資は大島商社から黒糖で購入していたからです。最近になって、政府が黒糖の自由売買を認めていたことを知りました。県庁はこの通達を島民に隠して三島方に代わる大島商社を作ったのです』

明治六年（一八七三）三月に大蔵省が出した通達を、鹿児島県庁は島民に伏せたことになる。島民が大島商社にだけ黒糖を売り生活物資をこの商社を通じてのみ購入していたのであれば、弥四郎の指摘のとおり県は看板の付け替えで島民を欺いたことになる。この通達の適用は明治八年からであったから、政府内の薩摩閥が先手を打って利益確保に動いたと考えられる。奄美に貨幣が導入されたのは明治七年である。金銭というものを見たことも触ったことも無かった島民は、金銭の計算ができなかったので以前と同じように一度黒糖に換算してから貨幣で支払っていたのである。

手紙の後半は、県庁への陳情に関するものであった。

『明治八年、外国から帰った丸太南里《なんり》という若者が砂糖の自由売買運動を起こしました。島民は力を合わせて大島商社と戦いましたが埒が明かず、丸太は島民二人を同伴して県庁に訴えに行きました。ところが、下船後すぐに捕らえられ入牢させられました。一向に帰ってこないので全島から人を集めて陳情団を作り、明治十年二月七日に第一陣四十一名が、二月二十二日に第二陣十四名が名瀬を出港しました。ところが、またもや誰も帰らず連絡すらありません。そこで第三陣を出すことになり、その相談の最中に陳情団全員が捕らえられて入牢させられたことを知ったのです』

文字と文の乱れから、弥四郎の怒りが伝わってくる。

『五月二十日、陳情団の二十人が帰って来ました。帰島報告会の席上、西南戦争に徴兵された三十五名中六名が戦死したことを知りました。会場は驚きと怒りで紛糾しました。残りの者は次の船に乗りましたが、トカラ沖で遭難して全員が死んでいました。報告会で「刀を握ったことの無いシマンチュ（島の人間）は戦争の時は何をするのか」と問われ、「馬に代わって弾薬を運んだ」と帰島者が答えると、「自分たちは馬ではない。県庁はどうして島民を人間扱いにしないのか」と怒号が飛び交いました。この時、初めて島民は自分たちが牛馬扱いにされていたことに気が付いたのです』

その後のことが書かれていないので未だ係争中と思われる。

西郷人気は衰える兆しが見えない。戦争中に『西郷一代記』など二十冊近い絵本仕立ての実録物が出版されたので、これが人気を繋いだのかもしれない。九月の新聞は歌舞伎『西南雲晴朝東風《おきげのくもはらうあさごち》』が「古今無頼の大入り繁盛」と報じた。内務大書記官松田道之と修史館四等編修官依田学海《がっかい》を誘って、新富座《しんとみ》に歌舞伎見物に出かけた。作者は河竹黙阿弥《かわたけもくあみ》、西郷には市川団十郎が扮し、『西条高隆』として登場し、尾上菊五郎ら有名な役者が出演している。新富座は日本一の劇場である。明治九年に焼失し、建て直して十一年六月に完成したばかりである。入り口正面二階の壁面には十二枚の絵看板が並び、屋根は大寺院のような造りである。新聞が町に出回り始めたのは明治七、八年の頃であった。錦絵は「郵便報知新聞」や「東京日日新聞」の記事に取材して描かれたので、東京の人々はこれらの新聞を通して戦況は知っていたし、官軍と賊軍の主要人物の似顔絵が描かれた錦絵の発行は現在も続いている。戊辰戦争の時、西郷は勝海舟と江戸城無血開城に尽力した。江戸の町が灰燼とならなかったことが人々の記憶にあるためか、西南戦争終了後から西郷は庶民の英雄となった。その死を惜しむ気持ちから、ロシアへ逃亡したという説や星になったとの妄言まで現れ世間は賑やかである。歌舞伎は所作が大袈裟で誇張が目立つ。西郷本人を知っているだけに、芝居に没入できなかった。

第四章　八十歳のヨーロッパ旅行

一

明治十二年（一八七九）、郵便事情が良くなったにも拘わらず弥四郎の手紙が間遠くなった。身分解放運動のその後を詳しく知りたいと手紙を出したところ、返事は三ヵ月後に届いた。

季節の無い島なので時候の挨拶など無い。

『先生、シマンチュ（島の人間）は、もうひとつ騙《だま》されていました。明治五年に政府が奴婢の売買を禁じる法令を出したことを豪農や島役人は隠していたのです。ある時、黍畑の中で現場監督のシュドリが「これからヤンチュは自由になる」と言ったので、私は鼎の息子を黍畑に呼び出して聞きました。曖昧なことしか言わないので、今度は皆を呼び集めて取り囲んで問い詰めました。「ヤンチュとヒザが自由になると、畑は誰の物になるのか」と。すると鼎の息子は、「鼎家の畑は鼎家のものだ」と答え、ヤンチュは解放してもヒザは今までどおり家族の一員にしておきたいと言うのです。皆は怒りで物が言えませんでした。ひとこと私が言い返しました。

「家族なら一つ屋根の下で暮らすべきではないか」と。後になって知ったことですが、彼らはヒザ解放反対の嘆願書を鹿児島県庁に出してあったのです。それも明治十一年四月に。

その嘆願書にはこんなことが書いてあったそうです。

〈ヒザは生まれてから成人に至るまで我が子同様に養育し農業に従事せしめました。十五歳から六十一歳までの間、黒糖による税は主家が代わって納めてまいりました。無償解放はヒザにとっては有難いことかもしれませんが、私どもが生活に困ることになります。無償解放ではなく、養育料黒糖千五百斤を抱え主に払うという条件なら受け入れても良いです〉と。

今、解放運動は大きな壁にぶつかっています。それは束縛に慣れたヒザが、自由になりたいという気持ちを失っていることです。自由になると食べて行けるかという不安の方が先に立って現状のままで良いと言うのです。前途は多難ですが頑張ってみます』

主家に遠慮して黙らざるを得ないヒザに代わって、解放運動に取り組む弥四郎が大きく見えた。返事を書く間もなく弥四郎の手紙が届いた。運動が暗礁に乗り上げたのではないか。そんな気がする。急いで封を開けた。案の定、打開策への助言を求めてのものであった。

弥四郎は、向かうべき相手が豪農地主の背後にいる鹿児島県庁であることに気付いていない。事実、陳情に行った者は警察によって暴徒と見なされ捕らえられ牢に送られているではないか。このままでは解放運動は早晩潰される。陣頭指揮を取ってばらばらの集団を組織化してゆく人物が必要と書いた。

大型船の造船を禁止し通貨の通用を禁じた上で藩の財源となる砂糖黍だけを作らせる単作農法を強制した藩は何処にも無いと思っていたら、似たような藩があることを最近になって知った。北国の松前藩である。蝦夷地に住むアイヌを酷使して藩の利益を上げていたという。とにかく長年続く島の統治は、豪農地主と農奴という階級分化をもたらした。本土の百姓には土地を捨てて他領に逃亡する逃散《ちょうさん》という反抗の手段があったが、海に囲まれ大型船が無い奄美の百姓に逃亡の機会はなかった。唯一残された反抗の手段は、自殺して抱え主を困らせることにあった。なぜなら、ヤンチュひとりの値は、健康な男であれば黒糖千五百斤、女は千四百斤である。一人死なれるとそれだけの財産を失うことになる。その点、地主の奴隷であるヒザは死ぬまで地主の「所有物」である。解放運動は地主の存在そのものに係わるので、地主側は県庁と結託して身分解放に対抗したと思われる。

東京が政治経済文化の中心地となり首都として機能が整備されると、地方の向学心に燃える若者が大学入学を目指して上京するようになった。多くは食費を払う代わりに寄宿先の玄関番として雑用をこなす書生となった。書生時代の到来である。

代々種子島で異国船通詞をしていた西村家から、西村時彦《ときひこ》を書生として置いて欲しいという依頼が来た。種子島は種子島家が治める私領であったので元の島主と家老からの推薦状もある。経歴書を見ると、慶応元年（一八六五）生まれの十六歳である。父親とは藩校で一緒に学んだが、時彦三歳の折に死んでいる。

「学問好きで真面目であった西村の息子なら人物に間違いは無かろう」と言うと喜んだ。

「書生として置くが、望むなら漢学は私が教えても良いぞ」

「有難うございます」と西村は頭を畳に付けた。

いろいろ聞かれると思っていたのか即決に戸惑いさえ見せた。

親戚の重野安居は、鹿児島は焼け野が原となって暮らしが立たず困っていると何度か窮状を訴えてきたが、今回の申し出には正直驚いている。どの家も生きることで精いっぱいで、元上士の家でさえ男は菜園を耕し奥方は夜に物を売り歩くと書いて、『そなたは顔が広いので娘の嫁ぎ先の世話を頼みたい』と言ってきたのである。後妻に入る覚悟があるかと電報で聞いたのは、一つだけ当てがあったからである。後藤象二郎の後押しで役人となった田健治郎《でんけんじろう》は、妻を亡くして日々の雑用をこなしきれずに困っていた。話を持ちかけると、身を粉にして働く女であれば有り難いと言った。話はとんとん拍子で進み、家格を合わすところまで来た。これは島津斉彬公の使った手段を真似て、重野安繹の娘として田家に嫁がせた。「やす」本人は東京で裁縫を習いたいと言ったが、夫は出世が約束されている身なので内助に徹せよと言って諦めさせた。考えてみれば女が自分の意思を臆することなく陳べることなど、藩政時代には無かったことである。江戸から明治になって一番変わったのは女性かもしれない。

明治十七年（一八八四）、紀尾井坂の清水谷緑地に大久保利通の顕彰碑である『贈右大臣大久保公哀悼碑』が建った。円形の台石の高さは七六糎《センチ》・幅三九〇糎・奥行き二五〇糎で、その上に乗る哀悼碑は高さ五五一糎・幅二〇九糎・奥行き八五糎の一枚岩である。巨大な石碑は大久保を称えるに相応しい。碑文重野安繹、書金井之恭《ゆきやす》の文字も刻された。決められた文字数は二百五十文字であったので、明治国家樹立に果たした功績に的を絞って記し、最後に顕彰碑が建つに至った経緯を記した。
『公之薨七年過此地者怨嗟歎息往往低徊不能去於是……
（大久保公が亡くなって七年の時が過ぎた。公が殺害された紀尾井坂を通りかかる人は、誰もが胸を締め付けられ悲しみに襲われ呆然と立ち尽くしている。立ち止まって静かに黙禱《もくとう》するのは僚友や縁故者ばかりではない。大久保は人々の心の中に生きている。そこで関係者が相談して、顕彰碑を建て哀悼の意を表すことにした……）』
　大久保を失った悲しみと燕雀を憎む気持ちは今も変わらない。

　明治二十年（一八八七）十二月に『絵本明治太平記』が、二十二年二月には『絵本実録明治太平記』が出版された。西南戦争が終わって二十年が過ぎようとしているが西郷人気は衰えを見せない。

　ペリー来航から西南戦争までの絵入り物語を見ると、日本人が江戸と明治という二つの異質な世界に生きたように思えてくる。かつての武士階級は栄光の時代を懐かしがり、一方の庶民は労苦の多かった過去に遡る気は一切無い。一瞬にして世の中が逆転したという記憶が、先の見通せぬ時代に不安を抱かせる。また動乱の世が訪れはしないかと。かつて奨励された敵討ちは明治に入ると殺人となった。外国人は東夷《とうい》西戎《せいじゅう》南蛮《なんばん》北狄《ほくてき》として野蛮人と見ていたが今や尊敬すべき存在となってしまった。変化は止まる所を知らず、ついに改革は言語世界に飛び火した。明治二十二年、二葉亭四迷という若者が「浮雲」を言文一致体という文体で著した。現実をあるがままに描写する写実主義を言い換えると、漢文書き下し文を廃止し日常使う口語で文を書こうという運動といえる。漢字は奈良時代に日本に伝えられ、長い時間をかけて改良を重ねて平安時代で完成し、今日まで続いている文字である。漢字と平仮名交じりの口語文は漢文の素養さえあれば読み書きはできる。事実、弥四郎の手紙は喋るように書いてある。ことさら声を大にして言文一致を唱える必要があるのか。これは漢学者としての素朴な疑問である。

大久保から文部省に誘われ大坂から上京したのは明治三年（一八七〇）で、次の年に文部省に入った。この頃の東京人は、蝙蝠傘を持って靴を履いて背広姿で歩いていた。牛鍋屋とパン屋と牛乳屋を見て驚いたことも思い出す。その後の経歴を見るとまるで階段を駆け上るような出世である。これは大久保の推挽《すいばん》があってこその出世であって、感謝の気持ちを忘れたことはない。

明治八年　修史局副長
明治十年　左院編集局掛・一等編修官
明治十四年　修史館編修副長官
明治十五年　「大日本編年史」編纂担当
明治二十一年　文学博士・帝国大学文科大学教授
明治二十三年　貴族院議員
明治二十四年　内務省史誌編纂掛委員長

やがては文部大臣も夢ではないと思っていたところ、文部省内から突如変化の狼煙《のろし》が上がった。明治二十六年三月、文部大臣井上毅が帝国大学の修史事業改革案を閣議に提出する。

『修史事業は二十年経っても歴史書は未だ完成していない。日本の公式文書を異国の言葉である漢文で記すことは実用的ではない。日本の公式文書は和文で記すべきで、この事業を一度ここで御破算にし、新陣容で再開したい』と。

この国から漢学と漢学者を追放しようというのか。

これも言文一致運動の影響と思えてならない。この文部大臣談話に添って、『材料の収集は官府にて行い、編年史の編集は民間に一任すべし』と追随する者が現れた。これまで、政府は手がけた事業が軌道に乗ると、民間に払い下げてきた。国営事業を民業に移す手法を文部行政に取り入れようとする井上案には反対である。歴史を正しく記録するためには、どうしても長い時間が必要なのだ。個人の日記・手紙などの『古文書』や根本資料となる『古記録』を求めて、多くの職員が全国を廻っている。その持ち帰った膨大な資料を精査するのが次の段階であるが、正確を期すために使った時間の長さが修史事業の遅れにつながったことは否めない。井上案に対抗する良案が出せないままに時は過ぎ、改革案は閣議を通過してしまった。その結果は、史誌編纂委員長の解任という形で現れた。明治天皇が望んだ「古今を一貫する通史」は編纂途中で頓挫したことになる。史誌編纂のために苦労して蒐集した資料の散逸だけは防がなければならない。幸いなことに明治五年に文部省が作った書籍館《しょじゃくかん》がある。これは徳川家の紅葉山文庫や昌平坂学問所の蔵書をもとに作ったものである。通史完成のためには修史局や修史館の延長線上にある東京帝国大学へ移すのが最善の策である。帝大に「史料編纂所」を新設することを進言して潔く職を辞した。退職後に漢学塾を開くことも考えたが、国が否定した漢学をわざわざ学ぶ若者はいないと思う。読む本さえあれば退屈はしないが、それだけでは社会に置き去りにされた気がする。

近ごろ昔を振り返ることが増えた。
明治四年　東京横浜間の電信開通・郵便制度開始。西洋建築や西洋料理店が出現する。
明治五年　新橋横浜間鉄道開通・横浜にガス灯点灯。
明治七年　銀座にガス灯が点灯し煉瓦街完成。
明治十一年　東京にアーク灯が点灯。
こうして明治以降に西洋から取り入れたものを並べると、明らかに江戸時代は遠くに消え去ったように思えてならない。ここで漢学の復興を唱えても賛同してくれる者はいないと思う。日本語は漢語によって作られ、日本文化は長い時間をかけて成熟したと、声を大にして言いたい。漢詩が詠めなければ知識人と見られなかったのは明治二十年頃まであったろうか。日本の教養の核であった漢学が消えると、日本文化の軽視が早まるであろう。漢学の終焉が目前に迫っていると思うと、漢学で身を立ててきた者としては今後の生き方が心配である。これからは新しいことには手を出さないで、これまで著した論文の校閲に目標を置くことにした。勘違いや誤記などを正しておきたい。その一方で、やはり新しいことにも挑戦したいと思う。生ける屍《しかばね》とならぬように。そんな考えを持つようになったのは、明治十三年に文部省に音楽取調掛として入った岡倉角《かく》蔵《ぞう》という若者が、欧州出張後に『日本文化に誇りを持て』と訴え始めたからである。日本文化の見直しを訴えた若者は他にもいる。三宅雪嶺《せつれい》は明治政府の欧化主義に反対して文部省を辞めた。今は日本文化の価値は外から見なければ分からないというのが、二人に共通する考えであった。今は「米欧回覧実記」を机辺に置き、調べものに飽きた時などに拾い読みをしている。文部省在職中なら外国へ行く機会も廻ってきたかもしれない。今となっては大久保の誘いを断ったことが悔やまれる。もし文部省から海外視察の誘いがあった時は直ちに応じられるようにしておきたい。まずは健康である。横浜からマルセーユまでの四十日の船旅に耐えられなければ、その先の旅は困難となる。奄美時代に始めた早朝散歩は今も休まず続けている。今朝は駿河台袋町の家を出て小川町に入り、そこから西北に向かって水道橋に出た。昨日は、神田川の対岸に渡って昌平坂を川沿いに歩いて万世橋方向へと急ぎ足で歩いた。一日四里、当面の目標である。

駿河台は本郷台地から伸びた丘陵地の南端に当たり、昔は神田山と呼ばれていた。土砂を削って埋立に使ったために、山の姿は消え緩い斜面となっている。これが神田駿河台と呼ばれるようになった由来である。そんな高台に何百本もの丸太が運び込まれ足場が組まれている。規模の大きさに誰もが目を見張り、これからできる西洋建物に興味を持った。発注者は文久元年に函館にやって来たロシア領事館付きの元司祭である。明治五年に東京に日本ハリスト正教会を樹立した人物ということも最近知った。建物の名前はニコライ教会堂、完成が近づくにつれ建物の大きさが人々の度肝を抜いた。見上げる円屋根は日本初のもので三十五メートルある。明治二四年（一八九二）に出版された「米欧回覧実記」の中の教会の銅版画を見ていたから驚きは無いが、朝夕鳴り響く教会の鐘の音は近くに住む者には堪え難いので、駿河台の北西端にあたる谷中に家を求めた。寺が多く静かである。


明治二十八年夏、見知らぬ若者が訪ねて来た。

「重野先生にお会いしたいのですが」と案内を請う声がする。里帰りしていたヤスが応対に出たが、やがて廊下を走って来た。

「父上、加計呂麻の人です。母上と私の名を知ってます」と言った。

玄関先に立っていたのは未だ少年の面影を残す若者であった。

「ウミさんは古仁屋にいます。それから、……」と、口ごもりながら喋り始めた。

「重野は私だが、まず何処から来た何の某と名乗りなさい」

注意を受けて、若者は身体を強ばらせて答えた。

「大島郡奄美大島実久村出身の昇直隆《ノボリナオタカ》であります」

「大島海峡の西の入り口にある実久村だな」

「はい、そうであります」

「あの辺鄙な村から東京に出てきたのか。遠い道程《みちのり》をよく来た。実久のその後を聞きたい。さあ、上がった、上がった」

応接間の本に圧倒されたのか、さらに若者は緊張する。

「膝を崩せ。ところで、わしの名を誰から聞いた。とにかく、村を出てからこの家に至るまでを詳しく話してみよ」

実久に限らず何処の村も、隣村に行くのに陸路を行くよりも舟を使う方が便利な僻地である。奄美の上り下りの曲がった細道を知るだけに、遠路はるばる訪れた若者には感動さえ覚える。

若者は、緊張で言葉を詰まらせながら話す。

「実久村芝の生まれで今年十七歳になりました。先生のお名前は、村の皆が知っております。ヤスさんのことはウミお婆から聞いて知っていました」

「母上は加計呂麻島に住んでいるのですか」とヤスが身を乗り出して聞いた。

「いえ、古仁屋の港近くに住んでいます。ウミお婆も、ヤスさんの妹のウナイさんも元気です。私は古仁屋の漁師小屋で一年間働きましたが、そのときウミお婆に大変世話になりました。私は、これから東京に住みます。七人兄弟の次男ですので」

加計呂麻島の人口は古仁屋に近い方に偏っていて、島端にある実久は不便極まりない土地である。そのような寒村から日本の中心地である東京に出てきたのであれば、旅費だけでかなりの額になるはずである。一年間は古仁屋の漁師小屋で働いていたと言ったが、後の言葉を濁したところをみると口減らしのために出されたのであろう。

「東京で働くのか」

「いえ、キリスト教の勉強に来ました。昨年の三月に鹿児島で洗礼を受け、これから伝教学校で勉強をして、来年秋に正教神学校の試験を受けます」

「東京の何処に住んでいる」

昇は「すぐそこです」と言った。

「直隆とか言ったな、これから東京で暮らすそなたのために言っておくぞ。島は皆が顔見知りだから少々礼を欠いても許されるが、他人ばかりの東京で礼儀を欠くことは許されぬ。大人が真面目に聞いた時は、真面目に答えなさい」

「伝教学校は、ニコライ教会堂の中にあるという意味です。私は今日から教会に住むことになっています」

「奄美から勉学のために上京したとは見上げたものだ。他にも東京に出てきた者がいるか」

「泉二新熊《モトジシングマ》という人は十五歳で東京に出ました」

「鹿児島の学校では物足りないのだな」

「いえ、鹿児島の人間は、大島の者をシマジン・リキジンと言って軽蔑します」

「今でもそうか」

龍郷や名瀬には泉二の後を追って東京へ出た若者が多いと言った。彼らが大学卒業後に故郷に帰れば、藩政時代から続く旧弊を改めてくれるであろう。島に於ける学問の隆盛は文明開化の最大の恩恵といえる。

ヤスは母親の消息が分かったことを喜んだ。

「母上とウナイさんに手紙を書きたいのですが、二人はどこに」

「助役さんの家の真向かいに住んでいます。その方の先祖は代々津口横目をやっていて」

「おお、茂だな」

「今は茂野と名乗っています」

直隆は古仁屋と加計呂麻島の今を語った。鰹漁が盛んなこと、明治三十年には久慈に電信局ができる予定であること、久慈から喜界島へ海底電線を渡す計画があることなど話した。電信が開通すれば都会との距離は一気に縮まる。明るい報せではあるが、山中の道路は昔のままというから島の近代化はまだまだである。

「いつか、泉二とやらを連れて遊びに来なさい」

昇直隆は、東京に遊びに行ける家ができたことを喜んだ。

ヤスは母親と異父妹に手紙を書こうと意気込んでいる。ウナイの誕生を知ったのは、ヤスが鹿児島に来た次の年の夏で、御用船の水夫が蘇鉄を運んできた時であった。その時以来の手紙である。何をどう書こうかと悩んでいるらしく中空に眼をやったまま筆は止まっている。

「どうした、何を考えている」

「ウナイさんが東京に来たらどうするか考えていました」

「そりゃあ、見知らぬ土地に来れば誰しも心細いはずだ。ヤスはどうだった」

「歯を食いしばって耐えました」

「淋しい思いをさせたな」

「いいえ、こうなる運命だったのです」

「ヤス、大人になったな。父は嬉しいぞ」

「わたしは、ずっと前から大人です」

なかなか頓智のある応えであった。ヤスを母親の手から奪ってきたことを後悔した時期があった。ヤスはヤスなりに我慢を重ね、悲しみと苦しみを乗り越えてきたのであろう。身体を動かさないといろいろ考えるからと身を粉にして家事に励んだ。現状を肯定して心を安らかにして身を天命に任すという安心立命という言葉は儒教から来たものだが、ヤスは書を読まずして悟りを開いたことになる。

今でも年に一度は神田の町も火災に見舞われる。ところが、家が建て替わるたびに洋風の建物が増えていく。かつて旗本屋敷が並んでいた駿河台は、今や華族や実業家の邸宅が建ち並ぶ一帯となってしまった。神田川対岸に広がる黒い森の上に浮かぶ色褪《あ》せた聖堂の屋根は、漢学と朱子学の衰えを象徴する風景である。河畔には水運を利用する材木商や薪炭商が住んでいる。この谷底にだけ江戸の面影が残っている。初めて江戸へ出た二十二歳の頃と比べると、異国のような風景である。散歩を終え、湯を浴びて遅い朝食を摂る。食事は一日二食、朝は粥で晩酌は少々。そして、夕食後は早々に床に就く。健康に気を配るようになったのは流罪になってからである。人は節制すれば長生きできると信じている。

二

明治三十一年（一八九八）、七月一日から福沢諭吉創刊の日刊新聞「時事新報」紙上で、諭吉の米国見聞録と言うべき『福翁自伝』の連載が始まった。「自伝」と銘打つだけに、幼少期から今日に至るまでの行状が面白く綴られている。文体は速記をもとにした口語文で、難解な漢字を使っていない。そこが人気の理由であろう。明治二十年代に小説に現れた言文一致体が、多くの人が眼にする新聞へと広がったことは注目に値する。諭吉は七歳ほど年下であるが意外と共通点が多い。早くから漢学を学んでいる。長崎に出て蘭学を学んだことは違うが、大坂を捨てて上京したことは同じである。生まれて初めて新富座で芝居を見たことも。しかし、これから先が自分とは大きく違う。諭吉はアメリカに二度行きヨーロッパ諸国も見てきている。それぞれの国々の風俗・風習・衣食住・宿泊施設の造り等々の記述は、これから異国へ旅立とうとする者には大いに役立つ。難点を言えば、生麦事件から薩英戦争に至る顛末と英国との和平交渉に至る経緯に勘違いが散見される。原因はおそらく伝聞をもとに書いたためであろう。

諭吉が九月二十六日午後に脳溢血《のういっけつ》を発症したとの噂を聞いた。急いで時事新報社に連載について問い合わすと、『福翁自伝』は既に五月に脱稿しているので紙上連載は続行するとのことであった。諭吉は長編を書く場合は脱稿してからでないと発表しなかったと聞き、その生き方を見習うべきと思った。

秋、芝にある紅葉館で『重野成斎先生の古稀を祝う宴』が催された。友人知人弟子たちと久々に会えて嬉しかった。閉会の挨拶で自身の健康法と今後の抱負を漢文調で陳べた。言文一致の流れは留めることはできないにしても、過去に漢文の文化が存在したという事実を思い起こさせたかった。

「人老いたりといえども自ずから安逸を貪らず、常に将来に希望を抱いて邁進すべし。われ年八十に至らば、海外に遊びて文物を視察せんことを期す。七十二歳にして老境に安んずるものに非ず」と。

万雷の拍手に満足して降壇した。会場は古稀老人の意気盛んな姿と語気の激しさに感動した。人々は安繹が夢と希望を語ったと思ったが、安繹にとっての欧州旅行は、願望の域を脱し切望の域に入っていた。「福翁自伝」や「米欧回覧実記」は何度も読んでいる。息子紹一郎のフランス留学資金の支出で懐は寒い。もし、ウィーンで開かれる「第三回万国学士院連合会議」への出張が認められると公費で欧州旅行ができる。参加規則に年齢制限がないことに一縷の望みを託している。

十二月十八日、上野の山で西郷隆盛の銅像の除幕式が行われた。式典には呼ばれなかったが、この日に至る事情は知っている。明治二十二年の大日本帝国憲法発布に伴う大赦によって西郷隆盛から逆賊の汚名が消えた。これをきっかけに、銅像建設の気運が高まって吉井友美ら薩摩出身者が中心となって寄付を集めた。建設委員長は元海軍大将の樺山資紀《すけのり》である。軍服姿への反対が起きて犬を連れた着物、それも寝間着姿になったという。噂では、反政府運動の象徴になるのを恐れた勢力が軍服に難色を示したという。

明治三十三年の尋常国語読本に、上野の銅像の紹介とともに「ヨニメヅラシイ　エイユーデゴザイマシタ」の説明が載った。なにが「珍しい」のか具体的には書いてないが、部下に自由にやらせ責任は自分が取るという西郷の手法を言ったのであろう。部下は西郷の信頼に応えようと身を粉にして働いたはずである。そう考えると、部下の操縦法は大久保よりも西郷の方が遥かに上である。

明治三十四年一月二十五日、福沢諭吉が脳溢血の再発で倒れたとの記事が載った。二度目は駄目と言われているとうり二月三日に亡くなった。六十八歳は若いと思う。「福翁自伝」は幼少期の思い出から始まっている。父親は中津藩士であるが、窮屈な封建制度に従わなければならぬ苦しみは良く分かる。諭吉の「門閥制度は親の敵」という言葉は、下士の苦悩をうまく言いあてている。会いに行って共感している旨を陳べたいと思っていたが実現しなかった。物事は思った時に直ちに実行すべきと思った。機会を失うと取り返しがつかないことにも気付かされた。紙上連載が始まる前年秋、諭吉は家族を連れて京阪神と山陽方面へ旅をしているところをみると、おぼろげながら死期が近いことを察していたのかもしれない。


明治三十六年七月、昇直隆が正教神学校七年の学業を終えたことを報告に来た。同校の講師になり同時に日本新聞社嘱託となると言う。

「昇曙夢の筆名で記事を書きます。ショムは曙の夢と書きます」

「洒落た名前だ。活躍を期待するぞ」

「それから、いつぞやお尋ねになった奄美出身の大学生のことですが、新熊の他に名瀬と龍郷から五名が東京に出てきております。ほとんどが法科に進んでいます」

「何故、偏りが生じた」

「長年にわたって騙され続けたからでしょう」

龍郷では、親は貧乏しても息子は大学へ進学させるという気運が高まっていると話した。

昇の案内で教会の高楼に登った。ヤスは歓声を上げ、「東京が全部見える」と喜んだ。奄美大島の陸地の八割は海に迫り出した森であったから、広大な街の広がりを見てヤスが驚くのは無理も無い。洋館造りの建物が所々に見え、和洋折衷の建物も多い。

「先生の出られた昌平坂学問所はどのあたりでしょうか」

「あの流れが神田川だ。岸に材木が積んであるのが分かるな。川を利用して運んできて、あそこで工作して運び出す。少し下った所にあるのが万世橋だ。おお、あれは鉄道馬車ではないか。神田川の対岸に緑青の屋根が少し見えるが湯島聖堂、わしが学んだ昌平黌だ。そこらの二階建ての細長い建物は学校と見てよい。それにしても学校が多いのう」

西南戦争以後、日本各地の農村で若者の学習熱が高まった。奄美出身者の進学先が法科に偏るのは、為政者や狡賢《ずるがしこ》い人間に騙されぬためという昇の説には納得が行く。法科を出た者は司法の世界に進むであろう。無念の思いを弱者救済に役立てようとする意欲は賞賛に値する。身分制度が無くなったのだから努力次第で道は開ける。昇曙夢は自身の手で将来を摑み取ったのだ。

「人づてに聞いた話ですが、先生がお尋ねになった弥四郎という人は船で逃げたということです」

「逃げたとは、どういうことだ」

「はっきりしたことは分かりません」

古仁屋の茂野に、「ヤシロウノショウソク　シラサレタシ」と電報を打った。

以下は速達で届いた茂野の返事である。

『過日、弥四郎は暴漢に襲われて大怪我をしました。島には良い病院が無いので鹿児島の豊島外科に送りました。襲った連中は豪農に金で雇われたヒザで、身分解放運動に携わっていた弥四郎はヒザに襲われたことに衝撃を受け意気消沈しています。元気が出るように励ましてください。先生の弟子であった豊三兄弟は、姓を豊島に変えて鹿児島で医者をしています。外科と眼科と耳鼻科です』

弥四郎をこのままにしておくことはできない。直ちに豊島外科に手紙を認めた。


明治四十年（一九〇七）、政府内において、「第三回万国学士院連合会議」の出会者の選考が最終段階を迎えていた。理系と文系から一人ずつの予定であるが、文系の中に重野安繹を含む数名が残ったというところまでは野添の息子から聞いている。しかし、文科大学教授・元老院議官・貴族院議員・内務省史誌編纂掛委員長・東京帝国大学名誉教授・文学博士・初代日本史学会会長という経歴に誰も難癖をつけることはできないはずである。間違いなく選出されると思っている。

ある日の夕刻、前触れもなく野添の息子が訪れた。

「決まったか」

「某推薦者が横車を押して収拾がつかぬところです。冗談かもしれませんが、一応先生のお耳に入れておきます」と、会議室の片付けに入った部屋で耳にした言葉を伝えた。『足でも挫いてくれれば』と誰かが言い掛けたところへ、部屋に入ってきた野添に気付いて話題を変えたという。

「先生は散歩をされますので十分に気をつけてください。世間には目的のためには手段を選ばない人間もいますので」

外回りの途中ですのでと野添の息子は言って足早に去った。確かに足を挫くと長旅はできない。最有力者が怪我をすれば次点の者が繰り上がる。大久保が死ぬまで明治政府は薩摩閥の天下であった。ひとりが要職につけば、故郷から友人知人を集め「薩摩の芋蔓」を形成していった。北海道開拓長官黒田清隆の後任は西郷従道、後に札幌などの主要地の県令も薩摩出身者がなった。しかし、大久保の死を境に薩摩閥の力は地に落ちた。英国との交渉の席にいた旧佐土原藩のふたりも政府内にいたが、報復人事で左遷や閑職の憂き目を見ることになった。二人は過去の誇りを傷つけられて帰国したが、文部省に入れた野添の次男は、長男が家を継ぐのでと言って文部省に残ったが今や走り使いが仕事である。自身は雑役夫と自嘲するが定収入があるだけで満足と言っている。その彼が時々伝える文部省内部の情報である。すんなりと決まらないのは、八十歳という年齢が最大の障害となっていると分かった。ここで怪我をしたり病気を患えば、次点の者を喜ばすだけである。

文部省の特別機関として東京学士会院が上野に開設されたのは明治十二年（一八七九）、福沢諭吉が初代会長となった。そして昨年、帝国学士院に改組され万国学士院連合の日本代表となったばかりである。帝国学士院自体が功なり名を遂げた研究者の集まりなので、今さら新しいことに挑戦しようという考えを持つ者などいない。官職は辞しても時おり文部省から相談を受けることがある。そんな中で、政府がウイーンで開催される「第三回万国学士院連合会議」に日本代表を送ることを検討していることを知り、野添の息子を通じて内部情報を聞き出していたのである。怪我でもしたら万事休すである。早朝の散歩を人の通りが増える時間帯に変更した。もう一つの心配は家族の反対である。

妻の菊の衝撃を和らげるために事前に小出しして匂わせたが、夫が外国に行こうとしていることなど夢にも思っていない。「外国に行くかもしれん」と言うと、最初は「お土産に何を頼もうかしら」などと笑っていたが、度々口に出すので菊が不審を抱くようになった。

「普通なら隠居の身分でしょうが、何を好んで外国に行くんです。へえ、勉学のため。今から何を学ぶのかしら、その年で。船旅は四十日とおっしゃいましたね。退屈の余り死ぬかも」

「まあ、よく喋る女だ。少し口を慎んだらどうだ」

「死んでよければ、何も言いません」

菊は怒って後ろ手で障子を閉めて出て行った。

内示を受けた日、帝国学士院第八代院長加藤弘之に礼を陳べるため上野に出かけた。加藤は東京帝国大学出身の政治学者で夙《つと》に面識はある。挨拶だけで早々に出て西郷銅像へと向かった。嬉しい欧州旅行ではあるが、正直、口で言うほどの自信は無い。福沢諭吉は最後の旅の前に家族を連れて京阪神を歩いたと聞いて菊と草津にでも出かけようと思ったが、今の調子では不快な旅になりそうだ。今日はヤスと西郷銅像の前で落ち合うことにしてある。ヤスに菊をなだめてもらうつもりである。

上野は田舎者の東京見物の名所となってしまい、いつ来ても西郷銅像を見上げる人で賑わっている。顔は島妻との間に生まれた菊次郎と弟従道に似せて作ったと聞いている。西郷の妻は銅像を見て自分の夫とは違うと言ったとか。

「覚えているか、西郷を」

「鹿児島に出て間もない頃でした。突然、父上に会いに来られて、あの団栗眼が怖くて、お帰りになるまで奥に隠れていました。お父上は西郷さんと仲が良かったと聞きましたが」

「命の恩人だ。殿様の傍には身辺のお世話をする茶坊主と御庭方という使い走りの役職があってな、この二人のおかげでわしは死なずに済んだ。遠島前の話だ」

そんなことも、つい最近の出来事のように思える。

中食に誘うとヤスは喜んで場所を聞いた。

「不忍池の長酡亭に行くが、母には内緒だぞ」

「えっ、どうして」

「実は頼みごとがあって呼び出した。わしの留守中、時々家に顔を出して欲しいのだ」

「ああ、やっぱり外国に行かれるのですね」

「今、その返事をしてきたところだ。紹一郎の子は未だ二歳で眼が離せないし、尚のように爵位のある家の者は気安く外には出られない。そこでそなたに頼むことにしたのだが」

「毎日でも行きます。ご安心ください」

ヤスの夫は農商務省水産課長下啓介《しもけいすけ》だが、息子は既に独立しているので比較的自由な時間が持てる。それを見越しての依頼であった。それにもう一つ、死を覚悟しての旅なので遺言状を書いて誰かに預けるつもりでいる。ヤスの夫も候補のひとりである。

文部省は、五月にウィーンで開催される「第三回万国学士院連合会議」の出会者に理学博士菊池大麓三十二歳と漢学者重野安繹八十歳の二人を決めた。新聞発表を見た世間は、老い先短い老人に欧州行きを認めた政府に驚いたと聞くが、家族の驚きはそれ以上である。

案の定、菊の怒りは激しい。

「気が狂ったのですか。あなたは、この一年は寝ていたのですよ」

「静養のためだった」

「病気だから静養したのでしょう。本当につむじ曲がりなんだから」

最近まで鎌倉扇谷《おうぎがやつ》寿福寺傍の別荘で静養していた。家族が病み上がりの身を心配するのは当然である。

「四十日以上かかるって聞きました。マルセーユという港まで。身体が持たないと思います」

留学経験のある息子は、外国の旅の苦労を知っているだけに猛反対した。

「身体は十分に鍛えてある。遊びに行くのではない。書籍によって知識は得られても見ると聞くとでは大違いだ。実際に彼の地に出かけ、我が目で確かめようと思っている。政府は、法律・医学・軍隊・音楽など、あらゆる面で欧州を手本にして国を整えた。指導者として日本を訪れる外国人が増える一方で、西洋に渡って学ぶ日本人も増えている。学問に年齢など無い」

「学問に年齢は無くとも、父上の体力は年齢相応に弱っています。旅行中に病気にでもなったら、それこそ命にかかわることになりますよ」

「言うな。もう決まったことだ」

呆れたのか、もう誰も何も言わなくなった。その代わり家族に頼まれた医者が説得する。勿論、断わった。

「土産は何が欲しい」と聞くと、「生きて帰れば、それが土産です」と菊は涙ぐむ。

家族も世間も老人の無謀な冒険と受け取ったようだが、準備だけは周到に進めている。近頃は神田の書肆《しょし》に洋書も並ぶようになった。三回の渡欧経験を持つ福沢諭吉の「西洋事情」や「世界国尽」、ドイツ留学から帰国した鷗外森林太郎が著した小説「舞姫」などは購入して読んでいる。「舞姫」に出てくる名所旧跡は地図で調べて付箋を貼った。フランス留学の経験がある息子や旧知の政府内の渡欧経験者からも話を聞いた。日本を出て最初の寄港地が香港である。その後にシンガポール・ペナン・ポイントドガール（コロンボ）・アデンを経て紅海へ。エジプトのスエズ運河を通ってポートサイド、地中海を横断してフランス国マルセーユ。そして、列車で瑞西《スイス》を目指す。地図の上で航路をなぞるだけで心は騒ぐ。奄美を知る身には英国領の植民地の人々の暮らしが気になる。紹一郎からは留学先のフランスの国情や周辺地域の名所旧跡などを聞き出して頭の中に叩き込んである。そんな中で、オーストリアのウィーンで「万国学士院連合会議」が開かれることを知り、「大日本帝国学士院」代表として参加を希望したのである。医者は体力的に無理と言い家族は猛反対したが、それでも我を通したのは一見の価値があると判断したからである。根負けした紹一郎は、勤務する大学に長期休暇を願い出て同行を決めた。息子は通訳兼世話係として最適である。

朝日新聞主筆となった西村時彦（天囚《てんしゅう》）が訪ねて来た。

「帰国後に『漢学者の見た欧州』という題で記事を連載させていただきたいのと、ご帰国時に清国の何処かで合流し同行取材をさせていただきたいのですが」

「断わる理由など無い。むしろ同行を頼みたいくらいだ」

慶応元年（一八六五）生まれの西村時彦は、明治十六年（一八八三）に東京帝国大学古典講習科に官費生として入学、明治二十三年に大阪朝日新聞編集局員となった。入社後の二十六年に、留学先のドイツから馬に乗ってシベリア横断を果たした陸軍中佐福島安正をウラジオストクで出迎え、中佐の旅行談を「単騎遠征録」と題して百二十回にわたって連載している。翌年は日清戦争を、翌々年には日清講和談判を取材、これらの活躍が認められて明治二十九年から東京朝日新聞編集主筆になり、十二月には日清親善大使張之洞《ちょうしどう》に面会する。主筆として社説を書く一方で、国内外を廻り多くの旅行記を連載している。幸いなことに西村には明治三十二年から翌年に掛けての南京留学の経験がある。恩師の案内に役立ちたいという思いは有難い。

三

三月二十三日、日本郵船の客船河内丸で馬関（下関）を出航する。田健治郎に預けた遺書には

『我生還せば之を焚け』と書いてある。決死の覚悟の欧州旅行である。紹一郎も早い時期から家を出て学問をさせ、大人になってからの十五年余は清国とフランス国に留学させた。一緒に暮らしたのは少年時代までである。帰朝後は駿河台の家に息子夫婦を住まわせて鎌倉の別荘で暮らしていたので、久し振りに父子が水入らずの時間を持つことになった。乗船客の中に文部省派遣の留学生二名も居る。天候に恵まれ海は穏やかであった。書を読みデッキを散歩し、時には若者たちのビリヤードを見物、また、息子と船長が打つ碁を冷やかして退屈する暇など無い。さらに洋食は好物であったから食事で困ることなど無かった。

四月三日の神武天皇崩御の日に香港を離れた。神武天皇祭を祝して日本食が出たので船客を代表して挨拶を述べ、能の「羽衣」を謡って晩餐会に興を添えた。自分で言うのも変だが驚くほど元気である。石炭や水の補給のために立ち寄った港では、下船後のことを考えて船中で過ごした。読む本さえあれば退屈はしない。とにかく、元気を確保しておかねばならないからである。

五月八日、マルセーユ到着。航海日数は四十日を越えたが、着きさえすれば文句は無い。

五月九日、マルセーユの北十二里余りにあるランベスクに行く。ここは紹一郎がフランス留学の際に四年余りを過ごした土地である。宿主のコンスタンス・ヂュリーという婦人は紹一郎を見て涙を流して喜び、是非泊まってゆくようにと引き止め歓待してくれた。紹一郎の話によると、滞在中は婦人の実の子供のように大切にしてくれたという。人の情けは万国共通であると思った。次の日にマルセーユに引き返し、息子の案内で街を見物して廻った。

五月十五日、ローマ着。ここを拠点にイタリアの主要都市を遊覧する。南部ナポリからはベスビオ火山が見えたが山の姿形は鹿児島の桜島に似ていた。北東部のベニスでは寺院や宮殿を見学した。

五月二十二日朝、目的地のウィーンに到着。「萬国学士院連合会議」は五月二十九日から五日間にわたって開催される。この国ができたのは日本の鎌倉時代末期である。小国ながら歴史が古いので見所は多い。石造りの高層の建築物や教会の尖塔が朝靄の中に浮かぶ風景は水墨画を思わせる。出席者八十余名の中の最長老であった。外国語は全く話せないので、『日本歴史略説』という論文を準備した。これは横浜在住の元英語通詞に英訳させて作ったもので、各国代表に配って会議出席の任を果たした。また、息子の通訳のおかげで諸国の学者との交流を楽しむことができた。閉会前夜、オーストリア皇帝は各国代表者に、ねぎらいの言葉を掛けた。遥か極東の日本から来た老人の出席者に驚き、「我が皇族の中に八十一歳の者が一人いるが、日本国を訪れようとは思いも寄らぬことである」と特別の言葉を賜った。息子は皇帝に会えたことを喜び、「父のおかげ」と感激した。

六月六日、ウィーンからブダペストへの一泊の旅。市内を遊覧してウィーンへ戻る。

六月八日、スイス行きの列車でチューリッヒとジュネーブを経てフランスへ入る。リヨンとマルセーユで各二泊して市街地の観光施設を見て廻った。

六月十六日、パリ着。この地は芸術的歴史的に有名な場所なので、一週間から十日を費やすことにした。ルーブル美術館の見学に二日をあてた。壮麗なベルサイユ宮殿を見て感動し、五十年かけて造られたことに驚き、そして、壮麗豪奢な宮殿や庭園がブルボン王朝の没落につながったことを知った。イギリスとドイツも、それぞれ十日の滞在を予定したが、用務は終わったので今後の日程は柔軟に考えることにする。

パリを出て英国ロンドンへ。ここには、日本大使館参事官の伊集院彦吉と横浜正金銀行ロンドン支店勤務の大久保利賢《としかた》がいる。連日見物に出かけたが、必ず二人のうちのどちらかが案内役として同行してくれたので無駄なく見学できた。テムズ河で乗った遊覧船も気に入ったし、ケンブリッジ大学の講義参観は有意義であった。ロンドンを去る前夜、二人の案内の労に感謝する宴をホテルで持った。宴が果てて別れる時は玄関まで見送った。今生の別れと思うと別れ難く、互いに西洋風に手を痺れるほど固く握って別れの挨拶とした。

二人の馬車が闇に消えるまで見送った。すると背後から息子が声を掛けた。

「父上と、あの方々とはどういう関係ですか」

「最初に紹介したではないか」

「名前と勤務先だけでしたよ」

「そうか。大久保利賢は、大久保利通の三男利武と京の妻との間に産まれた子だ。誕生は西南戦争の翌年であったと思う。東大に入ったとき訪ねて来た。大久保家に紹介しようかと言った時、母親は日陰の身なので自分も近づかないことにすると言って淋しく笑った」

「私には、そういう兄弟はいないのですか」

「わしは、政治家ではない」

「居たら会いたかったのに」

「それは考えすぎだ」

「では、男爵伊集院彦吉氏と父上との関係は」

「薩摩閥のひとりで、妻は大久保利通の長女芳だ。ついでに言うと、大久保利通の長男利和の妻は我が家の尚だ」

「我が家が、そんなに大久保家と深い関係にあったとは知りませんでした。どうして教えてくれなかったのです」

「聞けば教えた」

「知らないのだから聞きようがないでしょう。父は、時々変なことを言う」

「子供に込み入ったことを言っても理解はできないだろう。明日はドイツだ。早く寝ろ」

「ベルギーには、舌がとろけそうな甘い菓子があるそうです。楽しみだなあ」

「まるで子供だな」と言うと、「私は父の子です」と口を尖らせたので思わず笑ってしまった。すると、「父はもっと笑うべきです」と言った。

英国からベルギー経由でドイツのベルリンへ入った。十日の滞在中に王宮や博物館や大病院を見学。結果として、パリ・ロンドン・ベルリンの三大都市の見学に一ヵ月をかけたことになる。

ベルリンからロシアの首都ペテルブルクへ移動して冬の宮殿を見て、ペテルホッフで夏の宮殿を見学する。この時はベルリン留学中の宮原武熊が同行してくれた。

紹一郎はホテルに帰ってから聞いた。

「どうしたら、あのように親切な友人ができるのですか」

「宮原は鹿児島出身の医学生だ。東大に入った者は、皆わしに挨拶に来る。可愛いではないか」

「そんな趣味があったのですか」

「馬鹿なことを言うな」

「冗談ですよ、冗談。父は真面目すぎて付き合いにくいのが難点です」

「もう良い。論語の『仁』の精神で人に接することだ」

「久し振りに聞いたなあ、仁の意味を。人がこの世に二人しか居ないとしたら互いに助け合い互いに相手を思いやる。だから、人が二人と書いて仁となる、でしたね」

「真心を以て接すれば、相手もそれに応えてくれる。それだけのことだ、理屈ではない」

父子が一緒に過ごしたのは息子の少年時代だけである。その後は勉学のために家を出て長崎で蘭学を学び、清国やフランスで留学生として過ごした。息子が帰国すると、親夫婦は鎌倉に移り、週に一、二度顔を合わすだけの間柄となった。親子で過ごす時間が少なかったので互いに遠慮が生じて親しみが薄れ、なんとなく冷たいものが親子の間に横たわっていた。「父上」が「父」になったところを見ると、今回の旅で父子を隔てる垣根が少しずつ低くなっていったような気がする。

七月三十日、ペテルブルクからモスクワへ移動する。疲労は極限に達していたのでモスクワ観光をやめて丸一日ホテルで過ごし元気の回復を待った。

八月一日、シベリア鉄道でモスクワを後にする。いよいよ列車の旅の始まりである。車窓から見える景色は遠くまで続く草原だけである。列車は真っ直ぐ伸びる鉄路をひた走る。このような風景は日本人には馴染めない。交わす言葉が少なくなった。

「大丈夫ですか」と息子が聞いた。

「なぜ、そのようなことを聞く」

「なんとなく元気がないように見えます。ドイツで宮原さんに診てもらっておけばよかった」

「宮原は眼科医で、今は二度目の留学中だ」

また、話題が途切れた。

シベリア鉄道の旅は十日間である。せっかくだから清国経由で帰ろうと計画を立てたのだが、ウィーンまでで元気を使い切ったような気がする。船では風に吹かれて甲板を歩き廻ることができたし乗船客同士の交流もあった。列車の旅では、停車駅はあっても町を見物できるほどの時間は止まってくれない。列車の隔室（個室）は人目を避けて灸を据えるには都合が良いが、息子と始終顔を合わせていると会話が途切れがちになってしまった。ひたすら哈爾賓《ハルビン》到着を待った。

八月十一日、哈爾賓駅に着いた。やっと列車の旅から開放されると思いながら列車から降りた瞬間、腰の辺りに激痛が走った。

「灸治《きゅうじ》は効き目が無かったということでしょうか」

「灸を据えたから、この程度で済んだのだ。八月は夏の盛りのはずだが、ここは涼しいのう」

「悪寒がするのでは」

「気持ちが良いと言う意味だ」

「やせ我慢してはだめですよ」

「まずは宿を探してくれ。ただ、閑散とした所には足を踏み入れるな。身に危険が及ぶかもしれぬからな」

「どういうことですか」

「ここは国境の町だ。ロシア人がいて清国人が居る。わしの言いたいことが分かるか。日本は明治二十七年に清国と、その十年後にロシアと戦争をした。講和条約が結ばれたにしても殺された方の遺恨はいつまでも残る。大久保利通の家が西郷支持者によって打壊しに遭ったことは前に言ったと思うが、個人の恨みは時が経っても消えぬものよ。当地の軍部宛てに手紙を書くので、誰でも良いから道で出会った軍人に手紙を渡せ。国に帰り着くまでは日本の代表だから丁重に扱ってくれるだろう。手紙の中身は軍医派遣の依頼だ。ここで寝込んだりすると、そなたに迷惑をかける。何としても全快せねばならぬ。従って、わしは暫《しばら》く休養をとる。途中で朝日新聞の通信部に寄って時彦と連絡を取ってくれ」

　息子の顔が引き攣っていた。

　ヨーロッパの主要都市は残らず見て廻った。異国文化に存分に浸り多くの知識を得て目的は達したと思ったが、残念ながらあと一歩のところで身体が動かなくなってしまった。平原の中をただひた走るだけの、座りっぱなしの十二日間の列車の旅が良くなかったと思う。息子との二人旅も日を重ねるうちに話題も尽きてしまった。白紙に罫を引いて囲碁をやったこともある。毎日、三里に灸をすえたが、病気予防のつもりが健康祈願の様相を呈してきた。もっと若ければと何度思ったことか。見物に廻るたびに老齢を悲しむ気持ちが付いて廻った。思い起こせば、マルセーユの港に第一歩を下ろした日、足に小さな痛みを覚えた。靴の大きさが合わなかったと思って少し大きめの靴に変えたが、足の痛みは楽にはなっても臀部《でんぶ》奥の痛みは付いて廻った。近頃は身体全体が重く感じられて気分が冴えない。ここで寝込むと、それ見たことかと嗤《わら》われる。なんとしても溌剌《はつらつ》とした顔で帰国したい。

息子は上機嫌で帰って来た。

「これから国賓待遇の次くらいの部屋に移りますが、明日も熱が下がらないときは軍医を呼ぶことになっています。時彦さんには哈爾賓駅を発つときに連絡を入れます」

「すまなかった。ところで、何処を見てきた」

「松花江《ショウカコウ》を見てきました。冬は凍るんだそうです。緑樹並木が影を作って涼しいんですよ。夕焼けの空が街を紅く染めると聞きました」

息子は時彦と落ち合う日を十二日と決めていた。

ぼんやり窓外の景色を眺めていたとき、突然、松尾芭蕉の辞世の句が浮かんだ。

——旅に病んで夢は枯野を駆けめぐる

漢詩の重厚さに比べ俳諧発句はひとことで言えば軽い。しかし、軽妙と滑稽の中に、詠む人の心情が的確に読み込まれている。そういえば、上野の不忍池近くの茶屋で漢学者の会を開いたとき、離れ座敷では句会を催していて賑やかな笑い声が聞こえていた。明治になって江戸期の俳諧が勃興し、代わって漢学が衰退して行ったようにも思える。句意を己の身に重ねた。異国の街に旅に病んだ自分がいて、未だ果たせぬ残りの夢がロシアの広野を駆け巡っている。このような意味に取った。長年の夢であった欧州旅行を終えた今、日本文化の祖である清国をこそ見ておくべきであったと反省している。これこそが残りの夢に当たる。次は清国を訪れよう。できれば来年。そんな思いが気持ちを奮い立たせる。

息子は、机上の句を見て自分も作ると言い出した。この街の道路は道幅が広くて真っ直ぐ伸びていて道の両側の大木の並木は濃い影を作って「嘘のように涼しい」と長い前置きを言ってから一句詠んだ。

——哈爾賓や夏でも涼し松花江

「これでは町の説明にしかすぎぬ。せめて旅情でも詠んであれば」

「これだけできれば上々じゃありませんか」

「自画自賛は見苦しいぞ」

「父には誉めてもらえませんから、自分で自分を褒めるんです」

哈爾賓は五百年以上の歴史を持つ清国の東北地方の古都である。明治二十四年帝政ロシアがシベリア鉄道建設に着手、同二十七年に日本が清国に宣戦布告、翌年日清講和条約締結。明治三十一年に、ロシアが大連・旅順を租借し、哈爾賓と大連を結ぶ鉄道を敷いた。この鉄路と松花江が交わる地点が哈爾賓である。駅の南側にロシア正教会の教会が建っていて異国情緒あふれる風景を見せている。息子は「ヨーロッパのようだ」と評した。

八月十二日夜十時半、奉天駅着。

西村時彦は、大阪朝日新聞特派員の岡野某を連れて待っていた。

「長旅ゆえに体調を崩されたのではないかと案じておりました」

「見てのとおりピンピンだ。ところで、いつ日本を発った」

「八月七日神戸発の鉄嶺丸です。……これよりご一緒させていただきます」

駅に近い金城館が奉天での宿である。無理を避けて駅周辺の見物に留めた。奉天は、かつて盛京と呼ばれた古都であるが、今は北京に次ぐ第二の都市として賑わっている。

八月十四日、時彦の案内で馬車を走らせ北陵を見に行った。陵は大きな墓のこと、奉天には清祖二代の陵墓があり、時彦の説明によると北陵は八年をかけて造営したという。正面の石門から参道に至るまで大理石で造営され、参道の両側には大きな石獣が並んでいた。午後になって雨が降り出したので宿に引き返す。夜、萩原総領事主催の宴に招かれた。

八月十五日、時彦と十一時発の列車で新民屯へ。駅から宿の日新館まで馬車で行ったが道が悪く閉口した。中心都市を離れるといろいろな物が昔のままに置き去りにされているように感じる。

手控え帳には、時々の印象を記してある。

『無辺の豊草、無数の牛羊、目も遥かに見渡しつつ列車は行く。料理はうまし、景色も良し』と。

奉天北京間の乗車賃は円で払い、食堂車の昼食代はドルで払った。

八月十七日から二十日まで天津に滞在する。暑気に当たったのか気分が優れない。健康を第一に考え外出は市内中心部の見物に絞った。案内は駐屯隊の亀井大尉である。清国の古い町は濠と高い城壁に囲まれた中にあるが、天津は城壁を壊して濠を埋めて平らな都市に変えたので開放的である。

八月二十日、北京駅到着。公使館員・守備隊・御雇教官らが出迎えた。北京は華北地方の中心にあって清国の政治の中枢都市であり、上海と並ぶ経済や文化の中心地である。

最初に政府庁舎に那桐《なとう》氏を訪ねる。今から五年前、つまり明治三十五年（一九〇二）、当時の清国政府は貨幣や流通に関する制度を日本式に替えることを検討していた。そこで那桐や清国の税務関係相談役の英国人・通訳二人からなる調査団を日本に派遣した。一行は日本の財務関係の要人と会い、およそ一ヵ月をかけて日本の主要都市と軍事工場・学校・工場などを見学して帰った。那桐と会ったのは、松方正義の部屋であった。松方が「この重野は薩英戦争の後始末で自国に有利に導いた人物」と紹介したとき、通訳が訳語に詰まった。漢文で書いて見せると意味が通じたので後は筆談で対談をしたのであった。あの時の視察は役に立ったかと聞くと、大いに役立ったと答え再会を喜んでくれた。次に宇野文学士の案内で孔子廟に参詣。宿の扶桑館に帰ると気分が悪く往診を頼んだ。医師の診断は大腸カタルであったので、招待行事全てを断わって部屋に籠もることにした。食当たりらしく下痢が続く。食べなければ力は出ないと思って食べようとするが、この地の油っこい料理が鼻をついて受け付けない。西村と息子を街の見物に出して宿で横になって過ごす。ただただ快方を願うだけである。

八月二十四日、この二、三日は朝が涼しく、そのせいか気分が良い。健康を取り戻した気がする。あと少しの辛抱である。息子は一人で歩き回っている。

八月二十八日、午後九時三十分発の京漢鉄道で北京を後にする。漢口まで三十七時間。列車が黄河にかかる鉄橋を渡るのに二十五分かかった。だいたい対岸が見えない。何処を見ても自然の雄大さに驚くばかりである。

八月三十日、漢口到着。日本人会の午餐会に招待された。「町が立派になって人通りが増えた」と時彦は十年の変化に驚いている。

八月三十一日、長江（揚子江）を渡って武昌へ。武昌は武漢地域の中央部の長江東岸に位置する。漢水との合流地点だけに水運の要の地といえる。かつては商業で栄えたが今は政治の中心地となっている。驚いたことに、埠頭には張之洞《ちょうしどう》総督差し回しの二両の馬車が待っていた。水野領事と通訳の深沢某と時彦を交えた四人で会見場へと赴く。張之洞氏は白い顎鬚を蓄えた痩せ気味の普通の老人に見えるが、清国一の儒者にしてこの地の政界の大物である。西洋の近代的な技術を取り入れて富国強兵と殖産興業に努めよと唱えた政治家である。会談はもっぱら政治に関することで終始した。時彦は記者の顔になって鉛筆を走らせる。

伊藤博文が清国を訪れたとき、張之洞は武昌の対岸の漢口で会談、急な変化を避けるという伊藤の漸進主義に賛同、若者の日本留学と日本を通して洋学摂取の必要性を説いて近代化に大きく舵を切った人物である。富国強兵と殖産興業は大久保利通が唱えた政策と同じであることを語り、行き過ぎた西洋化は母国文化を破壊する恐れがあることを漢学の衰退を例に挙げて説明し助言とした。話題は万国学士院会議にも及んだ。黄河文明の発祥の地である清国は学問の先進国なので、一日も早く万国学士院に加入してはと薦めた。現在の翰林《かんりん》院を学士院とし、次回から参加してはと助言すると張之洞は賛同。会談は終始和やかな雰囲気の中で行われた。昼餐は学務公所で供せられ、張之洞の代理として湖北地方の上位の役人と選り抜きの学者たちも同席した。宿には時彦と顔見知りの大阪の狂言師一行が泊まっていた。時彦は狂言二番を演じさせ旅の無聊を慰めてくれた。

八月三十一日夜、漢口で日清汽船嶽陽丸に乗船。これより長江を下って上海を目指す。風光明媚、奇岩や山容に眼を奪われ、『暁に廬山を煙雨蒼茫の中に望む』の詩を作った。

九月三日、正午に上海到着。上海は長江下流の河口に広がる三角洲にできた大都市である。世界地図を上海から指で東へたどると九州南端の鹿児島に達する。年間を通して気温は鹿児島より低いが、高温多湿で日本と同じように梅雨があるという。

紹一郎は明治二十年（一八八七）からの一年半を上海の梅渓書院で留学生として過ごした。その経験を生かして町を説明する。日本では長江という呼び方よりも揚子江の名の方が知れ渡っているという。黄浦江《こうほ》は揚子江の支流で、黄浦江の支流との合流点が上海の中心街であると説明、六年ぶりの再訪に興奮したのか饒舌《じょうぜつ》になった。

時彦は新聞記者の性であろう、いつも数字をあげて説明をする。

「黄浦江全体が港のようなものです。水深は十米以上、対岸まで四百米です」

「数字を言われてても実感が湧かない」

「先生は物事の捉え方が大雑把過ぎる」

「白髪三千丈の方が実感が湧くんだがなあ」

紹一郎は傍でにやにや笑っている。

水運の要衝地のためか、どの広場や通りを見ても人、人、人である。黄浦江と揚子江の合流点は、揚子江が東の海に注ぐ河口に近い。北の朝鮮から来た船も東の日本から来た船も、黄浦江に入ると直ちに上海中心部に至ることができる。これに揚了江上流の武漢を結ぶ大型船や、対岸へ物資を渡す中型小型の貨物船が加わり、そんな中に帆を張ったジャンクも交じる。

「今こそ数字を挙げるべきではないか」と言うと、「数が多すぎて」と時彦は答えたので三人で笑った。

港湾では多くの清国人の苦力《クーリー》が荷役仕事で忙しく働いていて、汗の匂いが届きそうな光景である。邦人が多い。朝日新聞通信員の案内で豊陽館へ移動する。ここで数日を過ごすつもりである。

年齢のせいか目覚めは早い。窓外の景色は川霧のために煙って見えない。新鮮な空気を入れようと窓を開けた途端、湿気を含んだ空気が室内に流れ込んできた。空気が濡れている。

紹一郎が散歩から帰って来た。

「お疲れのようなので、黙って出て行きました」

「もう一度行こう」と言って有無を言わさず外に連れ出した。黄浦江に沿った並木の続く大道や樹木に覆われた広場には、それぞれに運動をする集団がいて賑やかである。のろのろと歩くように身体をゆっくり動かす集団がいた。

「あれじゃあ、運動にならぬのでは」と言うと、

「古武術の一つが発展してできたと聞いています。散歩ですから川風を楽しみましょう」

子に軽くあしらわれてしまった。

次の日も空は一面の雲で覆われている。上海は高温多湿なので年中曇っていると言い、ここに長く居ると北京の秋の青空が恋しくなると加えた。

「王韜《おうとう》が生きていたら会いに行くところだが、今日は宿で原稿を書く。なにしろ、列車に乗ってから筆はほとんど進んでいないからな。そなたはどうする」

「梅渓書院は黄浦区にあるので見に行きますが、西村さんに伝言があれば朝日の支社に顔を出します」

「父は原稿書きで忙しいと伝えてくれ」

改革派の思想家として名が知れ渡っていた王韜が懐かしい。死を惜しむ気持ちは大久保と変わらない。清国の文人である王韜を日本に呼んだのは、明治十二年（一八七九）であった。四ヵ月の日本滞在中、東京・大阪・鎌倉・神戸・横浜など日本の主要都市を視察して廻った。東京では駿河台の拙宅に泊めた。清国文人との交流を日本招聘《しょうへい》の理由としたが、清を通して欧州文化の実態を知ろうという外務省の目的もあった。何しろ彼は欧州の北の国まで足を伸ばしていたからである。王韜としては、日本の近代化の進み具合を見ておきたいという気持ちがあった。

明治十年の西南戦争、十一年は大久保刺殺と、未だ国内が安定していなかった時に欧州事情に詳しい清国人がいることを外務省は把握していたのである。国内事情から王韜を表立って呼ぶことは不都合であったので、書画をよくする文人墨客として招聘したのである。昼は日本の漢学者と交流し、夕方になると羽織袴の漢学者を装った外務省の者が酒瓶を下げて駿河台の坂を上って来た。その縁で、明治二十年からの一年半の息子の上海梅渓書院の留学が実現したのであった。

紹一郎は帰って来ると、真っ先に原稿の進み具合を聞いた。

「ドイツ編があと少しだ。ところで梅渓書院はどうだった」

「もとの場所にはありましたが、日本の明治三十五年に梅渓学堂と名を変えたそうです。今は子供相手の学問所といったところでしょうか。明日ご気分がよければ私が案内します。ただ、上海は物流の拠点地ですので名所旧跡は無いに等しく、また、近代化の波が押し寄せていて変化の真っ最中というのが正直な感想です」

「ならば、書肆につれてゆけ」

上海の中心を東西に伸びる南京路が上海一の繁華街と紹一郎は話す。休日ともなると約五千米の道路は人で溢《あふ》れると聞いて外出する気を失った。身体に自信が無いことを理由に外出を取りやめ、終日原稿書きで過ごす。次の日も元気は無い。身体を動かしたくなる日を待つことにする。

九月七日、港で西村時彦と合流し、十時出港の春日丸に乗船する。朝日通信員が見送りにきてくれた。荷積みが終わり次第出港とのことなので、見送りを帰して船室に籠もる。

時彦は王韜を話題に乗せた。

「王韜のことを話したら通信員は驚きましてね。王韜は改革派の旗振り役だったそうです」

「だから日本に呼んだのだ」

時彦は取材帖を広げた。簡単な経歴が書いてある。
○文政末年の生れ～明治三十年没。
○慶応末年（一八六七）、上海でロンドン伝導会の宣教師の知遇を得て欧州に渡り芬蘭《フィンランド》に行く。
このとき、北欧は未知の世界であった。
○西欧の書物の紹介や欧州出版物の翻訳に当たる。
○明治七年（一八七四）、「循環日報」新聞社設立。
○儒学の経典である四書五経の研究に取り組み、中国古典の英訳に貢献。
時彦が王韜に興味を持ったのは、世界的視野を持った人物というよりも、新聞人としての活躍であった。

取材帖を覗いていた紹一郎が呟いた。

「キリスト教に出会うと、人は生き方が変わるのですね」と。

おそらく、昇曙夢のことが頭にあったのだろう。

「その人は、日本では何処を廻ったのですか」

「長崎上陸後は、日本各地を見ながら東京を目指した。大阪は商都、神戸横浜は異人の町、首都東京は政治の町だ」

「先生の欧州願望は王韜氏との出会いによって醸成されたということになりますか」

「さすが新聞記者だ。うまいことを言う」

「他に面白い話はありませんか」

「人を笑い者にする気だな」

「先生、大衆を置き去りにして新聞社は成り立ちません。昨年連載が終わった漱石先生の「猫」は、未だお読みになっておられないのですか、残念だなあ。猫が人間の言葉を喋るなんて有り得ない荒唐無稽の話ですが、あれで結構新聞の売り上げは伸びたんです。堅い話だけでは大衆はついて来ません」

小休止の後、話題は大阪で開いた「成達書院」に移った。これは大阪朝日に載せたいという。

「明治三年に書林秋田屋の世話で大坂本町一丁目に開いた。門人の中に木場貞長《さだたけ》や岩崎弥太郎兄弟がいた。わしが東京に出たのは、明治四年に岩崎兄弟が興した三菱汽船の紅葉丸という船であった。岩崎には何度も助けられた。昨年六月出版の『国史綜覧稿』十巻も費用を出してくれたから世に出たものだ」

「良いお弟子さんを持たれて良かったですね」

「そなたも良き弟子の一人だ」

「有難うございます」

明治初期、雨後の筍のように新聞社ができたが、売り上げ本位の姿勢が評判を落としたという。

「ところで、木場貞長という名は初めて聞きましたが」

「わしが教えたのは、貞長が十四、五歳の頃であったと思う。その後、東京大学を終えてから文部省に入ったのだが、伊藤博文に見出されてドイツに留学し大日本憲法の作成に係わった。今は法学博士だ」

「意外な方と親交があったのですね」

「意外ではない。彼の父親は、西郷の友人で元大島代官所の代官附役（見聞役）の木場伝内だ。附役は代官に次ぐ役職でな、流罪中の西郷と留守家族を支えた」

「成達書院での教材を覚えていらっしゃいますか」

「左伝・荘子・管子・文章規範などであった。もっとも塾生の年齢や能力に応じて別に教材を選んだこともある」

「では最後に、今回の旅で一番良かったことは」

「全て良かった」

「それはそれとして、失敗談が欲しいのです」

「やはり、このわしを笑い者にしたいのだな」

「読者は大人物の失敗談をことのほか喜びます。凡人と変わらないところがあると、親近感を感じるようです」

「わしの辞書に失敗と言う言葉は無い」と言うと息子は笑顔を浮かべて話に割り込んだ。

「父の言うとおりです。父は、『福翁自伝』の失敗談を暗記するくらいに読んでいました。要するに、眼光紙背に徹す読み方です。ナイフとフォークの使い方から、女性に先を譲る洋式作法まで完全に我が物として身に付けています」

福沢諭吉は万延元年（一八六〇）にアメリカへ渡り、二年後の文久二年には遣欧使節団随員として一年をかけフランス・イギリス・オランダを廻っている。この間の諭吉の失敗談を他山の石としたと、息子は父の肩を持ってくれた。親としては嬉しい息子の言葉であった。

九月九日、長崎の山々が遠くに薄く見えてきた。久し振りの日本である。江戸時代に出島に向かうオランダやポルトガル船が見た風景と同じと思うと親しみが湧く。自分も遠い欧州から長い日数をかけて旅をしてきたのである。清国では哈爾賓・奉天・北京・武昌・漢口・上海と、六大都市を廻って来た。カピタンに自分を重ねて長崎の風景を見ていた。清国は三千年の歴史を持つ国であり、日本は漢字を通して清の文化を取り入れ日本独特の文化に発展させた。見るべきところは無限にある。もう一度清国へ行こう、そう決めた。

船は長崎港に錨を下ろした。検疫所で朝風呂に入る。今まで濡れたような空気に包まれていたのだから生き返ったような気がする。風呂は最高の御馳走であった。この日は上野屋に投宿することになった。

十日、夜行列車で長崎駅を発ち翌日の早朝に大阪駅に着く。時彦は自宅に帰り、紹一郎は大阪見物。その間、旅館「花屋」にて休養。

十二日に大阪教育会主催の歓迎会に出席して、次の日の大阪発東京行の夜行列車に乗る。また、親子二人旅となる。

「ヨーロッパで病気に罹《かか》らなかったのは幸いでしたね」

「シベリア鉄道の研究が足らなかったと反省している。清国では、そなたを足止めしてしまい申し訳なく思っている。ところで、そなたが一番気に入った町は何処だ」

「哈爾賓です。いろいろな国の建物があって、いろいろな人種がいて、面白い国だと思いました。満州人に日本人、ロシア人に朝鮮人も居た。松花江は、冬は凍ると聞きました」

「何月から何月まで凍結するのだ」

「それは聞かなかったなあ」

「詳しく聞くべきだな」

「分かりました。これからは気をつけます」

息子の力の無い声を聞いて、自分が上からの目線で物言う癖があるのに気付いた。それが証拠に、息子は話の接ぎ穂を失って黙り込んでしまった。

九月十四日、横浜駅が近付くと車内は賑やかになった。歩いて江戸まで行ったことなど若者世代には想像もつくまい。急速な近代化が便利さをもたらした。その一方で失ったものも多い。日本人は、このことに気付いて欲しいと切に望む。

これからは息子世代の世の中である。清国旅行の後は、鎌倉でそっと暮らそう。旅の締めくくりとして、そんなことを考えた。

「紹一郎には世話になった。感謝の一言しか無い」

「私こそ珍しい経験をさせてもらって有難く思っています。重野安繹の息子であったからこそ、一国の皇帝と直接話ができました。欧州には何度も行きたいものです」

「わしは、来年清国に行こうと思っている」

「そのためには健康です。体力づくりを一から始めないと」

「菊は駅に来ているだろうか」

「勿論、来ていますよ」

新橋駅から歓迎会が開かれる料亭まで人力車で行くことになっている。

「私に父と同行を頼んだのは母ですよ」

「信じられん」

「嘘を言ってどうします。父さんは一つのことに夢中になると周囲が見えなくなるので気をつけなさいと母から言われました」

「そんなことを言ったのか」

「だから、最初に母に声を掛けてくださいね」

「負うた子に教えられた」

「話途中で名言や成句を持ち出すから、融通のきかない頑固者に見られるんです。これからは柔らかく生きましょう。人生には笑顔も必要なのです」

なんとなく息子に説教を食らった気分である。

「老いては子に従えか」

「ほら、また。いま言ったばかりでしょう。話の途中に格言を入れるなって」

「分かった。これからは妻にも息子にも従うことにする」

終点の新橋駅が近づいたので乗客は下車の準備を始めた。

正直言って生きて帰ることができてほっとしている。ハルビン到着以降は宿で寝ていたようなものである。しかし、その時間があったからこそ無事に帰国できたと思っている。儒教の国に行きながら、多くの名所旧跡の近くまで行きながら、宿の天井を見て日を過ごした。清国には何としても出かけたい。いや、その前に「欧州見聞録」のようなものを書こう。これから忙しくなる。

「あと十分で着きます」と言った紹一郎の声で我に返った。

四

九月二十九日から、西村天囚の「清国紀行」の連載が始まった。

『果ても知らぬ広野の景色』の車窓風景から始まり、眼を転じて車内の混雑の様子を描き、運賃など数字を具体的に記し、重野安繹が紙上に顔を出すのは数日後となる。そして、十月六日付朝日新聞には、『奉天の二日』と題する記事が紙面を飾った。奉天は清朝にとって第二の都、その賑やかな奉天駅の雑踏の描写から記事は始まる。

『九月十二日夜、……鬢こそ白けれ、髪は猶黒きが多くして、眼鏡だに用ひたまはぬ師の君の日頃の康健は知るものから、何を云うても八十一の高年なれば、インド洋の荒波や如何に、酷暑中十日余りのシベリア鉄道は老体に障りたまはずやなど気遣ひしに、かくしゃく旧の如く、相遭うて一笑したまへる元気、壮者も及ぶ可からざるに、欣喜云はん方なく、ともに金城館に入りて、夜深くるまでの物語尽くべくもあらず。停車場より城内への新道は十間幅もやあらん。左右は人道中央は車道、平坦にして広闊《こうかつ》、満州首都の気象あり。

太宗文皇帝陵（昭陵）を参拝す。城を去ること八清里、草色茅々たる広野を行く。山陵は平地に在れども、全山皆松柏の老樹なり。陵道の入口に石の下馬碑あり。……』

布団の傍らで記事を読む西村の声を、安繹は横になって聞いている。以前なら正座をして聞いたはずである。旅の疲れが安繹の身体に居座った感じである。身体が鉛のように重いと言うので客を断わったこともあると聞いた。そもそもが、鎌倉扇ケ谷で病床にあったことを隠して臨んだ欧州旅行であった。こうして病床に伏した姿を見ると、半年に及ぶ旅は八十歳老人には無理であったと誰もが思った。

しかし、病床で脳は活発に動いて旅を振り返っていた。心配した四十余日の船旅の方が、十二日間の列車の旅より楽であった。船上の有り余る時間は有効に使った。本さえあれば退屈することは無かったし、二人の文部省派遣の留学生とは親しく話をした。特に忘れられないのは、「日本語の将来について」の講演をしたことである。だが、欧州に向かう船客はだれひとり興味を示さなかった。元漢学者としては、これが一番悲しかった。漢字廃止論は、慶応二年（一八六六）に前島密という幕臣が、「漢字御廃止之儀」を時の将軍慶喜に建白してから漢学無用論が広がり始めた。欧州の国々を見てきた今だからこそ、漢学を捨てることは日本文化を捨てることに通じると声を大にして言える。

原稿の催促のために西村時彦が重野邸を訪れると、先に紹一郎の部屋に呼ばれた。息子夫婦は口を揃えて言う。「人は老いれば衰えるという道理が父の中から抜け落ちている」と。帰宅して半月ほど経った日のこと、病室にしている離れから奇怪な掛け声が聞こえてきたという。襖を開けると、寝ているはずの病人は上半身裸で布団の上に仁王立ちになって、天突き体操をやっていた。「気の緩みが病を招いた。このままでは足が萎える」と言ったという。

西村が離れに顔を出すと、安繹は横になったまま言った。

「時彦か、次はアメリカに行こうと思っている」

「その前に『清国旅行記』を仕上げていただかないと困ります」

「まだ渡してなかったか」

「また、どうして、アメリカへ行こうと思われたのですか」

「百聞は一見にしかずと言うではないか」

「いや、それはそうですが」

紹一郎の部屋に戻って、安繹の米国行きの経緯を尋ねた。

「先生は以前、清国に行くと言っておられましたが」

「突然アメリカに行くと言い出しましてね。あの身体で外遊ができると思いますか。……実はお願いがあるのですが、父の伝記を書いて欲しいのです。父が元気になったら扇ケ谷へ移しますので、取材は鎌倉で」

「年が明けたら、速記者を連れて伺います。場合によっては泊り込みで取材しましょう」

紹一郎に異存は無かった。

明治四十二年（一九〇九）一月、西村は速記者を連れて鎌倉扇谷の重野の別荘を訪れると、「先に清国に行き、その後にアメリカに行く」と外遊先の順番が入れ替わっていた。年齢から考えて二度の外国旅行は無理である。先の旅では北京で大腸カタルに罹って何日間も旅館で寝ていたし帰国後も長期間病床に伏していた。その時のことをすっかり忘れている。

速記の準備が終わったところで話しかけた。

「大島流罪の時から、お話をしていただきましょうか」

反応が無い。師は布団の上に座ったまま首を垂れて眠っている。「先生」と声をかけると、「おう」と答えて眼は開けたものの、「泊まってゆけ」と関係の無いことを言った。聴き取りは無理と判断した。

「先生の大島時代の日記があれば、それをもとに書くことができますが」

「垂翅録と表紙に書いたが、どこにやったか覚えていない」

「では、大島時代を詳しく知る人はいませんか」

「弥四郎という三菱汽船に乗っている男がいる。船名は岩崎に聞いてくれ。岩崎兄弟は大坂時代の弟子だ。大坂から東京へ出る時は彼らの船に乗って出てきた」

「では、東京に出てこられた明治四年から後のことを伺いましょう」

「うん、帰国途中で刺客に襲われるのではないかと恐れた」

それは帰国を命ぜられて江戸を脱出する時の話である。記憶の中で時の流れが入り混じっている。紹一郎の作った年表を見て大久保利通との接点が多いことに気がついた。囲碁という共通の趣味があったし、養女尚は大久保利通の長男に嫁している。「西郷は無学だが、走り回るには宜しい人物」と大久保が評したことなど知る人はいない。大久保の近くに居たからこそ知り得た事柄もある。ばらばらでも良い。できるだけ世に知られていない逸話を集めよう。今となっては、この方法しか無かった。

師は帰り際に言った。

「時彦、近々ここを引き上げるので次は谷中で会おう」

以前から駿河台の家はニコライ堂に近すぎて、まるでグワンギャングワンギャンと鐘の中に首を突っ込んでいるようだとこぼし転居先を探していた。昼夜に関係なく目が覚めた時に起きだして本を読み執筆するには静かな環境が必要であった。東京は山と谷の町である。ニコライ堂から遠くて大学や図書館に近い場所、本郷台と上野台の谷間の谷中に家を求めたのであった。

明治四十三年（一九一〇）元旦、かつての教え子たちが谷中の家に年賀の挨拶に訪れた。

安繹は機嫌よく客を迎える。

「挨拶は無用だ。さ、上がった、上がった。ここは誰に聞いた」

「息子さんからお聞きしました」

返事は無かった。

「お元気そうで何よりでございます。ところで、今年で何歳になられました」

「八十四歳だ。まだ十年は生きるぞ。今は、これまで書いた物の校閲をやっておる。残すからには完璧なものにしておきたい」

と言いながら朱を入れている。

眼の前で、客そっちのけで校閲をやられると訪れた方としては居心地が悪く早々に帰る者もいる。中には、せっかく訪れたのだからと漢学の将来について聞いた者がいる。

「手遅れかもしれないが、品格ある詩文は残しておきたい」と答えたという。記憶が正常と異常の間を行き来していると評した客もいる。家族の話では、真夜中であろうと早朝であろうと、目が覚めると同時に起き上がって筆を握っているという。眠る時間を惜しんで校閲に取り組む姿は、一刻も早く完全なものにしたいという気持ちの表れではあろうが、死への道を歩き始めたことにもなる。しかし、本人の頭から年齢という概念が消えている。

正月三が日を谷中で過ごすと、翌日には鎌倉の別荘へと向かった。今は鎌倉の方が本宅のようなものである。三方を山に囲まれ南は相模の海に向かって開けている鎌倉は、雪は降っても東京ほど深く積もることは無く温暖である。散歩が日課となった。山腹に建つ長谷寺に上ると木々の緑と屋並みの向こうに海が光って見える。潮の匂いは届かなくとも島で暮らした身には心休まる景色である。黒松などの樹木が多く古都にふさわしい。寺院が多く道に迷っても何かしら歴史上の旧跡に出会う。足が弱ってからは平地を歩くようになった。しかし、寺の石碑や墓石の文字を読んで歩けば退屈はしない。やがて帰り道を失うようになり、途方に暮れて道端の地蔵仏の傍に座り込んでいた時もある。鎌倉扇ケ谷に別荘を建てたのは、軽い脳卒中を起こした明治三十八年頃であった。鬱蒼とした緑の丘陵が囲む盆地には扇川という小川が流れている。この扇ケ谷は鎌倉幕府の要人が住んだ一帯である。寺院や旧跡が多いのも納得できる。明治になって世の中が落ち着くと、政府や財界人の別荘地となった。通りから離れ緑に囲まれた場所に建つ「環翠庵」が重野家の別荘である。静養するに最適の場所であった。それは自然ばかりではない。教え子の岩崎家の別荘も近いし、同郷の心を許した二人の友が近くに住んでいた。「環翠庵」の西隣は子爵税所篤、南隣が男爵本田親雄《ちかお》の別荘である。共に薩摩藩の出身で年齢も近かった。文政十二年（一八二九）生まれの本田は京都留守居役を勤め、戊辰の役では陸海軍の参謀、その後は元老院大書記官や議官を勤め去年三月に亡くなった。文政十年生まれの税所は元老院議官や宮中顧問官を歴任し、大久保・西郷とともに薩摩閥の重鎮であった。藩政時代に三島方蔵役を務め、流罪中の西郷を助け、帰国後は鹿児島に居て中央の動きを手紙で知らせた。西郷の留守宅を経済的に支援している。身体が弱ってから桜島が見たいと言い出したので、望郷の思いを叶えてやろうと家族が鹿児島に移したが、転居後しばらくして訃報が届いた。友の死と自身の体力の衰えを自覚すれば、己の死を意識せざるを得ない。その気持ちが著書の訂正や内容の適否を確かめる作業となったのであろう。かなり前から散歩に出ても切り通しを越えることはなくなっていたが、今は落ち葉の重なりは風情を感じるどころか滑る危険がついて廻る。地蔵尊の立っていた場所も忘れ、近頃は人の名が咄嗟に浮かんでこない。過去が脈絡無く浮かび、場違いなことを口走るようになった。『人も馬も道行き疲れ死ににけり』、素晴らしいと思って覚えたはずの短歌の下の句が思い出せない。詠んだ歌人の名が思い出せないので、読み人知らずの歌になってしまった。道の奥に先に逝った菊が待っているような気がする。

女中の連絡で息子夫婦が住む東京市の谷中に連れ帰ったが、歩く気力さえ失っていた。

西村は発行一万号記念の朝日新聞一月三日号を持参して社説を読んで聞かせた。返って来た言葉は記事とは無関係な事柄であった。

「斉彬公や西郷と大久保の早世は、実に惜しい」

「長生きしていたら違った世になったかもしれませんね」

と返したが、答える声は無かった。

目は窪み、頬はこけ、鼻髭と顎鬚は黄色に濁って艶が無い。

「耳は最後まで聞こえているとお医者様がおっしゃいました。どうぞ、声をかけてください」

ヤスに促され、西村は安繹の耳元で怒鳴るように話しかける。

「我が社主催の世界一周旅行にですね、私が特派員として行きますので、帰国後の体験記を楽しみに待っていてください」

安繹が軽く頷くと、ヤスは「ほら、でしょう」と微笑んだ。

「アメリカへ行く」と言ったかと思うと「葬儀は質素を旨とすべし」と遺言めいた言葉も交じる。

帰国後の二年ばかりは元気で週に一、二度は東京に出て来ていたとヤスは言う。

「急に体力が落ちてしまいました。スイスから引き返すべきであったと思っています」

紹一郎の言葉である。

十二月に入るとすぐ、医者は安繹の死が近いことを告げた。この日、西村がひとりの男を連れて現れた。いつもは声をかけてから勝手に上がって来るのに、今日は玄関で迎えを待っている。

ヤスが応対に出た。

「この人、誰だか分かりますか」と、西村。

「何処かでお会いしたような気がしますが」

「お久しぶりです。ウヤスさんが島を離れる時、私は」

客の言葉途中で、ヤスが「ああっ」と大声で叫んだ。

島でウヤスと呼ばれていたことを知っている者は少ない。

「弥四郎さん、弥四郎さんですよね、ああ、弥四郎さんだ。嬉しい。島では随分お世話になって、大人になってから、そんなことが分かって、いつかお会いしたら、お礼を陳べるつもりで」

言葉を詰まらせたヤスの頬を涙が流れた。

西村が言葉を継いだ。

「最初は新聞の尋ね人欄で呼びかけたのですが連絡がつかず、三菱汽船に問い合わせて、やっと乗船名が分かって」

「話は後にしましょう。父に声を掛けてください。どんなに喜ぶことでしょう。さあ、上がってください」

ヤスが西村と弥四郎を病室へと案内する。

「先生、時彦です。ついに弥四郎君を見つけましたよ」

安繹の唇が震えはじめ、両眼の目尻から涙が溢れ出てきた。手が何かを探るように布団の上を這うと、弥四郎は師の手を両手で包んで涙を堪えていたが、ついに声に出して泣き出した。

「父は弥四郎さんをずっと心配していました」

「ヒザ解放に反対する勢力に襲われたのです。襲ったのは豪農に雇われた連中でした。ヒザを助けようとしているわたしをヒザが襲ったと分かると、自分がやっていることが馬鹿らしくなって鰹船に乗ったのです。それを先生が探し出して三菱の船に乗せ、もうすぐ欧州航路に乗ることになっています。先生のご恩は一生忘れません」

西村は安繹の枕元の「舞姫」を指差し、「これは」と尋ねた。

「読んで聞かせてあげているんですよ。獣園やブランデンブルク門の所ではウンウンと頷いていました」

「よほど欧州旅行が印象に残っておられるのですね」

西村は、その場をそっと離れて、紹一郎から葬儀に至る一連の行事の取材許可を取った。

十二月六日の明け方、安繹は医者が打とうとする注射を制して静かに眼を瞑《つぶ》った。危篤状態に陥ったとの報せを受け、朝から親族や知人が駆けつけた。農商務省水産課長下啓介、公爵大久保利和、男爵田健治郎、かつての薩摩閥の友人知人の子供たち、……。

午後五時、安繹は黄泉の国に旅立った。見守る人々は無言で見送った。涙をためたヤスが隣室に控えて居た弥四郎に知らせると、声を押し殺して泣く弥四郎の声が静かな屋内に聞こえていた。

翌十二月七日の新聞は重野安繹の死と葬儀が十日午後二時から谷中斎場で神式で執り行うと報じ、喪主である重野紹一郎は儀仗兵の随伴と葬列を断り、「葬儀は儒家にふさわしく質素に執り行います」と記者に語ったと伝えた。

解　説

勝又　浩

「山月記」や「李陵」の作者中島敦の祖父中島慶太郎は撫山と号した漢学者だった。江戸で、下町の儒者として人気のあった亀田鵬斎の門に入り、その子綾瀬、綾瀬亡き後はその養継嗣鶯谷に師事、門下の「五俊秀」と言われた、その筆頭であった。三〇歳で独立、両国に私塾「演孔堂」を開いた。しかし、ほどなく明治維新の騒乱に遭って江戸からの避難を余儀なくされた。明治三年、かつて鶯谷の代講として訪れた地の縁故を頼って春日部、岩槻等を転々とするが、最終的に埼玉久喜町に落ち着くことになる。明治六年、その地で「幸魂教舎」を創設、そこで生涯を終えることになる。幸魂（埼玉の別字）教舎は人気があって生徒が増え、教室を増築するほどであった。撫山の六男、中島敦の父・田人はこの地で生まれているが、上級学校には進まず家学で漢文教師の資格を取っている。幸魂教舎は明治四四年、撫山が八二歳で没するまで続いたが、最終的には千二百余名の卒業生を送り出した。撫山没後、三男竦之助（玉振、「言揚学舎」を起こす）の編集で撫山遺稿『演孔堂詩文』（上下、昭和六年）、『性説疎義』（上下、昭和一〇年）が刊行された。昭和一六年、撫山自宅跡に記念碑が建てられた。

中島敦は明治四三年の生まれだから、かろうじて撫山に会えたはずだが、そのあたりは微妙である。母親の生家でうまれて、間もなく両親が離婚しているからだ。しかしそのために二歳から学齢にいたるまでは祖母、撫山の妻きく・田人の母のもとで育っている。父親の再婚を機に引き取られるが、そのあとは父親の転任に伴って三度転校、中学校は朝鮮京城であったが、そこから一高を経て昭和八年、東大国文科を卒業する。大変な就職難の時代で、秀才中島敦も苦戦しているが、そうしたなかで何とか「横浜高等女学校」に就職できた。実はこの学校の理事長田沼勝之助が「幸魂教舎」の卒業生で、撫山の教え子であった。その関係で父田人に来た話が敦に回されたのだと伝わっている。

さて、本書の主人公・重野安繹とは何の接点もない中島撫山について長々と紹介してきたが、実はこの撫山は文政一二年（一八二九）の生まれで、同一〇年生まれの重野安繹の二歳年下だった。大きく括れば、まさに同時代を生きた同世代の漢学者だったことになる。そして、ことさらそう言ってみれば分かるように、同じ漢学者でありながら二人に何の接点もなかったところに反って二人の生きた時代の性格が明確に現れている。

薩摩藩の、いわばエリート漢学者であった重野安繹は、その学歴で言えばまず藩校造士館の出、そこからさらに江戸留学が許されて昌平黌に入学する。昌平黌とは、これも言ってみれば幕府時代の東京帝国大学であって、彼は二つの最高学府を兼修したことになる。したがってその学問教養の実力は言うまでもないが、もう一つ、これによって彼は一地方の上級役人としてばかりでなく、中央の役人としても通用する資格を持ったことになる。しかもそれは、単に資格があるということばかりではない、二校の同門同窓には後に社会の要職に就いた人物たちが揃っていて、彼らとの交流が、いわば重野安繹の生涯を決してもいるのだ。

ここに中島撫山を並べてみれば、この二人の漢学者の生涯はまったく対照的、それはまさに江戸に乗り込んで来た人と、江戸を追われた人との違いだということになる。そうしてまた、その運命の違いは、彼らの学問の質の違いをも生んでいたかもしれない。重野安繹は、その歴史学の方面での仕事は徹底して実証主義を貫いた人であったようだ。本書にも、島津家の始祖は源頼朝だとする言い伝えを、実証する資料はないとして認めない、そのために藩主久光に忌避されるエピソードが書かれているが、そんな学問上の姿勢は彼の政治にも経済にも家庭にも一貫した、言うならば合理的近代的な思想の持主であったと言えよう。彼の『赤穂義士実話』なる一書は数々の義士伝説を実証的に論破して評判となったものだという。もとより私は読んではいないが、こうした彼の仕事ぶりが後に「日本史学会」初代の会長にまで押し上げたのであったろう。日本の近代史学草創期の人であった。

ここでも、こうした近代的進歩的、そして中央の学者であった重野安繹に対比すれば、江戸を離れた地方の、町の一漢学者であった中島撫山は極めて伝統的保守的な学問を通した人だった。彼の七五歳のときの新年所懐詩には、「自許六経担遞夫」（自ら許す、六経・四書五経の運び人であることを）と詩っているように、伝統的な儒者であることに誇りを持っていたのだ。そしてその通り、彼の遺した『性説疎義』という仕事も、先師亀田鵬斎の『性説』に浩瀚な註や補説を加えたものだった。ただし、論じているテーマは宇宙存在の根源としての「気」の問題であるところが面白い。安繹史学のあくまでも実証的アクチュアルな姿勢とは根本的に違うところだが、それはやはり現代社会の中枢にあった人と、社会の片隅で篤実に生きる庶民の教育に生涯を捧げた人との違いであったろう。ちなみに記しておくと、撫山のこの『性説疎義』は自ら世に出したものではなく、筐底にあったままなのを惜しんだ弟子たちの尽力で刊行されたものだった。まさにその全体が「述べて作らず」の伝統のなかの仕事であった。

本書に教えられて私は重野安繹なる人を初めて知り、併せて、幕末から明治という時代について考えることになった。自ずから、馴染みのある中島敦の祖父のことを思い出し、二人の対照が終始頭の中を去来した。ここに記したのは漢学、漢学者という側面で気づかされた「維新」の一つの性格である。

重野安繹なる人物について、恥かしながら私は全く知らなかった。一かけらの知識もなかったのだが、著者の、この本の粗稿である『道の空』(「季刊遠近」第七三〜八〇号)を読んで初めて知り、たちまち興味を引かれるようになった。主人公は江戸薩摩藩邸での「校合方」、あまり聞きなれない役職だが、要するに一種の資料室長、あるいは図書館長、また殿様直属の記録係であるが、そんな主人公の目を通して、江戸での西郷隆盛の日常が活写されているからだ。西郷伝はたくさんあるが江戸藩邸お庭番時代の、まったく〝お上りさん〟のような西郷の姿など、私は読んだことがなかった。ここでは二人の身分の壁を越えた親交ぶりがそれぞれの人柄を語っていて、読んでいてまことに心地よい。そしてさらに、主人公が役目柄、薩摩藩全体の動向が見えているような場所にいるのも面白い。私は、打ち明けて言えば、初めのうちはフィクションだろうと思いながら読んでいた。しかし読み進むうちにそうではない、史実なのだと分かって、ますます興味を引かれることになった。

むろん、こうしたことはみな私の無知によるのであるが、ひとたび知ってみると、重野安繹の名は近代史学の方では大きな名であることも分かってきた。それぱかりではない、ある雑談のなかで私が知ったばかりの重野安繹の名を上げると友人の能楽研究者西野春雄が即座に、彼には能についても一見識のあったことを教えてくれた。西野春雄が送ってくれた資料によれば重野安繹は雑誌「能楽」創刊号（明治三五年七月）に山形有朋らと並んで祝詞を寄せている他、インタビューに答えて「謡曲の文章」なる談話も載せている。そして驚くのは、談話中に諳んじている謡の文句が次々と出てくることだ。この伝記にも彼が謡曲を謡う場面が二度描かれているが、これは漢学者の趣味や歴史学博士の隠し芸といったレベルではなかったのだ。

重野安繹という人について、遅まきながらこんなふうに知ってみると、余談になるが、次には著者も親交のあった大河内昭爾さんがこれを読んだら何と言っただろうかという思いが重なった。大河内さんは薩摩っぽというのではなかったが、それでも横浜育ちの私などとは桁違いの郷土愛の強い人だったから、同郷の偉人についてのこれまでにない詳細な、そしていかにも人間味あふれるこの伝記をみて、さぞ喜んだことだろうと、その笑顔が浮かんでくる。本書解説の最適任者が既になくて誠に残念だが、これはいかんともし難い。私に大河内さんの代役はとうてい務まらないが、以下、ささやかな感想を記して責を果したい。

本書でもっとも魅力ある一章はやはり主人公の流人時代、奄美での生活であろう。もとより、サブタイトルにもあるように幕末から明治、福沢諭吉のいわゆる「一身にして二生を経る」生涯を送った典型的な人物の一人だから、それだけでも稀有な体験、珍しい話に満ちている。先にも少し触れたが、冒頭の、江戸藩邸での「校合方」という珍しい勤め、これによって漢学者重野安繹が歴史学者重野安繹にもなったのだが、そこでの若き日の西郷吉之助との身分を越えた交流などは、これがもし薩摩藩邸が舞台であったらとうてい生まれなかった、不可能な関係であったろう。本書にも言われているが、西郷の「下士」と重野の「郷士」とでは明確な身分の差があった。読みながら私は安岡章太郎の『流離譚』を思い出した。こちらは土佐藩でのことだが、下士郷士では着るものから履くものにいたるまで厳しい差別があったことを、『流離譚』は細かく伝えている。重野・西郷の破格な友誼はそういう時代のなかでのことだったのだ。重野の奄美送りのときは危うく刺客に見舞われるところを、西郷の機転で逃れられた。一口に文武というが、こんなエピソードは文に生きた重野と武に生きた西郷と、それぞれの生きた場の違いをみごとに見せている。こうした稀有な交友は、後の奄美での生活にも続いて、そこで今度は重野が恩を返すような役割りを果たすことになる。

流罪が解けて藩邸に呼び戻されてからは、彼らを抜擢した旧主とは対立した異母弟に仕えるという皮肉な役回りが待っている。しかし、そうしたなかでも「薩英戦争」のときには一藩の命運を越えて、日本の未来を背負った大任務をみごとに果たすことになる。それは数ある重野功績のなかでも際立ったものの一つだが、本書でも作者の筆に一段と力の入っていることが感じられた。

こうして、明治になってからは大久保利通との交流、連繫時代になる。それは必然的に薩摩とも西郷とも距離をおかざるを得ないことにもなるが、反面、その分だけ彼を大きくしたことにもなるだろう。言い換えれば、薩摩藩の歴史に関わったことで広い視野を持つことのできた彼だからこそ維新の時代をも見通すことができたのだ。華々しく政治の表舞台に立ったわけではないが、しかし裏方というのでもない、明治政権の中枢にいて、新国家建設のための開化政策の一端を確実に担ったのである。彼のそうした精神、意欲は、健康には自信があったのだろうが晩年、八〇歳を過ぎてからの異例な、当時の常識からは考えられない世界旅行を敢行するまで変わりなかったわけだ。

重野安繹の歴史的社会的な働き、勲章に繋がるような数々の功績を人名事典ふうに見てゆけばきりがない。少し挙げてみれば、たとえば重野安繹は明治一二年創設の東京学士院、後の帝国学士院、戦後の日本学士院の最初の勅任会員となった。これは、彼が新時代を牽引する学者として認められたということである。そこからさらに、東京帝国大学教授（明治二一年）となり、やはり新制度であった博士号の最初の授与者（明治二一年）となった。そして晩年には貴族院勅選議員就任（明治四三年）等々、世間的には分かりやすい、〝輝かしい〟業績がたくさんある。しかし、本書を読んだ方はお気づきのことと思うが、作者はそういう側面にはほとんど重きを置いていない。望蜀の言を承知で言えば、たとえば実証的な歴史学者として楠木正成伝説などを否定、水戸学系の国史学者たちと対立したという彼の業績、行跡が書かれていたら、私はそこだけでもわくわくしたかもしれぬという思いもある。つまり重野安繹は明らかに北朝支持者なので、そのあたりのことを、こういう偉い人からもっともっと聞きたかったと思うからだ。しかしむろん、これは私の勝手な思い入れに過ぎないだろうが。

話が少し逸れたかもしれない。重野安繹の社会的歴史的な〝輝かしい〟業績などは外において、では、この伝記で作者は何を描いたのか、描きたかったのか――。その代表的な一章が主人公の流人時代、奄美大島での生活である。彼の経歴のなかでは通常、藩政時代の派閥争いのとばっちり、不幸な事故として扱われるところだ。あるいは、西郷隆盛との出会いがその時から始まる、とするような形で触れられる程度に過ぎない。しかし本書ではむしろそこに重心を置いていて、そこがこの伝記の読ませどころであり、また大きな功績である。

ここでは、当時の薩摩藩の黒糖政策とも言うべき特殊な、厳しい島民支配の実態、それと一体となった島民たちの生活、習俗が詳しく調べられ、よく描かれている。そして、そうしたなかで我が主人公重野安繹がいかに島民たちの生活や心情を理解し、同情し、寄り添って生活したか、そこに作者が深い信頼をおいて描いていることが静かな熱気とともに伝わってくる。私は、時代も場所も状況も全く違うが、中島敦の『光と風と夢』、南太平洋サモア島で島民たちに慕われながら亡くなったスティーヴンソンのことなど思い出しながら読んだ。重野安繹は結局六年、奄美の人たちに惜しまれつつ藩に戻ったが、その後は約束通り妻子を迎えに来た、例外的な流人であった。そして妻はかなわなかったが、娘は当時の法を破ってまで連れて帰ったわけだ。そういう重野安繹を島民たちは信頼し、尊敬し、後には東京の彼の住居まで訪ねて来る者まであった。この島民たちの心がそのまま作者の心情、わが主人公への信頼、親しみだと言ってよいであろう。

重野安繹の最期、臨終の場には、島の塾で可愛がった弥四郎が駆けつけて対面をする。門人西村時彦（天囚）が探し出して連れてきたのだが、これはわが主人公に対する作者自身の愛情が描かせた、惜別の献花であったろう。

あとがき

那覇と鹿児島空港を結ぶ飛行機は奄美の島々を眼下に見ながら飛んで行く。薩摩半島南端から奄美大島まで約三百五十キロで、奄美群島最南端の与論島と沖縄間は二十五キロである。距離の近さから古の奄美が琉球王国に属していたことが実感として分かる。

慶長十四年（一六〇九）、薩摩藩は突然琉球に侵攻し、琉球王国を支配下において奄美群島を直轄地とした。我が父祖の地である奄美大島の面積の八割は毒蛇の棲む深い森で、古の島民は入り江の奥の山裾にへばりつくように住んでいた。二割の平地で砂糖黍を植えて暮らしていたが、男は十五歳から六十歳まで女は十三歳から五十歳まで耕作地を割り当てられ、そこで育てた砂糖黍を黒糖に精製し公租（税）として藩に納めていたのである。

十八、九世紀、熱帯や亜熱帯地方の植民地では、広大な農地に単一作物を大量に栽培するプランテーション農業が行われていた。この農法の特徴は、酷暑に耐えうる原住民を安価な労働力で働かせ、温帯地方で商品価値の高いコーヒー・紅茶・砂糖黍・綿花・バナナ・天然ゴム等々を売ることにあった。十九世紀末にイギリスの植民地であったインド帝国は、『イギリスがインドを失えば本国は立ち行かなくなるだろう』と言われるほどイギリス経済を支えていた。この言に倣えば、『藩政時代の薩摩藩が奄美大島を失えば、藩として成り立たなくなったであろう』となる。

過酷な庶民支配の上に薩摩藩は成り立っていたことになる。

　薩摩藩は奄美を支配下においた後、稲作を禁じて砂糖黍栽培を強制し、これを煮詰めて造った黒砂糖を公租として集め、その売った利益を藩の財政の柱としたのである。驚くべきは、財政改革を命じられた調書広郷（一七七六～一八四八）が、全くの鎖国時代にこの農法を奄美に取り入れたことである。彼は目的のためには手段を選ばなかった。島に金銭の通用を禁じて商業を廃して物々交換の世を出現させた。植民地農業の担い手は何処も原住民や奴隷である。奄美では百姓と位置づけられた島民であったが、長い支配の中で少数の豪農階級が生まれた。自作農の中で公租を出せない者は、豪農に代納してもらってその家の使用人となった。これをヤンチュ（家人）と言いヤンチュの産んだ子をヒザ（膝）と言ったが、ヒザは豪農の全くの奴隷である。藩と豪農との二重支配を受けた島民は、安価な労働力として薩摩芋を常食に黍の栽培と黒糖造りにひたすら精を出して働いていたのである。この他藩に類を見ない農奴の存在は絶好の研究対象なので多くの調査報告書が存在する。中でも大島南部出身の金久好と北部出身の大山麟五郎の論文は、内側からの視点での調査と論考なので出色の報告書といえる。

　大正四年生まれの元鹿児島大学教授大山麟五郎は、『奄美における人身売買・ヤンチュの研究（法政大学沖縄文化研究所）』の中で、調所の秘書役であった海老原清凞の言葉を紹介している。奄美三島の黒糖の専売が財政改革の「第一の根本」で、藩本土の収益の二十数倍を奄美の黒糖から得ていたと。調所は財政改革を命ぜられてからの十三年で藩倉に二百万五千両を藩の予備費として蓄えたことで、改革の成功者として賞賛する作家や歴史家は多いが、砂糖黍畑で働かされた百姓に注目する人は意外と少ない。大山は自身の幼年期の思い出を論文の中に書いている。「筆者が小学生であった大正期に、家でとりこみがあると山奥の祖母の家から駆けつけて手伝う若衆がいた。あるとき、皆から呼び捨てにされているこの人に苗字を尋ねたところ、『私なんぞに、そんなものはありません』と答えた。彼はヤンチュが生んだヒザであった」と。

『奄美大島に於ける「家人《ヤンチュ》」の研究』は、加計呂麻《カケロマ》島諸鈍《ショドン》出身で明治四十四年生まれの金久好が東京大学経済学部在学中に書いたレポートである。昭和初期の奄美の寒村から息子を東京の大学に勉強に出す経済力を思う時、彼の生家が裕福な豪農の階級に属していたことが分かる。金久は当時の百姓の食事を書いている。「常食は唐芋と蘇鉄粥（蘇鉄の実や幹から採った澱粉に極わずかの米粒を入れて葛湯みたいに炊いたもの）で、味噌と言うものを滅多に食せず塩のみで味を付け芭蕉の幹の芯を丸切りにしていれた塩水のような汁であった」と。

長年にわたる薩摩支配の中で、島は一部豪農と彼らに使役される貧困層に二極分化していった。藩に潤沢な富をもたらしたのは、実に奄美の全人口の約三割を占めたといわれるヤンチュやヒザであったといえる。砂糖黍以外の作物の栽培が禁じられたために、一年に二度も台風に襲われると必ず飢饉に見舞われた。百姓は蘇鉄粥で命をつないで明治を迎えたのであった。ちなみに、英国領インド帝国も幾度となく飢饉に襲われている。

私の高校の一年後輩で弁護士をやっている喜界島出身の友人の家には、藩政時代に鹿児島から来た役人に先祖が拷問を受けた話が代々伝えられている。公租の黒糖が供出量に満たなかったので並べた薪の上に座らされ、『何処に隠した』と竹刀で激しく打たれた。その先祖は、子々孫々にこのことを伝えよと言って亡くなったという。

歴史学は古文書など文献史料から古の人々の暮らしを、民俗学は伝承などを手掛かりに先祖の暮らしを知る学問である。言い換えると、歴史学は権力者とその周辺にいた人々の歴史であり、民俗学は文字を持たなかった庶民の歴史といえる。歴史家が「聞き書きは学問にあらず」と考えるのは、口述や伝承には話者の記憶違いや感情が入り込む余地があるからであろう。そもそも柳田國男が民俗学という学問を確立する以前の大正時代、民俗学は「田舎学者による田舎研究」と呼ばれ低く見られていた。戦前の国文学会の席上で、民俗学のことを土俗学・野蛮学と呼んだ高齢の国文学者に対し折口信夫が食ってかかった話を半藤一利氏の著書で読んだことがある。私は誰がなんと言おうとも、歴史に埋もれた庶民の姿は伝承以外からは引き出し得ないと思っている。実例を一つ挙げる。『アチックミューゼアムノート第十六・岩倉市郎編「薩州山川ばいせん聞書」（ばいせんは商売をする船の意。昭和十三年丸善発行）に、幕末に砂糖積船の船員であった老人から聞いた話が載っている。なお、アチックミューゼアムは、大正十二年に渋沢栄一の孫敬三が作った民俗学研究所で、現在の日本常民文化研究所の前身である。

鹿児島県の薩摩半島の南端に位置する山川港は、古代のカルデラの跡で海側の壁が崩れて海水が入り込んだ為に海底が深く、鳥が羽を広げたように港を囲む地形が風波を防ぐ天然の良港であった。琉球へ侵攻する三千の兵を乗せた百隻の船はこの山川湊に集結してから南に向かい、奄美の黒砂糖はこの地に建つ砂糖蔵へと運ばれていた。

昭和十年十一月、民俗学者岩倉市郎が調査のために山川地区を歩いていた時、偶然砂糖積船の水夫であった老人と出会い、彼らから当時の奄美のことを聞き出している。話者は指宿と山川に住む六人と、喜界島出身の二人の老人である。当時八十九歳の山川の濱崎翁は、「三島（奄美大島・喜界島・徳之島）は金を使ふてはおらず、こちらから密かに持っていった品物はみんな黒砂糖か筵に換えた」と言い、八十歳の指宿の黒岩翁は、「こっちで金にならない物を持っていった」と語る。御用船の船員は藩に隠れて（密輸で）私腹を肥やしていたことになる。鹿児島で仕入れて島へ持って行った品物は、綿・茶・反物・茶碗皿・素麺・米・手拭い等々で、その中に不用品を混ぜている。島で交換して持ち帰った品物は、黒砂糖・筵・莫蓙・牛馬の皮などである。これらの乗組員たちが語った話を私は作り話とは思いたくない。東北の大震災以降、語り継ぐことの大切さが言われているが、全くそのとおりであると私は思っている。

昭和十六年十二月、太平洋戦争勃発。奄美へ物資を運ぶ貨物船は米軍潜水艦の格好の標的となり、本土との交通は遮断され島は物資不足に陥った。戦争は二十年八月十五日に終わったが、翌年の二月二日に沖縄とともに日本本土と分離されて米軍政府下におかれ、政治経済文化など日本本土から切り離されてしまった。距離的に近い沖縄は焦土と化し、奄美に移入できる食料など無かった。つまり、藩政期同様の自給自足時代を迎えたのである。昭和二十八年十二月二十五日に日本復帰を果たしたが、この間の島民が味わった苦しみも意外と知られていない。

私は昭和三十八年に県立高校の国語の教員になったが、四十代半ばまで重野安繹を知らなかった。知るきっかけになったのは、私が知覧の高校に勤めていた昭和五十年代初め、奄美大島から転勤してきた国語の教員が私を安繹の子孫と勘違いして話しかけてきたことにある。重野と茂野、音は同じでも文字は違う。帰宅して明治二十九年に奄美大島南端の古仁屋で生まれた父に話すと、安繹の島妻であったウミという女性が自分の「拾い親」であったと自慢げに語った。今度は、「拾い親」なるものを知らなかった。

父はガリ版刷りの「奄美文化　第十三号（昭和五十一年発行）」を見せた。

『道路向かいに住んでいたウミに、私は大変可愛がってもらった。生まれて間もない子を家の前に捨てて、事前に頼んであった人に拾ってもらい一晩泊めてもらうと、その子は元気な子供に育つという言い伝えがあった。その時の拾い親がウミであった。家に帰った日は親戚を集めて盛大な祝いをした』

私の父にとって、ウミが「拾い親」であったことは、この上もない誇りであったらしい。なお「拾い親」の風習は「民俗学事典」に載っているので、明治の頃までは全国的に存在していたと思われる。

羽田から奄美大島北端にある奄美空港まで飛行機で二時間二十分（鹿児島空港からはプロペラ機で一時間）かかり、奄美空港から大島南端の古仁屋まで直行バスで二時間半かかる。私は二十年ほど前に瀬戸内町古仁屋を訪れたことがある。レンタカーを走らせ途中で西郷隆盛が住んだ龍郷や名瀬市に在る図書館や博物館などを見学してから南下したので古仁屋到着は夕方になった。一面雑草に覆われた阿木名の丘に、一本の白塗りの木柱が立っていた。正面に『重野安繹先生流宅

の地　寺子屋跡』の文字が、左側面には『東京帝大文科大学教授　漢学者、史学者、日本第一号文学博士』と二行で記してあった。奄美では、学者としての名声よりも島に捨て置かれるはずの妻と娘を迎えに来た流人として名が知られているとの印象を持った。

古仁屋に在る「瀬戸内町立図書館・郷土館」は一階が図書室で、二階の郷土館が博物館の役割を持つ。その二階には先史時代の土器やノロが祭祀の時に用いた道具や薩摩支配以前に琉球王府から下された掟職の叙任辞令書などが展示されていて、安繹の娘ヤスが生母ウミの死を知って異父妹田辺ウナイに宛てた手紙も保管されている。

（なお本書には、現在では不適切と思われる表現がありますが、作品で取り上げている時代状況に鑑み、そのまま表記しました。）

同人誌連載中よりご指導いただいた文芸評論家勝又浩先生・出版に向けてご尽力いただいた鳥影社百瀬精一氏および編集の戸田結菜氏・安繹の流人時代の資料をご提供くださった鹿児島県大島郡瀬戸内の町立図書館・郷土館の学芸員町健次郎氏・鹿児島県立図書館レファレンス担当の皆様に心からの御礼を申し上げます。

参考文献

「史學雜誌第貳拾貳編第五號」　西村時彦編
「故重野会長記念　成齋先生行状資料」　西村時彦編
「重野博士史学論文集」　重野紹一郎
「西村天囚伝」　後醍院良正
「俺はおれ―薩摩頑質列伝」　久保統一
「薩摩の能楽」　林　和利
「薩摩の豪商たち」　高向嘉昭
「奄美文化　十三号」　牧野哲郎
「遠島人重野安繹　薩摩の群像と奄美」　町健次郎
「与路島誌・ふるさとの今昔」　創立九十周年記念誌
「瀬戸内町立阿木名小学校」　創立九十周年記念誌
「薩摩藩の糖業政策と犬田布騒動の研究」　谷口　学
「近世奄美の支配と社会」　松下志朗
「奄美の歴史とシマの民俗」　先田光演
「奄美大島に於ける『家人』の研究」　金久　好

「近世・奄美流人の研究」　箕輪　優
「薩州山川ばいせん聞書」　岩倉市郎
「奄美社会運動史」　松田　清
「明治詩話」　木下　彪　岩波文庫
「尾崎三良自叙略伝」　尾崎三良　中央公論社
「日記」　尾崎三良　中央公論社
「鹿児島人物叢書　西郷隆盛―「無私」と「胆力」の人」　上木嘉郎　高城書房
「奄美染織史」　茂野幽考　奄美文化研究所
「復刻奄美生活誌」　惠原義盛　南方新社
「全南島論」　吉本隆明　作品社
「南島雑話」　名越左源太
「見聴雑事録」　名越左源太
「鹿児島百年」（幕末編・明治編）　南日本新聞社編
「南国史叢」　薩藩史研究会編
「寺島宗則」　犬塚孝明　吉川弘文館
「西郷隆盛」　田中惣五郎　吉川弘文館
「福翁自伝」新訂版　福沢諭吉　岩波文庫

「大久保と明治維新」　佐々木克　吉川弘文館
「米欧回覧実記」　久米邦武編　岩波文庫
「明治維新と西洋文明―岩倉使節団は何を見たか―」
田中彰　岩波新書
「幕末遣外使節物語―夷狄の国へ」
尾佐竹猛　講談社学術文庫
「岩倉使節団『米欧回覧実記』」　田中彰
「西郷隆盛　その伝説と実像」　町田明広　NHK出版
「市来四郎君自叙伝」　鹿児島県史料・忠義公史料
「海の上の世界地図―欧州航路紀行史」
和田博文　岩波書店
「大久保利通」　毛利敏彦　中公新書
「明治六年政変」　毛利敏彦　中公新書
「日本の近代3『明治国家の完成』」　御厨貴　中公文庫
「日本の歴史」⑳　鈴木淳　講談社学術文庫
「唯今戦争始メ候・電報に見る西南の役」　大塚虎之助
「西南戦争日録　尾崎三良文書による史料構成」
中央公論社

「はるかなり江戸・鹿児島の旅」

鹿児島県歴史資料センター黎明館

「欧州航路の文化誌」

橋本順光・鈴木禎宏編著

「最新萬國形勢指掌全圖」

重野安繹監修・依田雄甫撰修　冨山房

「新・中国取材記」1〜5

日本放送出版協会

「扶桑游記」上巻

王韜　報知社

〈著者紹介〉

藤民　央（ふじたみ　おう）

1939年　東京に生まれる

1963年　鹿児島大学文理学部卒　鹿児島県立高校教諭

1994年　小説「紙の卒塔婆」が南日本新聞社懸賞小説『新春文芸』入選

2000年　定年退職と同時に上京「奄美の歴史と民俗」の研究生活に入る

2001年　「道之島遠島記」第二回中・近世文学大賞創作部門優秀賞受賞

「加計呂麻へ」・「道之島遠島記」・「南島古潭」出版

「奄美現存古語註解」（研究書 オンデマンド方式で出版）

重野安繹伝

幕末・明治、二つの時代を生きた
一漢学者の生涯

2024年3月9日初版第1刷発行

著　者　藤民央

発行者　百瀬精一

発行所　鳥影社 (choeisha.com)

〒160-0023 東京都新宿区西新宿3-5-12トーカン新宿7F

電話 03-5948-6470, FAX 0120-586-771

〒392-0012 長野県諏訪市四賀229-1（本社・編集室）

電話 0266-53-2903, FAX 0266-58-6771

印刷・製本　モリモト印刷

ISBN978-4-86782-032-2　C0093